MINHA VIDA

NELSON RODRIGUES

MINHA VIDA

Rio de Janeiro, 2022

Copyright © 2022 por Espólio Nelson Falcão Rodrigues.

Todos os direitos desta publicação são reservados à Casa dos Livros Editora LTDA. Nenhuma parte desta obra pode ser apropriada e estocada em sistema de banco de dados ou processo similar, em qualquer forma ou meio, seja eletrônico, de fotocópia, gravação etc., sem a permissão dos detentores do copyright.

Diretora editorial: *Raquel Cozer*

Edição: *Laura Folgueira, Diana Szylit e Chiara Provenza*

Assistência editorial: *Camila Gonçalves*

Notas: *Laura Folgueira*

Revisão: *Gabriel Lago e Daniela Georgeto*

Capa: *Giovanna Cianelli*

Projeto gráfico e diagramação: *Abreu's System*

Dados Internacionais de Catalogação na Publicação (CIP)
Angélica Ilacqua CRB-8/7057

R614m
    Rodrigues, Nelson
        Minha vida / Nelson Rodrigues. — Rio de Janeiro : HarperCollins, 2022.
        256 p. : il., color.

        ISBN 978-65-5511-386-0

        1. Literatura brasileira I. Título

22-3044
                      CDD B869
                      CDU 82-3(81)

Os pontos de vista desta obra são de responsabilidade de seu autor, não refletindo necessariamente a posição da HarperCollins Brasil, da HarperCollins Publishers ou de sua equipe editorial.

Rua da Quitanda, 86, sala 218 — Centro
Rio de Janeiro, RJ — CEP 20091-005
Tel.: (21) 3175-1030
www.harpercollins.com.br

Dedicado à mulher que viu o primeiro homem

Sumário

Nota da editora   9

Uma feminista lê Nelson Rodrigues,
por Renata Corrêa   11

Minha vida   15

Da autobiografia ao romance caleidoscópico,
por Elen de Medeiros   247

Notas   253

Nota da editora

Quando *Minha vida: romance autobiográfico* foi originalmente publicado como folhetim nas páginas da revista mensal *A cigarra*, em 1946, sua autora, Suzana Flag, já era bastante conhecida do grande público. Dois anos antes, em 1944, Nelson Rodrigues havia usado seu pseudônimo mais famoso em dois outros folhetins de imenso sucesso, *Meu destino é pecar* e *Escravas do amor*, estes veiculados nas páginas de *O Jornal*. Tanto nesses quanto nos dois folhetins de Suzana posteriores a *Minha vida* — a saber, *Núpcias de fogo* (1948) e *O homem proibido* (1951) —, Nelson nunca revelou sua verdadeira identidade. Ele o faria apenas na coluna de conselhos amorosos "Sua lágrima de amor", no jornal *Última Hora*, em 1955.

Por ter aparecido em uma revista mensal voltada ao público feminino, *Minha vida* recebeu um tratamento distinto dos outros folhetins. Para começar, nele o pseudônimo Suzana Flag praticamente é elevado ao status de heterônimo, já que Nelson criou para ela, neste livro, uma personalidade e uma história de vida próprias. Para as leitoras também havia diferenças. Em vez de desfrutar de um capítulo por vez, como faziam quando liam as histórias nos jornais, elas podiam consumir três ou quatro episódios por edição, de um total de 26. O sucesso foi inegável: a revista aumentou sua tiragem de 80 mil para 107 mil durante a publicação, e tornou-se a de maior circulação no país.[1]

---

[1] Segundo Sandra Maria Pastro, em *Os folhetins de Nelson Rodrigues: um universo de obsessões e fatias parcimoniosas*, São Paulo, Faculdade de Filosofia, Letras e Ciências Humanas da Universidade de São Paulo (FFLCH-USP), 2008, dissertação de mestrado.

No mesmo ano, veio a publicação em formato de livro, com pouquíssimas diferenças em alguns trechos (que esta edição aponta, em notas, ao longo do texto). Já em 1957, a história foi republicada no jornal *Última Hora*, agora já com mudanças mais substanciais. A mais importante diz respeito ao título, que parece adquirir um tom mais confessional: *Minha vida, meus pecados*. Também é bastante diferente a divisão da narrativa, o que se explica pelo espaço disponível no suporte: foram, no total, 79 capítulos, embora isso não tenha se refletido em adição relevante de texto à trama.

Minha vida foi o único dos folhetins de Nelson a ser escrito em primeira pessoa, o que permitiu aprofundar a aproximação com as leitoras e sua identificação com a autora-personagem. E, se era nos folhetins que Nelson Rodrigues sentia-se mais livre para criar suas histórias mais rocambolescas, o "romance triste de Suzana Flag", como ela mesma o chama, não deixa nada a desejar em relação às narrativas das protagonistas "criadas" por ela. Aqui, Suzana narra suas desventuras amorosas após testemunhar as mortes da mãe e do pai, e após ser prometida em casamento a um homem a quem odeia. Suzana logo se vê envolvida em tragédias, como é típico da obra rodrigueana. Apesar da descrição de "romance autobiográfico" (Suzana diz, no início da obra: "Vou contar tudo, vou apresentar os fatos tais como aconteceram, sem uma fantasia que os atenue"), para um leitor do século XXI, é difícil imaginar que os leitores da época acreditassem no que estavam lendo.

Nesta edição, optamos por manter o texto como publicado em sua edição original em livro, apenas, como em nossas outras edições da obra do autor, atualizando a grafia. Quanto à pontuação, foi essencialmente mantida, com a correção de erros pontuais que pudessem porventura dificultar a compreensão por parte do leitor.

Boa leitura!

Uma feminista lê Nelson Rodrigues

Renata Corrêa

Aldeia Campista é um bairro da Zona Norte do Rio de Janeiro, já dado como morto, espremido entre Andaraí, Tijuca e Vila Isabel. O entroncamento de vias expressas, estacionamentos e prédios, com algumas casinhas remanescentes da vila operária que ficava ali, só é chamado assim por três tipos de cariocas: idosos, saudosistas ou leitores de Nelson Rodrigues. Eu sou o terceiro tipo. Talvez, com tempo e sorte, também me torne o primeiro e o segundo.

Na adolescência, morei em diversas casas nos bairros mais famosos ao redor de Aldeia Campista, e foi num sobrado pertinho do bairro mítico que conheci Nelson Rodrigues — não ele próprio, que já estava morto, mas sua obra. Explico: sempre fui uma leitora voraz. Minha mãe dizia que, se não tivesse nada para ler, era capaz de eu pegar uma bula de remédio e ficar deitada no sofá em pleno deleite com a descrição de efeitos colaterais — enjoo, tontura — e avisos como "não é possível operar veículos após a ingestão dessas substâncias" até que surgisse um livro de verdade na minha frente. E podia ser um grande clássico da literatura mundial, uma edição das coleções românticas *Julia*, *Sabrina* e *Bianca*, uma biografia de atriz americana, e, mesmo que o conteúdo não fosse adequado para minha idade, a ideia corrente naquele sobrado era de que ler qualquer coisa era melhor do que não ler nada. Como vocês podem perceber, o critério era baixo, a curadoria, aleatória, e a vigilância, nula, logo, ter um livro de Nelson Rodrigues em mãos era questão de tempo. E assim aconteceu.

Era uma ediçãozinha surrada de *A vida como ela é* — antologia de crônicas que o escritor publicou na década de 1950 no jornal *A Última Hora*. Ali tudo era sexo, adultério, incesto, perversão, assassinato. E ainda assim engraçado, irônico e irresistível. Naquele período, eu não sabia quem Nelson Rodrigues era, nem conhecia seu status superlativo na dramaturgia brasileira e muito menos o quanto a sua figura pública era complexa e controversa. Na era pré-internet, o consumo cultural não era mediado pela ideia de separar o artista da obra e ninguém era avaliado moralmente pelos livros que lia ou filmes que via. Os pecados de um artista dificilmente se tornavam pecados do seu público. E, com a benção do desconhecimento e leniência total dos adultos que me rodeavam, devorei *Asfalto selvagem*, *O casamento*, *Vestido de noiva* sem que ninguém me questionasse. Que bom.

Talvez hoje isso não fosse possível, e a figura polêmica do autor se sobrepusesse à obra. Entre outras coisas, Nelson se declarava reacionário, apoiou a ditadura militar (e mudou de posição posteriormente quando seu filho Nelsinho foi torturado), era um conservador até entre os conservadores. Porém teve peças censuradas por políticos, foi ignorado como escritor sério pela elite cultural da época e, mesmo depois do sucesso no teatro, foi considerado um maldito, sempre lutando para pagar as contas, sustentando mãe e irmãs, e levando uma vida modesta se comparada à dos jornalistas ilustres, herdeiros e editores que o rodeavam. Nelson Rodrigues era o exemplo perfeito de que fama e aplausos nem sempre se convertem em dinheiro e que vaidade não paga uma conta de luz sequer.

E foi nesse contexto de precariedade financeira que surgiu Suzana Flag.

É enganoso pensar que Suzana Flag era apenas um pseudônimo. Pode ter nascido assim, mas, contra a vontade do autor, também se tornou um alter ego que ganhou vida própria e expôs de forma espetacular as contradições do próprio criador. Assim como Nelson Rodrigues gostava de escrever cenas em que mocinhas tinham as roupas arrancadas, Suzana o desnuda em diversas oportunidades. Suas pretensões artísticas foram totalmente eclipsadas pelo fato de que, durante muito tempo, Suzana foi mais requisitada como autora do que Nelson — vendeu mais, fazia mais dinheiro, era mais procurada pelos editores e até operava milagres editoriais: Suzana ressuscitou o moribundo *O Jornal* de Assis Chateaubriand, que perigava fechar com seus três mil exemplares diários, mas que, ao começar a publicar os folhetins assinados por Flag, saltou para os trinta mil exemplares sem escala.

Mas, afinal, quem é Suzana Flag? Ela mesma responde essa pergunta logo no começo da autobiografia que você tem em mãos agora, caro leitor. Em *Minha vida*, Suzana Flag mal se diferencia de uma mocinha da Disney nas primeiras páginas: lindíssima, menor de idade, órfã, sendo perseguida por uma avó que é uma verdadeira bruxa malvada, e dividida entre dois homens, sem saber com qual deve se casar. A ingenuidade da trama chega a ser comovente para os olhos de hoje, mas é impossível não perceber os elementos constituintes do romancista que o Brasil aprendeu a amar de forma pública, mas também muitas vezes em segredo.

É importante lembrar que obras ousadas de cunho mais ou menos erótico já existiam aos montes naquele período. Mas não eram facilmente acessíveis para mulheres, que ficavam restritas aos folhetins mais açucarados. Suzana estava presente nas bancas de jornais e era fácil para uma senhora respeitável fingir que se interessava pelas receitas de bolo do caderno feminino enquanto procurava furiosamente por peripécias safadas. Esse tipo de conteúdo antes era mais restrito aos homens ou aos livros sérios, onde inevitavelmente mulheres tão ousadas acabavam mortas debaixo de um trem, como Anna Kariênina, ou se matando com veneno, como Emma Bovary. Curiosamente, as protagonistas de Suzana Flag — e ela própria nesta "autobiografia" — pintam e bordam, e terminam vivinhas da silva, como se fossem as antepassadas ficcionais da personagem mais famosa de Nelson: Engraçadinha. Anos depois de Suzana sacudir a libido das brasileiras, a protagonista de *Asfalto selvagem* termina não só viva como milionária, encarando as estrelas enquanto todos os seus segredos continuam enterrados. Se Nelson é o pai de Engraçadinha, certamente Suzana é a mãe. É cara de um, focinho da outra.

Agora, sou uma feminista adulta lendo Nelson Rodrigues e não consigo deixar de me divertir ao perceber essa pequena vingança poética. Ao descrever a hipocrisia da nascente classe média urbanizada brasileira, Nelson cria personagens femininas que não se desculpam por ser quem são. Muitas dessas protagonistas rodrigueanas que receberam o rótulo de devassas e antinaturais, hoje, parecem apenas mulheres que se autorizam a seguir o próprio desejo e que, numa exceção na literatura mundial até então, continuam vivas como qualquer mulher deveria ficar ao exercer sua sexualidade. Quem diria que, nesse sentido, Tolstói e Flaubert ficariam comendo poeira para Suzana Flag?

Sim, as protagonistas de Nelson Rodrigues estão sempre ameaçadas nas suas virtudes, na sua moral ou com a eminente violação dos seus corpos. É uma experiência feminina comum, e talvez a chave do sucesso esteja justamente em como nos é próxima essa banalidade da violência. Porém, em tempos quando a pornografia de violência contra a mulher ainda movimenta audiências gigantescas, a sobrevivência dessas personagens é o ponto fora da curva que as faz sobreviver também no nosso imaginário.

Nelson se considerava um menino que via a vida através do buraco da fechadura, e suas obras mais populares nos convidam a repetir esse mesmo movimento. Ver sem ser visto e poder experimentar o segredo, o tabu, o pecado. Tudo aquilo que nos é proibido, mas ao mesmo tempo nos constitui como leitores e também como humanos. Muita coisa mudou entre a leitora adolescente que descobriu Nelson Rodrigues num sobrado na Zona Norte do Rio de Janeiro e a adulta de hoje que o lê com olhos mais críticos, mas também mais generosos. E o que restou é a certeza inabalável de que não pode haver censura ou interdição na relação mais pecaminosa, íntima e perversa que existe: aquela entre leitor e autor. Deixem-se seduzir pelo jogo de espelhos de Suzana Flag.

Renata Côrrea é roteirista, escritora e dramaturga.
Autora de "Monumento para a mulher desconhecida" (Rocco, 2022)
e "Vaca e outras moças de família" (Patuá, 2015)

1

Eu posso começar esta história dizendo que me chamo Suzana Flag; e acrescentando: sou filha de canadense e francesa; os homens me acham bonita e se viram na rua, fatalmente, quando passo. Uns olham, apenas; outros me sopram galanteios horríveis, mas já estou acostumada, graças a Deus; há os que me seguem; e um espanhol, uma vez, de boina, disse, num gesto amplo de toureiro: "*Bendita sea tua madre!*".[1] Lembrei-me de minha mãe que morreu me amaldiçoando e senti um arrepio, como se recebesse, nas faces, o hálito da morte. Bem: acho que meu tipo é miúdo; não demais, porém. E foi isso talvez que levou certo rapaz a me dizer, pensativo: "Se você cantasse, daria uma boa Mme. Butterfly".[2] Há mulheres, decerto, menores do que eu. Mas gosto de ser pequena, de dar aos homens uma impressão de extrema fragilidade e de me achar, eu mesma, eternamente mulher, eternamente menina. Às vezes, não sempre, tenho uma raiva de umas tantas coisas que existem em mim e que atraem os homens.

E, nessas ocasiões, desejaria ser feia ou, pelo menos, desinteressante, como certas pequenas que impressionam um homem ou dois, e não todos. O que acontece comigo é justamente o seguinte: eu acho que impressiono, se não todos, pelo menos a maioria absoluta dos homens. Mesmo homens de outras regiões, quase de outro mundo, se agradam de mim. Inclusive aquele marinheiro norueguês, alvo e louro, que me olhou de uma maneira intensa, uma maneira que me tocou tanto quanto uma carícia material. Tenho vinte e poucos anos e devo dizer, não sem uma certa ingenuidade, que vivi muito mais, que tive experiências, aventuras que mulheres feitas não têm. Para vocês compreenderem isso, precisavam me conhecer como eu sou fisicamente, isto é, ver os meus olhos, a minha boca, o modo de sorrir, as minhas mãos, todo o meu tipo de mulher. Se vocês me conhecessem assim — eu poderia dizer: "Esta é a história de minha vida, esta é a história de Suzana Flag"... Mas é preciso advertir: vou contar tudo, vou apresentar os fatos tais como aconteceram, sem uma fantasia que os atenue. Isso quer dizer que o meu romance será pobre de alegria; poderia se chamar sumariamente: "Romance triste de Suzana Flag".

Antes de começar, paro um momento; e me lembro de um fato que me aconteceu, desses que a mulher não esquece nunca mais. Nós estávamos (eu e ele) num ermo absoluto; não havia perto uma casa, uma pessoa, nada. Era como se fôssemos, na face da Terra, eu, a única mulher, ele, o único homem. Eu poderia gritar, pedir socorro: não apareceria viva alma. Foi justamente isto que ele me disse: "Grite, pode gritar, por que não grita?". Ainda fez ironia, acinte, brincou comigo. Eu abri a boca, mas o grito não saiu. Naquele momento, o que havia em mim era o terror e um sentimento de que tudo estava perdido. Ele me apertava nos braços (era mau, perverso, violento, tinha todos os defeitos) e eu desistira de lutar. Depois, fui sentindo uma fraqueza, uma coisa, uma vontade de abandono absoluto e...

Mas este episódio — que marcou tão profundamente a minha vida — eu contarei depois. No momento o que importa é começar a minha história, dar-lhe um princípio cronológico. Até os quinze anos, nada aconteceu de notável na minha vida; eu acabava de completar essa idade quando minha mãe morreu. Morreu — diga-se — bonita, mocíssima: vinte e nove anos e uma aparência quase de adolescente. Tenho um retrato dela aqui e olho para ele: é como se fosse eu, as mesmas feições, o desenho da boca, o tipo e, sobretudo, o olhar. Só que ela era mais mulher, mais senhora, e tinha mesmo mais vida do que eu, uma irradiação, não sei, que a tornava inesquecível. O que sucedeu com mamãe foi incrível: saiu de casa muito bem, feliz, com qualquer coisa de êxtase no olhar; e voltou carregada, pálida, branca, de uma brancura que me gelou. Tomara um veneno — por quê, meu Deus do céu, por quê? — e o médico chamou papai para um canto e disse: "Só um milagre". Eu devia estar chorando naquele momento; mas, não. Nem chorando, nem sofrendo: apenas com um sentimento de espanto diante da vida. Como era possível acontecer aquilo? Cheguei a pedir a Deus para chorar, para sofrer. Queria dar aos outros e a mim mesma uma demonstração de sentimento. Uma coisa que me impressionou bastante: papai também não chorava, ele que adorava mamãe, que punha mamãe acima de tudo. Entrou no quarto em que mamãe estava, com o estômago devorado pelo ácido; e eu, que me aproximei da porta entreaberta, ouvi papai perguntando:

— Mas que foi que houve — diga! — por que você fez isso?

Mamãe não respondeu; eu vi — não sei por que espionava — que ela cerrava os lábios, muito brancos, com medo talvez de que as palavras pudessem sair à revelia de sua vontade. Papai insistia; a raiva crescia nele e tive medo de que ele acabasse batendo em mamãe. Interessante: naquele momento, eu senti que me devia afastar, que ia sair entre os dois alguma coisa que eu não deveria saber nunca. Mas fiquei onde estava, fascinada. E fiz mais: entrei no quarto, justamente no momento em que papai parecia perder a cabeça. Mamãe virou o rosto para me ver; seus lábios se arregaçaram quando apareci. Só então eu compreendi até que ponto ela me odiava. Nunca me tratara bem, até se esquecia da minha existência ou só se lembrava de mim para brigar; mas pensei sempre que fosse uma questão de gênio, de nervos, e não um sentimento profundo e irredutível. Sabia que ela ia morrer; tive a certeza de que ela levaria para o túmulo um ódio imortal, por mim e por papai. Papai levantou-se, me segurou pelos dois braços (aliás, me machucando). Parecia ter perdido o juízo. Só me lembro que disse:

— Sua mãe não presta, minha filha! — E ainda repetiu: — Sua mãe não presta!

Compreendi que, para dizer isso, diante de uma agonizante, ele devia estar num desespero absoluto. Ainda de manhã, fizera toda a sorte de carinho em mamãe. Amava a mulher, como se para ele só ela existisse no mundo, ela e mais ninguém. Eu mesma quase não participava da vida de papai; só uma vez ou outra é que ele me afagava, mexia nos meus cabelos, mas de uma maneira distraída e pensando em outra coisa. Outra recordação que me veio agora: naquela manhã, mamãe se enfeitara muito antes de sair, com um cuidado, um requinte, uma minúcia que até papai estranhou. "Aonde é que você vai?" E ela, pingando perfume na ponta da orelha muito bem-feita: "Visitar Marília". Papai ainda ficou meio assim. Nenhuma mulher para visitar uma prima se vestiria com um gosto tão minucioso, escolhendo o melhor vestido, a mais fina roupa de baixo. Quem visse mamãe sair de casa, linda como uma imagem, doce como uma noiva, não poderia imaginar nunca que, pouco depois, ela ia beber veneno. Papai curvou-se outra vez sobre ela:

— Você não faria isso à toa! Teve um motivo!

Então, ela falou; e por isso eu a culpo, Deus me perdoe. Não precisava dizer; podia morrer com o segredo e talvez papai não soubesse nunca. Mas fez de propósito; quis aproveitar seus últimos instantes de vida para ferir papai e a mim:

— Eu me encontrava com Jorge três vezes por semana... Amo Jorge, desde o ano passado... De você sempre tive nojo, só nojo, mas Jorge amei... Jorge... arranjou outra...

Imagino o esforço que fazia; torcia o queixo ao dizer cada palavra; a veia do pescoço crescia; a respiração se fazia mais profunda. Já então não era mais bonita; o ódio a envelhecia e deformava; e, além disso, a proximidade da morte velava seus olhos que eram tão bonitos. Meu pai não entendeu logo:

— Jorge?... Mas que é que tem Jorge?

Reagia contra a confissão de mamãe, tão clara. E virou-se para mim, como se eu pudesse saber alguma coisa. Quando compreendeu, foi dominado pela raiva — mas uma raiva fria, branca, pavorosamente lúcida. Tudo surgia no seu pensamento espantosamente nítido: Jorge, o filho de um amigo rico do interior que ele acolhera em casa e tratava como um filho; e encaminhara para a faculdade. Por minha vez, eu revia, em pensamento, a figura de Jorge, simples, quase ingênuo, uma expressão de bondade, de confiança. Parecia um menino grande. E, no entanto, fizera aquilo, continuara aparecendo em casa, ele, o traidor! Que ódio me veio da vida, de todo mundo! Lembrei-me que ele brincava muito comigo, dizia-se meu noivo. No meu desespero de garota, pensei: "Acho que ninguém presta no mundo, ninguém". Mas tive que me atracar com papai, porque ele queria acabar com mamãe, estrangulá-la. Caí de joelhos, abracei-me às suas pernas. Na sua obsessão, ele só dizia:

— Cínica! Cínica!

Eu chorava — e só então senti como é bom chorar junto com uma pessoa que tem o mesmo sentimento que a gente. Mas mamãe tinha que falar ainda antes de morrer; e para mim:

— Eu te amaldiçoo... Vais sofrer como eu, mais... Um homem vai te...

Interrompeu-se; era a morte que vinha. Eu estava ainda de joelhos; quanto a papai, sua excitação desaparecera; acompanhava, com uma espécie de fascinação, a agonia breve de mamãe. As palavras de mamãe estavam vivas, em mim. Tentei, por mim mesma, completar a frase que a morte cortara: "Um homem vai te...", dissera ela. Compreendi o que ela queria dizer: que um homem ou vários — quem sabe? — iam me tornar a mais infeliz das mulheres; iam fazer com que eu chorasse, uma a uma, todas as minhas lágrimas. Tive um medo, um desespero de todo o meu ser, porque a maldição de uma morta deve cumprir-se inexoravelmente. A partir desse momento, eu me senti uma mulher marcada; fizesse o que fizesse, não me libertaria nunca da minha fatalidade. Olhei-a no seu leito; alguém unia as suas mãos, como se estas fossem duas amigas, duas gêmeas. A fisionomia de mamãe estava agora serena; mas tinha esse ríctus inconfundível das mulheres que morrem ainda bonitas, ainda moças. Papai saíra do quarto — não chorava mais. O que havia dentro dele, como uma febre, como um fogo incessante, era o ódio. Numa fração de segundo, o amor de toda a sua vida se fundira naquela fúria. Procurei-o pouco depois: estava de pé, diante da janela, recebendo o vento no rosto, nos cabelos, e imóvel como um homem feito em pedra. Quis tocar-lhe. Ele disse, sem me olhar:

— Vai-te!

Senti, com esta palavra, que estavam cortados todos os laços que existiam entre nós. Como eu insistisse, voltou para mim seus olhos. Sim, me olhou de uma maneira que me fez sentir a presença da morte. Compreendi então que ele era capaz de tudo, até de me matar. A vida acabara para ele; papai odiava tudo com um ódio obtuso e potente. Fugi, para que ele não se virasse. Até o fim, papai não deu uma palavra a ninguém; deixava-se abraçar, com a mesma expressão pétrea, como se o seu corpo estivesse ali; a alma, não.

Durante várias horas, chegaram pessoas da família, amigos ou simples conhecidos. Tomaram todas as providências para o enterro, sem que papai fosse ouvido para nada. Ele não estava em condições de responder à mais simples consulta. Tia Hermínia, e mais duas senhoras, vestiram mamãe. Eu andava, de um lado para outro, com a maldição de mamãe nos ouvidos. Ouvia, na sala, no corredor, na varanda, essas coisas que não querem dizer absolutamente nada: "Que coisa!", "Tão bonita!". E todos sentiam que naquele suicídio de uma mulher moça e bonita havia uma causa qualquer, secreta, que a família não confessaria nunca. Nosso médico, doutor Alexandre, deu-se à missão de ir, de grupo a grupo, com uma explicação clínica: "Esgotamento nervoso, neurastenia muito acentuada". Tive um estremecimento quando ouvi tia Hermínia dizendo: "Uma santa!". Senti uma coisa em mim, quase protestei: "Santa o quê! Santa coisa nenhuma!". Mas engoli as palavras, com um remorso intolerável; pensei: "Uma filha não pode julgar a própria mãe! Uma mãe é sagrada aos olhos dos filhos!". Depois, notei que havia contra papai uma raiva não expressa, como se desconfiassem dele. Olhavam-no de uma maneira especial, sussurrava-se talvez contra ele. Uma senhora gorda me segurou:

— Por que não deita um pouco? Coma alguma coisa!

Minha avó materna chegou de madrugada. Era senhora, de quarenta e cinco anos, viril, conservada: vinha de fora, de uma estação de águas, chamada às pressas. Foi direta ao esquife; chorou, sobre o rosto da filha. Fiquei ouvindo vovó dizer, exclamar: "Minha filhinha!", "Meu amor"; coisas de cortar o coração. Mas subitamente cortou o próprio desespero. E virou-se, procurando alguém; seus olhos fixaram num ponto — onde estava papai, impassível, os olhos enxutos.

Foi até lá, cresceu para papai; gritou:

— Foi você, ouviu? Foi você!

Bateu em papai, no peito de papai, com os dois punhos fechados. Ele não fez um gesto. Vovó continuou, enquanto vários braços procuravam arrastá-la:

— Quando uma mulher casada se mata — gritava ela — o marido é o culpado!

Papai podia ter respondido: "O marido ou amante!". Mas ele não quis dizer nada. Naquele momento, nada o interessava no mundo; parecia estar a mil léguas daquele velório, como se a morta não fosse sua mulher e sim a última das estranhas. Tive tanta pena de papai, mas tanta! Chorei por ele — pensaram que era por mamãe. Libertei-me de tia Hermínia, que procurava me consolar, e corri para papai. Ele tornou a me olhar com o mesmo ódio inumano. Senti que era meu inimigo para sempre — e por quê? Minha vontade foi gritar para ele e para todos ali:

— Mas eu não fiz nada! Eu não fiz nada!

Fiquei num canto, chorando baixinho, procurando não chamar a atenção de ninguém. Tudo aquilo iluminado ao fogo do delírio. Eu refletia: "Ah, se tudo isso fosse mentira". E, então, pensei em Jorge. Procurei fixar, na memória, a sua fisionomia. Mamãe devia amá-lo muito, demais, para se matar por ele. Seria bonito? Os traços dele surgiam na minha lembrança, bem nítidos; o feitio do nariz, o queixo, os olhos de uma luz muito viva, e muito doce, o riso, o sorriso, uma certa palidez que lhe dava um encanto de convalescente e realçava o negror dos cabelos. Era ele o culpado, o único culpado. Disse, para mim mesma: "É um miserável, um infame! Fazer isso com papai!". E uma hipótese surgiu logo: "E se ele aparecesse por aqui? Se surgisse, de repente?". Tive uma angústia imaginando uma cena inevitável, caso ele viesse: Jorge e papai, frente a frente. Jorge viria certo de que papai não sabia de nada; e papai, sabia de tudo. Talvez houvesse, entre eles, diante do esquife de mamãe, uma luta de morte. Cheguei a imaginar que, nessa luta, um dos círios poderia cair e… Mas o curso de minhas reflexões foi interrompido, porque vi papai levantar-se de onde estava sentado. Veio caminhando, sem pedir licença; atravessou a sala e começou, lentamente, a subir a escada. Tive por um momento — mas só por um momento — a ideia de acompanhá-lo; desisti, porém, lembrando-me do seu olhar nas duas vezes em que tentara uma aproximação. Todos os olhos o seguiram; e eu estou certa de que na mente de cada uma das pessoas, ali, havia a suspeita ou a certeza de que papai era culpado de alguma coisa. Papai chegou ao fim da escada — tudo na sua atitude revelava que deixara de ser uma criatura: era um trapo humano. Um minuto depois — ou pouco mais talvez — ouviu-se um estampido. Foi um tumulto, alguém ia tropeçando num círio, conforme eu previra no caso de uma hipotética briga de papai com Jorge. Todos correram, eu na frente de todo mundo. Quis abrir a porta do quarto de papai — estava fechada à chave. Dois homens meteram os ombros, uma, duas, três vezes, até que arrombaram a porta. O cheiro de pólvora já era bem perceptível. Todos viram; papai se matara com um tiro, estava com a cabeça pousada numa poça de sangue; e o sangue, ainda vivo e quente, corria, em filetes, pelo soalho. Alguém disse:

— Não deixem a menina ver!

Eu quis gritar; mas não saiu som nenhum. Vi, então, aparecer um homem muito grande, muito forte, que eu não via há muito tempo: meu tio Aristeu, irmão de meu pai. A última lembrança que guardo daqueles momentos foi esta: tio Aristeu, depois de olhar a cena, me carregar nos seus braços potentes, me levar não sei para onde. Perdi a consciência de tudo. Fiquei doente: as pessoas que me acompanharam durante a doença — inclusive minhas tias Hermínia e Laura — disseram que eu delirei dias a fio sem parar; e que um nome me vinha aos lábios, todos os dias, como uma obsessão: Jorge. Era ele quem eu via na febre; ora sozinho, ora com papai ou com mamãe, ora brigando com papai, numa luta mortal. Outras vezes, saltava na cama, gritando: "Jorge está matando papai!". Ou o contrário: "Papai está matando Jorge!". Graças a Deus, o que eu disse, em delírio, não teve nexo bastante para dar uma ideia do que acontecera. De forma que tia Hermínia, tia Laura, vovó nem ninguém pôde imaginar a verdade. Quando voltei a mim mesma, papai e mamãe já estavam debaixo da terra há muitos dias.

Vovó e minhas tias cuidavam de um mausoléu de luxo para mamãe, uma coisa que chamasse a atenção, que impressionasse no Dia de Finados. Era essa a paixão que as consumia, que se convertera numa ideia fixa. Para papai, nada. O tio Aristeu, o irmão dele, não abria a boca para dizer uma palavra. Soube depois que vinha todos os dias me visitar. Entrava no quarto, sentava-se numa cadeira e lá ficava, absorto, vendo meu delírio, quem sabe se recolhendo e interpretando as coisas que eu ia dizendo em plena febre. Sua presença assustava; era um colosso de homem e de um mutismo sinistro. Durante quase um mês fiquei indiferente a tudo; só tinha vontade de dormir. Certa vez, acordei quando baixava a noite; o quarto estava em penumbra. Abri e fechei os olhos imediatamente, como se não tivesse nem forças para conservá-los abertos. Ouvi, perto de mim, vozes; eram tia Hermínia, vovó e tia Laura. Conversavam sobre mim, sobre meu destino, sem desconfiar que eu já estava senhora de mim mesma. Tia Hermínia dizia:

— Se ela escapar...

— Escapa, sim! — Tia Laura era categórica. — O médico disse. Foi só o abalo, a comoção. Mas fica logo boa.

Fez-se um silêncio que vovó quebrou:

— A mulher não deve ser muito bonita. — Havia um certo rancor em vovó. — E Suzana é.

— Puxou à mãe. Muito parecida.

— Mas — insinuou tia Hermínia — Suzana é criança, ainda. Tem só quinze anos.

Vovó protestou:

— Mas aparenta muito mais. Ninguém diz. É uma moça, uma mulher. No meu tempo, quantas se casavam com onze anos?

Eu ouvia tudo e, apesar do meu estado, com apaixonado interesse. Pela primeira vez, sabia positivamente que era bonita; e mais do que isso — "mulher". Sobretudo, gostei de ser "mulher", eu que me considerava uma menina, eu que, até aí, jamais tivera um namoro verdadeiro, a não ser bobagens de criança. Por um momento, esqueci a tragédia que destruíra as duas vidas que eu mais devia amar no mundo. Ouvia agora vovó, falando com excitação, com uma espécie de raiva:

— E o pior é que ela é direitinha a mãe: tem temperamento. O mesmo temperamento: já notei isso. Outro dia eu estava vendo como ela olha os rapazes. Fica diferente, outra, sonsa. Provoca sem querer; é a natureza dela. A mãe era a mesma coisa. Mas na filha eu perdoava isso; na neta, não!

Então, eu comecei a sofrer; já não tinha orgulho de ser "mulher" ou bonita. Sofria, sim, com o "temperamento" que me atribuíam. Seria eu assim, como dizia minha avó? Esse "temperamento" me pareceu uma fatalidade, a mesma que matara minha mãe e meu pai. Perguntei a mim mesma: "Será que eu, se me casar, vou trair meu marido?".

— A solução — continuou minha avó — é o casamento. O casamento o mais depressa possível. Suzana não pode ficar sozinha no mundo, entregue aos outros ou, ainda pior, a si mesma. E vocês querem saber quem é um ótimo partido para ela?

Escutei a minha tia Hermínia perguntar:

— Quem?

E vovó respondeu:

— Jorge.

2

QUANDO VOVÓ DISSE AQUILO — que Jorge era um ótimo partido para mim — eu podia ter aberto os olhos, imediatamente. Mas, não. Fiquei como estava; devia parecer uma morta, assim estendida na cama, quieta, pálida, com medo até de respirar. Pela primeira vez, compreendi a minha situação, vi que estava só no mundo, indefesa diante da vida. Tive um arrepio, como se fosse frio, mas era medo. Seria minha sina que ninguém gostasse de mim? Meus pais pouco haviam ligado à filha única. Tanto lhes fazia que eu fosse feliz ou infeliz. E agora minha avó, minhas tias resolviam sobre minha vida e, imaginem, decidiam o meu casamento, como se eu fosse o quê, meu Deus? Casar como, se eu não gostava de ninguém, se eu até tinha medo, secreto e invencível, dos homens, se eu não convivera ainda com um rapaz? "Tenho medo dos homens, tenho medo dos homens", era o que eu pensava, no meu pânico de menina. Se me perguntassem por quê, eu não saberia explicar. Era talvez um instinto que se manifestava em mim; ou como se eu, sem perfeita consciência disso, os achasse violentos, cínicos, brutais. E tinha outra coisa, que fazia ferver um ódio em mim: "Jorge, não! Com Jorge, nunca!". Senti meu estômago contrair-se numa náusea. Lembro-me que disse para mim mesma: "Até com o lixeiro, mas com Jorge, não!".

Para mim, ele era um assassino, não passava de um assassino: matara papai e mamãe; destruíra as duas vidas que eu devia amar acima de tudo. Naquele momento, eu senti em mim, pela primeira vez, o fermento de um ódio que me acompanharia sempre, que não me largaria nunca. Ah, se minha avó e minhas tias pudessem imaginar o que havia na alma da garota, se pudessem adivinhar que eu não estava dormindo, mas consciente e sensível como nunca. Então, fiz uma coisa: jurei que vingaria papai e mamãe, sobretudo papai. Não sabia como: "Mas ele há de pagar tudo, tudinho". Esse juramento, em que pus toda a minha vontade desesperada, me acalmou um pouco, me deu um pouco de paz interior. Pude abrir os olhos; vovó e minhas tias estavam sentadas em semicírculo e tia Hermínia fazia tricô (tia Hermínia sempre fora tão seca, tão fechada comigo!):

— Acordou — disse tia Hermínia.

Ah, como eu estava fraca, meu Deus do céu! Fraca, como se a vida só pouco a pouco fosse voltando a mim. Mas acho que assim mesmo tinha uma expressão dura no rosto, uma expressão quase de desafio. Minha avó curvou-se sobre mim — o quarto estava em penumbra — endireitou a coberta. Ela era seca, autoritária, enérgica, viril como um homem. Muito branca — vestia-se sempre de preto, o preto lhe assentava muito bem.

Pousou a mão na minha testa. Foi lacônica:

— Sem febre.

— Vovó... — comecei.

Mas não prossegui. O que eu queria dizer era o seguinte: "Vovó, eu não quero me casar com Jorge; nem com ninguém". Senti, porém, que, se acrescentasse mais uma palavra, minha voz se quebraria em soluços; meu lábio inferior começou a tremer e eu pensei, com profunda humilhação: "Estou fazendo beicinho como uma criança; não adianta, sou tão menina, tão menina!". Senti-me tão fraca, tão vencida diante de vovó, que sempre soubera impor a sua vontade. Tia Hermínia — sempre fazendo tricô — ainda perguntou, brusca:

— Está chorando — por quê?

— Nervosa — respondi, numa desculpa improvisada, com medo que pensassem que era por medo de vovó, medo do destino, medo de uma porção de coisas que o futuro reservava para mim.

— Vai ficar boa depressa — era a voz de vovó; continuou, fria, terminante: — Isso não foi nada, passa.

Então, vovó, com a maior naturalidade possível, um ar de quem não quer nada, começou a falar nas visitas que eu tinha recebido. De repente, como se lhe ocorresse uma lembrança, exclamou:

— Ah, sabe quem tem vindo muito aqui? Quase todo dia, não é, Hermínia?

— É — confirmou tia Hermínia, continuando a fazer tricô, mas sem me desfitar.

— Quem? — perguntei, com o coração batendo mais depressa.

E vovó:

— Imagine — Jorge! Ou telefonava ou vinha pessoalmente pedir notícias. Muitas vezes ficou sentado ali — apontou uma cadeira — um tempão! Foi muito correto no enterro. Mandou uma coroa para sua mãe — acho que de orquídeas. Eu...

Virou-se para tia Hermínia que parecia possuída de uma certa excitação. Pareceu pedir o testemunho da filha:

— Eu até disse a Hermínia: "Muito atencioso, esse rapaz!". Não pensei que fosse assim. Acho que daqui a pouco ele deve vir aqui.

"Pronto!", pensei, com o coração em pânico: "Pronto!". Tive vontade de me sentar na cama, interpelá-las: "Vocês não veem que eu sou criança? Que podia ou devia usar meias curtas!". Mas não disse nada. Calculei que deviam ter algum interesse em Jorge, no meu casamento com ele. Ou, então, seria pura e simplesmente o desejo de se verem livres de mim. Durante um minuto ou dois, não disse nada; de repente, não sei por quê, fiz uma pergunta inteiramente inesperada, inclusive para mim:

— E tio Aristeu?

Vovó fixou os olhos em mim; achei, por intuição, que não tinha gostado. Ficou meio assim, perguntou:

— Que é que tem?

— Tem vindo me ver?

— Tem — admitiu vovó com esforço e com uma espécie de cólera; e quis saber: — Por que você pergunta?

— Por nada.

Ela quis se conter, mas não pôde:

— Olha aqui, Suzana: há uma coisa que eu quero dizer a você. Não convém nenhuma espécie de amizade com esse seu tio Aristeu. Não interessa. É muito grosseiro; imagine que cria umas moças e bate nelas com chicote de cavalo. Uma vez cortou o rosto de uma delas...

Eu via vovó sofrendo, ao dizer isso, como se experimentasse na própria carne a chicotada:

— ... cortou o rosto de uma delas, deixou um lanho horrível. Uma moça bonita, estava para se casar. Na presença do noivo, imagine! Ela ficou tão acabrunhada, tão desgostosa, que desmanchou o casamento — depois enlouqueceu! E tem mais: Aristeu foi contra o casamento de seu pai, opôs-se até o último momento. Tinha raiva de sua mãe, não sei por quê; talvez mágoa, talvez gostasse dela, não sei. Só sei que, no dia do casamento, apareceu na hora do civil — o juiz foi lá em casa — e gritou: "Ela vai te trair! Ela vai te trair!". Parecia um louco. Nunca vi ninguém tão parecido com o demônio! E ainda outro dia — eu soube — ele andava espalhando calúnias contra sua mãe, dizendo dela as coisas mais horrorosas!

Vovó tinha ido num crescendo. Ah, se eu pudesse não teria ouvido nada do que ela disse. Fez-me um mal horrível, uma espécie de dilaceramento, conhecer aquelas coisas. Oh meu Deus, eu era ainda muito nova — boba mesmo — para compreender a vida como ela é; feia, vil, trágica. Tudo aquilo que eu estava sabendo — sem preparação nenhuma — me fazia nascer na alma um espanto absoluto; e aumentava o medo, que eu já sentia, de me ver no mundo, menina e só, sem pai, sem mãe, sem irmã, sem ninguém que velasse por mim, me protegesse e me salvasse. Eu desejaria ter gritado para vovó: "Pare! Pare! Não diga mais nada! Não conte isso!". Minha tia Laura — discreta no seu canto como uma freira — a própria tia Hermínia — pareciam sofrer também com isso. No fundo, elas julgavam o tio Aristeu o próprio Satanás, numa de suas muitas encarnações:

— Ele também tem vindo aqui — disse minha avó, com ar de cansaço e sofrimento. — Não sei por quê, mas tem. Talvez pretenda alguma coisa de você. Mas agora uma coisa — você tome nota do que eu estou lhe dizendo: não ligue para esse sujeito. Porque senão eu nunca mais quero saber de você — você estará morta para mim!

— Eu sei, vovó, eu sei!

Mas não sabia de nada, senão que me sentia num abandono cada vez maior. Para não pensar mais no tio Aristeu — e na chicotada que dera na moça — procurei fixar o caso do casamento com Jorge. Sentei-me na cama: tive uma espécie de tonteira que, felizmente, passou. E com a respiração meio ofegante procurei dizer de uma só vez o que me interessava no momento:

— Vovó, eu não quero me casar com Jorge!

Fiquei esperando a reação, sem coragem para olhar vovó:

— Mas não quer como? E quem falou nisso? — Vovó fora apanhada desprevenida.

— Eu ouvi.

— Ah, quer dizer que não estava dormindo? Fingia!

— Não, vovó, foi sem querer, ouvi sem querer!

Vovó e as duas tias me espiavam agora. Houve um silêncio que me meteu medo. Pensei uma porção de coisas absurdas — também eu estava tão fraca, com um resto de febre! Cheguei a temer que elas, as três, mais fortes do que eu, me pegassem, me batessem. A doença deixara a minha imaginação toda descontrolada. Só respirei um pouco quando ouvi a voz de vovó, disfarçando os próprios sentimentos:

— Ainda é cedo, Suzana, para a gente falar nisso. Depois a gente vê — tem tempo, não precisa pressa.

Talvez eu dissesse ainda qualquer coisa, pois queria aproveitar a minha coragem. Mas quando pensei em abrir a boca, entrou Hortência. — Hortência, a nossa criada há muitos anos, e que, aliás, gostava muito de mim. — Preta e boa, Hortência, mas tão infeliz —

coitada! — com o marido. Diziam que até pancada apanhava dele. Hortência vinha anunciar alguém:

— "Seu" Jorge está aí!

Houve uma pequena agitação no quarto. Vovó, rápida, nervosa, olhou em torno para ver se havia alguma coisa que arrumar. Deu uma ordem:

— Tire aquilo dali!

Tia Hermínia apanhou um jornal do chão e levou. Tia Laura sumiu também com seus passos miúdos, que não faziam rumor. Vi no rosto de vovó uma preparação de sorriso. Eu fechei os olhos — como o meu coração batia, Nossa Senhora. "Vou ficar assim, de olhos fechados, fingindo que estou dormindo." Mas depois me lembrei que, com vovó ali, a simulação não seria possível, a não ser que eu quisesse brigar com ela de vez. "É um assassino", disse a mim mesma. E, depois, embora a contragosto, fiz uma observação: que mamãe devia ter tido por Jorge uma paixão louca. Olhem que eu era uma menina sem experiência nenhuma da vida e muito menos do amor. Por isso, até hoje me intriga a pergunta que fiz para mim mesma: "Que terá Jorge de diferente dos outros homens, de melhor, para que ela o amasse tanto?". Quando reabri os olhos, Jorge estava diante de mim e vovó dizia, com uma amabilidade de salão:

— Já acordou, Jorge! Está quase boa!

Olhei para ele; e logo notei que ele estava diferente, parecia ter mudado, era como se fosse outro. Eu disse que Jorge parecia um menino grande; mas agora, não. Havia, nele, uma expressão que seu rosto jamais tivera: tornara-se, digamos, mais homem. Apesar do ódio que lhe votava — e todos nós sabemos como são intensas certas raivas de menina — tive uma curiosidade, ver se ele estava triste ou não. A mulher que Jorge amara morrera há coisa de dias — e por ele, por muito que o amara. Isso devia ter despedaçado alguma coisa dentro dele. Era impossível que seus olhos não tivessem chorado, embora os homens não gostem de chorar. Quando fixei Jorge esperava ver isso, esperava ver um rosto desfigurado. Mas, não. Ele não demonstrava nenhum sentimento, nenhum traço de nostalgia que a memória de mamãe devia inspirar-lhe. Estava cortês, cordial, bem-educado, assegurando:

— Vai ficar boazinha num instante, não é, dona Marta?

Vovó nem parecia ter perdido uma filha; respondeu:

— Claro!

"Mas é possível, meu Deus?", era o meu espanto, "não é possível, não!" Como é que se esquece, assim, em pouco tempo, ele, a mulher amada; vovó, a filha. Será que não têm alma, coração, que essa gente é oca por dentro ou só tem enchimento de palha? Uma lágrima me apareceu num canto dos olhos. Jorge sentara-se na cama. E, oh!, como achei essa intimidade repulsiva! Lembro-me que fugi com o corpo para o meio da cama, como se a proximidade daquele homem me enchesse de náusea. Ele dava conselhos — o infame! — com um senso comum que um amante desesperado não teria — que esperança!

— Agora — falava devagar — o que você precisa é ir para fora, descansar. Você vai ver como em quinze dias, um mês, fica outra. Aposto o que você quiser!

Tranquei os lábios, disposta a não dizer uma palavra, a fazê-lo sentir que entre mim e ele havia nos separando a lembrança de uma morta. Fiz tudo para que sentisse o meu ódio, mas não adiantou. Havia nele um carinho persistente, um carinho de quem sabe como tratar as mulheres:

— Já se nota — continuava — que ela está muito melhor, dona Marta! Por exemplo: ontem, a febre e mesmo o aspecto — a senhora não acha?

Pela primeira vez, os nossos olhos se encontraram. Durante não sei quanto tempo, ficamos assim: um olhando para o outro. Eu quis tanto que o meu olhar tivesse um poder de expressão igual à palavra; e que ele entendesse mais ou menos o seguinte: "Eu sei o que você fez: traiu papai, amou minha mãe. Foi você — está ouvindo? — o único culpado de que os dois tivessem morrido. Eu odeio você, até onde uma mulher pode odiar um homem. E ainda por cima, você não sentiu nada a morte de mamãe; está se vendo pela sua fisionomia. Tão calmo, tão à vontade, como se não tivesse acontecido nada!".

— Bem — disse vovó, levantando-se. — Vocês me dão licença. Vou ali um instantinho.

Saiu, depois de sorrir para Jorge. Eu quase protestei, quase gritei: "Não quero ficar sozinha com esse homem!". Mas não disse nada; minha sina era calar meus sentimentos. Fiquei vendo vovó sair, fechar a porta. Ficamos sós. Ainda hoje, eu pergunto: teriam os dois combinado aquilo ou foi pura e exclusiva iniciativa de vovó? Só sei que quando ela saiu, mudou a atitude de Jorge. Ele puxou a cadeira para perto da cama; ia dizer qualquer coisa, mas fui eu quem falou primeiro. O interessante é que as minhas palavras saíram quase sem querer; eu não as premeditara.

— Jorge, quero que você me diga uma coisa.

— Pois não.

E eu:

— Quando um homem gosta muito de uma mulher, mas gosta mesmo, de verdade. E essa mulher morre — ele sente muito ou esquece depressa?

Hesitou antes de responder, o infame. Não sei se foi impressão minha ou se realmente empalideceu. Sorriu ou procurou sorrir, simulando perplexidade:

— Depende.

— Como depende?

— Vários fatores influem. É preciso saber, em primeiro lugar, se é amor mesmo ou se…

— No caso de ser amor mesmo, claro.

— Bem, no caso de amor, o homem não pode esquecer. Pelo menos, eu penso assim.

Apesar de minha raiva, ainda quis fazer ironia:

— Ah, você pensa? Logo você?

Ele olhou bem para mim:

— Se eu amasse muito uma mulher — começou o cínico — e se ela morresse — sabe o que eu faria?

— O quê?

— Meteria uma bala na cabeça.

Ficamos olhando um para o outro: eu, espantada e, sobretudo, com uma náusea horrível daquele cinismo; ele, grave, altivo, com um certo ar de sofrimento. Falara de uma maneira apaixonada; e me olhando bem no fundo dos olhos.

Criou-se uma pausa entre nós. Uma coisa eu senti logo e, aliás, era evidente: o olhar de Jorge, naquele momento, era tão claro, tão explícito, como uma declaração de amor. Ah, vocês que me leem hoje! Jamais vi em olhos de homem uma doçura tão intensa, tão quente. Tive medo, mas reagi. Estava possuída de uma fúria fria, queria ir até as últimas consequências.

— Jorge, agora imaginemos uma coisa. Faz de conta que um homem gostou muito de uma mulher. Está ouvindo?

Entre parênteses: eu falei a Jorge, naquele momento, não como uma quase menina, mas como uma mulher experimentada, uma mulher vivida. É que o desespero, o instinto de autodefesa, a raiva me davam uma estranha lucidez, uma energia interior, quase o domínio da situação. Eu mesma me sentia outra, como se o sofrimento tivesse produzido a transformação mágica da menina em mulher.

— Um dia, o homem abandona a mulher. Ela, então, se mata.

— Muito bem.

— Mas repare no seguinte — eu queria ser bem positiva —, repare que ela se matou exclusivamente por causa dele. Agora quero que você responda a uma pergunta: você acha que esse homem poderia ter qualquer pretensão à filha da morta?

— Conforme — foi a resposta imediata.

Ah, como eu sofria por dentro! E como era duro para mim disfarçar o meu sofrimento, o meu ódio, a vontade que eu tinha de esbofeteá-lo, de expulsá-lo dali. Enchi-me de horror, fui bem para o fundo da cama, como querendo criar, entre mim e ele, uma distância, por pequena que fosse, mas em todo caso uma distância. Ele ia dizer qualquer coisa, completar seu pensamento, quando vovó entrou. Como eu agradeci a Deus que ela aparecesse!

— Vocês já se entenderam? — escutei vovó perguntar.

— Ainda não — foi a resposta de Jorge; notei que ele estava meio contrafeito e me alarmei um pouco pensando: "Que é que vem por aí?".

— Suzana. — Vovó sentou-se na cama. — Jorge ontem esteve aqui e me pediu sua mão — ela precipitava os acontecimentos com o seu gênio muito enérgico, decidido e cruel. — Eu, então, respondi que, por minha parte, não havia nada. E você — havia uma ameaça na voz de vovó — que responde?

Eu não devia ter pingo de sangue no rosto quando respondi:

— Eu me caso com Jorge, sim, vovó!

3

EU RESPONDI — "EU ME caso com Jorge, sim, vovó!" — e nunca mais me esqueci da minha própria sensação naquele momento. Espantei-me com o som de minha voz; era como se fosse outra criatura, e não eu, que tivesse falado. Jorge, mais do que depressa, apanhou minha mão, guardou minha mão entre as suas; e, depois, beijou a palma de uma e outra, com uma espécie de adoração. Novamente o meu estômago se contraía, num enjoo, numa náusea, que ninguém pode fazer ideia. Fechei os olhos, com medo de exprimir as emoções que ferviam em mim — eram tantas e tão contraditórias! Mentalmente, eu dizia: "Infame, cem vezes infame! Mas tu vais ver!". Essa crueldade que a mulher tem por natureza, por instinto, se manifestava em mim, no fundo de minha alma. Durante um certo tempo — não sei quanto — fiquei assim, fechada em mim mesma, o ritmo do coração mais forte, o sangue todo na cabeça. Abri os olhos: vovó e Jorge se abraçavam. Vovó chorava — imaginem! Parecia comovida, comovidíssima.

— Você não imagina, Jorge — não pode imaginar a minha satisfação!

— E a minha, dona Marta, e a minha!

Nunca me esqueci dessa cena e não me esquecerei jamais. O que me enchia de assombro era o cinismo daqueles dois (ninguém estranhe que eu fale assim de minha avó, mas ela me fez sofrer tanto, me humilhou tanto!). Era impossível que um e outro sentissem qualquer espécie de emoção. Era uma comédia — e com que intuito, meu Deus, com que secreta e abominável intenção? Jorge não me amava, era humanamente impossível que me amasse; sobretudo, porque não houvera nem tempo — tempo material para que nascesse entre mim e ele um sentimento, uma ternura, uma compreensão, nada. Quer dizer, existia ali um mistério, um desígnio que eu não podia perceber. E não havia dúvida, nenhuma, que esse mistério e esse desígnio contra mim eram contra a minha felicidade tão frágil, tão indefesa, que poderia despedaçar-se a qualquer momento. Vovó quebrou o ritmo de minhas reflexões. Procurava ser doce — ela cujo temperamento era tão secamente autoritário — mas a mim ela não enganava. Isso nunca!

— E você não se esqueça de uma coisa, Suzana. — Seus olhos brilhavam de excitação. — Jorge está sendo generosíssimo! — Acentuou: — Cavalheiresco!

O cínico protestou:

— Ora, dona Marta!

— É preciso pôr pontos nos "is" — insistia vovó. — Outro qualquer não faria isso, não teria a mesma solicitude. Olha, Suzana — ele estava disposto a esperar, não é, Jorge?

— Lógico!

— Porque enfim você era muito novinha. Mas o que aconteceu — isso que houve com seu pai e com sua mãe — mudou a situação.

— Completamente! — reforçou Jorge.

Só eles falavam; eu não dizia uma palavra. Se eu pudesse abrir a boca, para mostrar, aos dois, que tudo aquilo era uma infâmia, uma coisa vergonhosa! Como dispunham de mim, de minha vida, de minha felicidade, do meu corpo! Eu desejaria ser surda para não ouvir vovó falar:

— Portanto Jorge resolveu antecipar o casamento. Uma moça que perde pai e mãe está em condições de se casar; mesmo que você tivesse menos idade. Precisa de proteção, de um homem que tome conta. Enfim, um marido.[3]

— Pois é, um marido! — disse eu; houve uma ironia, na minha exclamação, que os dois não perceberam, segundo presumo; ou, pelo menos, não se dignaram a perceber.

Jorge se dirigiu a vovó — sua voz estava incrivelmente doce, até musical. Apesar da raiva que eu lhe tinha não pude deixar de reconhecer isso:

— Uma coisa eu posso garantir — disse. — Farei tudo, tudo…

Pôs na própria voz um tom de sinceridade apaixonada. Eu mesma me espantei. Como se pode mentir bem, como se consegue fingir um sentimento. Ele repetiu:

— … tudo pela felicidade de Suzana!

E vovó, enternecida:

— Eu sei, Jorge, eu sei! Você pensa que se eu não achasse assim, não tivesse confiança em você, ia entregar minha neta! A minha responsabilidade é grande, Jorge!

— E você, Suzana?

Voltava-se para mim, ele que podia me deixar sossegada. Eu respondi com uma pergunta — e havia na minha voz uma secreta hostilidade:

— Eu o quê?

— Você também acredita que eu possa fazer você feliz? Ou não?

Durante uns dez segundos — mais ou menos — que assustaram muitíssimo vovó — eu hesitei na resposta. Estive, quase, quase, desmascarando tudo. Mas me controlei: disse para mim mesma: "É cedo". E menti:

— Acho que você me fará feliz.

Ele reafirmou, com uma ternura que parecia tão verdadeira:

— Você verá. Toda a minha vida será dedicada a isso — a fazer você feliz — a mais feliz de todas as mulheres.

Eu estava cansada, tão saturada de minha própria simulação. A minha vontade era gritar: "Vamos parar com isso? Nós três estamos representando uma comédia!". Mas, pouco a pouco, sem que eu mesma percebesse, eu estava adquirindo o gosto e a arte da mentira, estava me apaixonando por aquele jogo de hipocrisias, de falsidades. Aliás, era a única coisa — a única! — que me cabia fazer, naquelas condições. Eu não podia fazer guerra aberta às pessoas que estavam tramando a minha infelicidade. A minha defesa era justamente — claro! — fingir, o mais possível, até que... Vi quando vovó tocou num assunto crucial:

— E quanto à questão de data?...

Ela mesma deixou a questão suspensa para que Jorge dissesse alguma coisa. Ele aproveitou:

— Isso — insinuou — eu preferia combinar com Suzana. Se bem que — acentuou — o meu desejo é que tudo se resolvesse o mais depressa possível. Para que esperar, não é mesmo? Não há a mínima razão — se eu concordo e ela também.

Felizmente Hortência apareceu naquele momento. Senão os dois eram capazes de marcar o dia. Hortência vinha um pouco nervosa:

— Está aí "seu" Aristeu!

— Outra vez esse homem — exclamou vovó; ela não soube disfarçar a sua aversão, embora Jorge estivesse ali.

— Mande entrar tio Aristeu! — ordenei, sem me conter.

Hortência saiu; toda a artificialíssima doçura da vovó se fundia em desgosto, em ódio:

— Aliás, você não devia chamá-lo de "tio" Aristeu. Nem irmão legítimo do seu pai é. Simples irmão de criação.[4] Que homem, meu Deus! Jorge, pelo amor de Deus; sua primeira providência, de noivo, de marido, deve ser proibir que Suzana tenha qualquer contato com este indivíduo. Um monstro![5]

Jorge responderia qualquer coisa — estava grave, com uma expressão cruel na boca, como se também participasse da raiva de vovó pelo meu tio postiço. Mas tio Aristeu entrou antes que ele falasse. Gostei, mas tanto, que entrasse e viesse direto a mim, sem cumprimentar ninguém, sem olhar ninguém! Esse acinte — era um acinte — como me fez bem! Foi uma espécie de vingança para mim. Ele era grande, quase um gigante; senti imediatamente a sua força descomunal; as mãos eram enormes, pesadas; e não só isso: toda a sua figura exprimia energia, decisão, vontade, instinto de luta. Jorge empalideceu — eu notei que empalideceu — quando o colosso entrou. E barbas negras, densas, que lhe escondiam a metade das feições e pareciam realçar o fulgor dos olhos.

— Está melhor, Suzana? — a voz era grave, escura, de barítono.

— Assim, assim — e tentei sorrir.

— O que você precisa — ele tomou meu pulso — é passar uns tempos lá na ilha!

— Que ilha? — admirei-me.

Eu não sabia que ilha podia ser essa. Meu rosto exprimiu o espanto mais profundo. Vovó interveio, ria, lacônica:

— Ela não pode.

Tio Aristeu não tomou conhecimento do aparte:

— Uma ilha que eu tenho, bonita, linda. Fiz uma casa lá, você não imagina! — Parecia um enamorado da própria ilha; falava dela como de uma pessoa querida. — Longe de tudo, só de quatro em quatro meses aparece uma embarcação, para levar mantimentos. Quer ir?

Vovó tornou — sua fúria gelada:

— Ela não pode.

Sentado onde estava — a cadeira era pequena demais para ele — virou-se para vovó, tinha um brilho perigoso no olhar:

— Estou falando com Suzana. — E para mim, de novo: — Quer?

É verdade que eu tinha medo de tio Aristeu. Fiquei de boca entreaberta sem saber o que dizer. Tio Aristeu me parecia, não sei, um homem fantástico, antediluviano, pré-histórico, capaz de todas as violências, de todas as paixões. Fiquei pensando que a raiva dele devia ser uma coisa louca, uma coisa tremenda. Mas, ao mesmo tempo, havia a possibilidade de um casamento infame, um casamento que me enlamearia para o resto da vida. Tomei coragem, venci o medo que tinha de vovó; deliberei: "Vou dizer que sim; que quero passar uma temporada na ilha". Achava, tinha a intuição de que, se fosse para a ilha, conseguiria me livrar de Jorge, de vovó, e, numa palavra, de um mundo hostil e tenebroso. Tio Aristeu insistia — procurando atenuar a voz, para que ela não saísse muito grossa, sonora demais:

— O mar é uma coisa formidável! — Riu, dizendo isso.

Então, eu respondi; ainda hoje me arrependo da minha pusila-nimidade:

— Vou, se vovó deixar!

A fisionomia de vovó mudou como da noite para o dia. A de vovó e a de Jorge. Tio Aristeu não disse nada — ficou apenas me olhando. Eu tive medo do seu olhar, do magnetismo que havia nele. Era um olhar que varava uma mulher, despia a alma da mulher (e por que não digo o corpo também?). Fechei os olhos, com esse frio que o medo dá. Tive vontade de dizer: "Tio Aristeu — tenho medo do senhor; medo — o senhor sabe o que é medo?". Aliás, imaginei que uma mulher, qualquer uma, sentiria, diante daquele homem, o mesmo pânico, a mesma covardia! Tio Aristeu se levantou:

— Suzana, eu vou dizer a você uma coisa: eu quero que você vá. QUERO!

Acentuou a palavra "quero", como a demonstrar que a sua vontade era irresistível, que só ela existia no mundo e que diante dela todas as resistências seriam esmagadas. Vi nos olhos de vovó uma raiva sem limites, mas impotente. Jorge, que se retirara para a janela e estava lá de costas para a cena, virou-se, um momento. Havia no ríctus de sua boca e na luz dos seus olhos qualquer coisa de homicida. Só tio Aristeu parecia ignorar as reações que ele mesmo despertava. Frisou, para que não restasse a mínima dúvida:

— E quando eu quero uma coisa — consigo! Portanto, você irá para a ilha.

Perguntei, vencida, de uma maneira quase inaudível:

— Quando?

— O quê? — Ele não tinha ouvido direito.

— Quando quer que eu vá?

Pensou um momento; via que, desde o começo, seu propósito ali era desafiar vovó e Jorge; como que humilhar um e outro:

— Depois eu digo.

Engraçado — eu, naquele momento, diante de tio Aristeu, tinha esquecido de tudo, inclusive do hábito — pois era um hábito — de obedecer cegamente à vovó. Perdi a noção de que havia no quarto outras pessoas presentes; era como se fôssemos os únicos, eu e tio Aristeu. Percebi que ele ia embora. Vi-o aproximar-se da cama e, à medida que se aproximava, sua figura crescia, crescia — quase gritei. Ele, apenas, queria me beijar na testa — como faria um pai. Senti os seus lábios quentes e o roçar de sua barba áspera, tão áspera! Então, se afastou, sem acrescentar uma palavra a mais, nem um "até logo, Suzana". Quando ele saiu, fechou a porta, vovó perdeu inteiramente a compostura, ela que fazia uma questão louca de ter boas maneiras diante de Jorge. Gritou, numa espécie de histeria:

— Canalha! Canalha!

Vi-a cair numa cadeira, cobrir o rosto com uma das mãos e chorar. Compreendi o seu desespero; ela perdoava tudo, menos que a humilhassem e, sobretudo, assim, de uma maneira deliberada, ostensiva, direta. Dizia, soluçando:

— Veio aqui só para me humilhar! Fez isso só para me humilhar!

Jorge aproximou-se dela. Também a sua fisionomia estava desfigurada. Logo na primeira vez que se tinham visto — ele e tio Aristeu — nascera entre os dois um desses ódios que só têm solução no crime.

— Não fique assim, dona Marta! Não ligue!

Ela enxugava agora as lágrimas; procurava se recompor o mais depressa possível, numa súbita vergonha do próprio desespero. Ria, entre lágrimas, passando as costas da mão nos olhos:

— Não foi nada! Bobagem minha — passou!

Jorge não ficou nem mais um minuto. Despediu-se, beijou a minha mão — saiu, com vovó atrás. Eu dei graças a Deus de ficar só; mas foi só por um minuto. Porque, logo depois, entrou tia Hermínia. Chamou-me a atenção o ar de espanto e de pânico com que ela apareceu. Fitei-a interrogativamente. Lembro-me que, de momento, comparei-a a uma corça assustada. "Aconteceu alguma coisa" — calculei — "senão ela não estaria assim." Perguntei, antes que ela falasse:

— Mas que houve?

Esperei que tia Hermínia falasse! Nunca existira nenhum laço afetivo entre nós duas. Sempre que se dirigia a mim, falava com maus modos, ralhando, fazendo observações desagradáveis. Com trinta e três anos, ainda era bonita, mas um pouco gasta, outoniça.[6] Jamais me ocorrera que ela, sempre fria, ranheta — que termo engraçado, "ranheta" — pudesse ter um sentimento mais doce. Começou a falar — depois de engolir em seco — e olhando para a porta. Ah, na certa temia o aparecimento de vovó.

— Suzana — segurou as minhas duas mãos —, você deve entrar para um convento, deve ser freira!

Se eu estava espantada, ainda fiquei muito mais. Arregalei os olhos:

— Mas o que é que houve, tia Hermínia? Que foi? Diga.

— Esse casamento com Jorge!...

Balbuciei:

— Sim; e que é que tem?

— Não se case sem amor. Em hipótese nenhuma. Sem amor, não. Você não ama Jorge, não é?

Seus olhos, suas mãos, toda a sua atitude parecia pedir que eu dissesse que não. Respondi categoricamente:

— Não.

Parecia obcecada:

— Então, não se case. Deixe mamãe falar, deixe ela fazer o que quiser, mas não se case sem amor, não! E eu quero lhe contar uma coisa...

Seu rosto adquiriu uma luz, uma aura de fanática. Tão estranho aquilo — naquela mulher bonita, porém fanada, falando em amor e de uma forma assim apaixonada, com uma espécie de misticismo! Prosseguiu, possuída de febre:

— A única coisa boa da vida é o amor, mesmo o amor infeliz. Qualquer espécie de amor — contanto que a gente ame.

— E a senhora — insinuei — conhece o amor?

Ela atropelou as palavras, na ânsia da confidência:

— Se eu conheço? Claro! Eu amo um homem, ele não sabe, ninguém sabe. É tudo para mim, tudo. Se eu tivesse menos idade, fosse mais moça! Mas não me acho bonita!

Quis consolar:

— A senhora é bonita, titia!

— Sou? — pareceu agarrar-se a uma esperança alucinada, mas caiu em si, cobriu o rosto com uma das mãos. — Bonita como eu queria, como eu precisava ser, não! Eu queria ser linda, linda... como você, por exemplo. Queria que ele me desejasse, queria...

Mudou de tom, bruscamente:

— Sabe quem ele é?

Fiz com a cabeça que não. E ela:

— Jorge!

— Jorge? — balbuciei.

— Jorge, sim, Jorge! Suzana, quero lhe dizer outra coisa, mas você tome nota: se você se casar com Jorge, eu me mato como sua mãe se matou; e no dia do seu casamento! Você me verá morrer — juro!

Baixei a voz, com medo daquele fanatismo:

— Odeio Jorge, titia, fique sossegada! Eu disse que sim, mas não há perigo! Nem que vovó me expulse de casa; e ela é capaz disso!

— Você, se quisesse, Suzana, tinha outro partido melhor, muito melhor.

Queria me fascinar; a sua paixão se fundira. Todo o seu esforço agora era para me convencer.

— Quem? — perguntei.

— Seu tio Aristeu!

Senti um arrepio:

— Mas podia ser meu pai!

— Por causa da barba; mas é só maduro; velho, não! Um senhor, já, mas sério, é melhor que rapaz!

— Ora, titia!

Mas ela não continuou. Ouviu um barulho, fugiu, no sagrado terror de vovó.[7] Eu senti que aquela pobre alma cultivava na solidão um amor imortal.

No dia seguinte, a primeira coisa que eu disse a Jorge, assim que ele apareceu e antes mesmo de cumprimentá-lo, foi o seguinte:

— Jorge, eu me caso com você, sim. Mas quero que você saiba, desde já, o seguinte: eu não lhe serei fiel; eu trairei você, na primeira oportunidade!

Fixei-o bem nos olhos; perguntei, sem desfitá-los:

— Serve assim?

4

MAS ANTES DO MEU entendimento com Jorge — que foi uma coisa horrível — tive um outro com vovó. As coisas que tia Hermínia me havia dito, na sua desesperada sinceridade, me impressionaram muito. Eu estava superexcitada, em razão do meu estado; e não só isso: titia falara de uma maneira que eu, ou qualquer outra, teria de ficar abaladíssima. Depois que ela saiu, correndo, como se fugisse, fiquei, por momentos, amargurada, refletindo. O engraçado é que eu já não me sentia deprimida, nem medrosa; não sei como, mas nascia em mim subitamente uma coragem, uma decisão de mulher já feita. Quando eu me lembrava de tio Aristeu, e da sugestão de titia, ficava apavorada! Levantei-me da cama. No primeiro momento, experimentei uma espécie de fraqueza, sobretudo nas pernas; reagi, porém. Apertei o botão da campainha; depois, fui ao espelho, ajeitei com a mão mesmo o cabelo; ainda apanhei meu casaco, vesti-o sobre a camisola. Meus pés estavam frios e isso, com certeza, era da própria doença. Então, enquanto não vinha Hortência, sentei na banqueta, fiquei meditando. Pensei cada bobagem — em coisas que nunca haviam me ocorrido antes. Por exemplo: se era bonita, se era feia; se um homem, olhando para mim, me consideraria menina ou mulher; se alguém me vendo passar teria ou não vontade de me beijar. Ou se eu mesma — eu era tão louca, tão doida! — se eu mesma teria vontade de beijar alguém. Conto essas coisas, aliás, e não posso vencer um certo sentimento de medo, ou melhor, de vergonha, como se essas confidências fossem, gradualmente, me despindo. Preciso não esquecer — meu Deus do céu! — que, desta vez, não estão em cena pessoas fictícias, personagens de romance, mas eu mesma, a minha própria pessoa, a minha própria alma. O que se segue é que — depois da morte dos meus pais — os fatos acontecidos atuaram profundamente em mim. Posso mesmo dizer: esses fatos, que se precipitaram num ritmo de catástrofe, produziram como que o despertar da mulher, o despertar de Suzana Flag. Desde que eu, meio sonhando, meio acordada, ouvira falar em meu "temperamento" — passei a me sentir "mulher". E, quando Hortência apareceu — deu uma desculpa por ter demorado —, perguntei à queima-roupa:

— Sou bonita, Hortência?

Pergunta que eu não premeditara, que talvez não fizesse, se não estivesse tão distraída com as minhas cismas. Ela me olhou primeiro um pouco espantada — depois respondeu:

— É.

E eu, lacônica:

— Muito?

— Claro!

Quis experimentá-la:

— Não minta!

Confirmou, com um ar muito engraçado, de convicção absoluta:

— Sério.

Eu continuei, porque, sem que quisesse, sem que sentisse, aquele interrogatório estava me apaixonando:

— Olhe bem para mim.

Hoje, quando me recordo desse episódio, sinto as faces em fogo. Quanta bobagem a gente faz e depois se arrepende! É verdade que tenho uma desculpa; naquele momento, eu estava, por assim dizer, me descobrindo ou descobrindo que era, entre outras coisas, mulher. Precisava saber, mas de uma maneira positiva, categórica, insofismável, se era bonita e até onde era bonita. Hortência — mulatinha clara, três anos mais velha do que eu — foi quem primeiro me julgou sob esse novo aspecto. Tirei o meu casaco, com espanto e pânico de Hortência, que estava achando tudo aquilo muito estranho, muito esquisito. Com o furor da minúcia, eu perguntei:

— O que é que eu tenho de bonito?

— Mas como?

— O rosto?

— Sim.

— E o corpo, não?

— Também.

Lembro-me de que eu devia estar com um ar de manequim vivo. Só faltei me revirar, numa atitude de modelo de casa de modas. Mas as respostas de Hortência eram lacônicas demais. Eu desejaria que ela falasse muito de mim mesma, que desse uma opinião completa sobre todo o meu tipo de mulher. Quis saber uma coisa — foi uma curiosidade que me veio de momento:

— Escute uma coisa, Hortência; qual a mulher mais bonita que você já viu?

— Vale artista de cinema?

— Não. Artista, não. Mulher sua conhecida, quer dizer, que você tivesse visto em carne e osso.

Ficou um momento calada, num esforço de memória. Tornei, com um começo de impaciência no coração:

— Quem?

Respondeu:

— Sua mãe.

— Mamãe? — espantei-me.

45

Sofri naquele momento. Se eu soubesse, se pudesse adivinhar que a resposta seria aquela, não teria perguntado. A imagem de mamãe apareceu-me diante dos olhos, e foi como se eu recebesse o sopro da morte. Sentei-me, envergonhada de mim mesma, e procurei o casaco para me cobrir. Havia uma mulher mais bonita do que eu, ou fora, e essa mulher era minha mãe. Isso me deu uma espécie de sofrimento, de humilhação — um certo desespero de não poder ser mais bonita ainda, de não superar mamãe ou qualquer outra mulher na face da Terra. Refleti: "Por mais que a gente seja bonita, haverá sempre quem seja mais". Endureci o rosto, ressentida com Hortência:

— Quer me chamar vovó?

Vovó veio logo, curiosíssima de ver o que eu queria. Quando chegou, notei sua expressão — o meu chamado, não sei por quê, a assustara.

— Que é que há? — foi perguntando, nem bem tinha entrado.

— A senhora acha que eu devo me casar — por quê?

— Mas você mesma concordou, ou não foi você mesma quem disse?

— Eu sei, vovó, tudo isso está muito bem; mas eu ouvi a senhora dizendo que eu devia me casar logo. Ora, se eu fosse mais velha, não diria nada; mas fiz quinze anos — para que essa pressa toda?

Vovó respirou fundo. Eu bem vi que ela se continha, a sua vontade era dar uns gritos comigo. Eu usava tom absolutamente impróprio para ela que estava acostumada a mandar e que ficava doente quando ouvia um "não" ou sentia uma simples relutância. Meu ar de interpelação deve tê-la irritado a um ponto intolerável. Mas se controlou; deu as razões que eu pedi, com rispidez, sem olhar para mim:

— Bem, o que há é o seguinte: há mulheres que podem esperar o casamento, não tem importância e que, inclusive, não precisam se casar. Outras, não: outras devem se casar o mais depressa possível, e quanto antes.

— Por quê, vovó?

— Questão de temperamento. Por exemplo: sua mãe era assim. Quanto mais cedo, melhor para ela mesma. Casou-se na sua idade — tinha quinze anos.

Eu estava disposta a ir até o fim. Por isso, continuei:

— E eu, vovó?

— Você o que é que tem?

— De que gênero eu sou? Das que podem esperar ou das que não podem?

Que esforço ela fazia para se conter! Eu vi que acabava estourando.

— Você — disse — é como sua mãe. Tal e qual — eu sei o que estou dizendo.

Persisti na minha inocência, como se não tivesse a menor ideia do que ela queria dizer:

— E outra coisa, vovó. Vamos admitir que uma mulher, dessas que não podem esperar, não se case logo. O que é que pode acontecer?

Respondeu agressiva:

— Tudo — pode acontecer tudo!

— Tudo, como?

— Por exemplo: pode ficar louca — hesitou; e acrescentou, sem tirar os olhos de mim — ou, então, coisa pior.

Fiz um espanto imenso:

— E há coisa pior que a loucura?

— Há, sim; para a família da mulher há coisa pior do que a loucura: a vergonha!

Durante um momento, não dissemos nada; uma espiando a outra; uma querendo devassar o pensamento e as intenções da outra. Eu é que primeiro tomei a palavra:

— Quer dizer que, se eu não me casar, estou entre duas possibilidades: ou a loucura ou a vergonha?

— Pois é.

— Tudo por causa do meu "temperamento"?

— Sim.

Fiz ironia:

— Então, por que é que eu nunca senti esse "temperamento"? —
E repeti, com uma certa agressividade: — Por quê?

Nessa altura, ela não pôde mais. Cresceu para mim, segurou-me
pelos dois braços — desfigurada pela ira de mulher nervosa:

— Escute uma coisa, menina: você está pensando o quê? Que eu
sou de sua idade para discutir com você?

Fez um esforço — ela estava me machucando — e estranhei:

— Mas nós não estamos discutindo, vovó! Estamos conversando!

— Pensa que me engana? Não se faça de tola comigo, Suzana,
olhe o que eu estou lhe dizendo!

— Está me machucando! — gritei.

Soltou-me. Eu, por minha vez, deixei-me dominar pela cólera;
afrontei-a, os olhos cheios de lágrimas de raiva:

— A senhora acha, então, que eu devo me casar com Jorge, só
com Jorge e com ninguém mais?

— Acho!

— E por que com ele — por quê? É o único homem do mundo?
Não haverá outro por acaso? A senhora sabe...

Baixei minha voz; ela própria empalideceu, talvez com medo, talvez com pressentimento do que eu ia dizer:

— ... sabe o que é que havia entre ele e mamãe — sabe?

Balbuciou, como para me tapar a boca:

— Não! Não!

— Ele e mamãe eram...

Gritou:

— Não diga!

Parecia sofrer e respirava forte, como se tivesse acabado de fazer
um grande esforço físico. Sua maldade se transformava em pena,
em mágoa da filha morta. Por um momento, um segundo, pareceu-
-me outra mulher, um pouco mais humana, mais compassiva, capaz
enfim de um sentimento. Era a nostalgia da filha que se apossava de
vovó, que a transfigurava. Nunca a vi tão velha! Sem sentir, ensaiei
um gesto de aproximação:

— Vovó!

Para que eu fui falar! A minha voz fez com que ela caísse em si, com que se dominasse. Mulher de vontade de ferro, num instante era outra. Retraí-me outra vez — e para sempre. Jurei a mim mesma que nunca mais teria pena dela, houvesse o que houvesse. Deixei que minhas palavras caíssem, uma a uma:

— Vovó, a senhora acha que, depois disso, eu devo me casar com Jorge?

— Acho.

— Apesar do que houve?

— Sim.

— A senhora sabe que foi por causa dele que mamãe se matou?

Ela falou, então, violentamente, disse tudo o que tinha a dizer, sem mais palavras:

— Está vendo você? — gritou para mim. — Tudo por causa do "temperamento" dela. Há certas mulheres assim — que só têm sossego na morte; agora imagine se não fosse casada, se não tivesse marido? Mas nem o casamento, nem o marido adiantaram nada. O resultado foi este — o suicídio, moça como ela era, linda! E é esse — está me ouvindo? — o temperamento que você tem, a mesma coisa, direitinho. Por isso é que...

Interrompi:

— Mas por que é que a senhora diz com essa certeza que é esse o meu temperamento? A senhora não me conhece, a senhora não está dentro de mim. Além disso, nunca lhe dei motivo, ou dei? Alguma vez lhe dei motivo?

Afirmou, numa certeza profética:

— Não deu, mas dará. Eu conheço mulher — a mim elas não me enganam. Nessas questões de amor — nunca me enganei. Enxergo longe!

— Está bem. Mas então me diga uma coisa — as lágrimas teimavam em sair — diga por que é que terá de ser com Jorge? Por que terá de ser com o assassino de minha mãe, com o assassino de meu papai?

A resposta não veio logo. Abriu a boca, mas a palavra custou a sair! Hesitava. Vi que havia no caso um segredo. Insisti:

— A senhora devia ter ódio de Jorge!

Desviou de mim os olhos, olhou para outro lugar:

— Eu sei como Jorge é, como se apaixona! Se você não se casar com ele — ele é muito homem para se matar. Nisso ele é parecido com sua mãe; não mede consequências de nada.

Protestei:

— Mas a senhora só pensa nele — em mim, não! Que é que a senhora tem que ele se mate ou deixe de se matar? E por que não tem raiva dele?

Não explicou. Eu fiquei, no meio do quarto, com a minha pergunta no ar. Vi-a afastar-se, senti que vovó tinha um segredo mortal. Então, caí na cama, chorei com a cabeça enterrada nos travesseiros. Depois daquela luta e de tudo que sofrera nestes últimos dias — nada restava de minha inocência!

Passei a noite toda pensando numa outra coisa que não me saía da cabeça. Jorge amava mamãe — e será que, dias depois de sua morte, podia gostar de outra mulher, com a agravante de ser uma filha da morta? "É impossível que goste de mim" — pensava eu — assim como é muito difícil que gostasse de mamãe. "Mas então por que pediu minha mão?"

De manhã bem cedinho — sem tirar o problema da cabeça — me preparei toda; recordo-me que estava passando um pouco de rouge quando fiz uma reflexão perturbadora: "Estou me enfeitando — mas para quem? Para Jorge, não pode ser, claro! Mas é só a ele que eu vou ver hoje! Como se explica isso?". Tive um grande desgosto de mim mesma e, sobretudo, me senti como culpada: "Eu não senti como devia a morte de papai e de mamãe. De mamãe, ainda podia ter queixa; mas de papai, nunca!". Novamente, cresceu em mim a vontade de vingar os meus dois mortos: "Se Jorge não pagar o que fez" — refleti — "é porque não há justiça no mundo, não há nada".

50

Bateram no quarto. Estava tão nervosa que me assustei: era Hortência que chegava com rosas embrulhadas em celofane.

— Quem mandou? — perguntei, tomada de cólera, e pensando em Jorge, o único que podia ter mandado aquilo.

Mas não fora Jorge, não. Apanhei o cartão de tio Aristeu e, em silêncio, assombrada, fiquei cheirando as rosas vivas, frescas, lindas — com uma porção de gotinhas nas pétalas. Que ideia de titio, mandar essas flores! Hortência saiu e, coisa de um minuto depois, chegava Jorge, sem que vovó o acompanhasse (claro que a ausência dela era proposital). Eu ainda tinha as rosas comigo; e, antes mesmo de cumprimentar o cínico, disse-lhe aquilo, isto é, que me casava com ele, sim, mas que o trairia fatalmente, na primeira oportunidade. Entre parênteses: nunca nenhuma mulher falou tão seriamente como eu naquele momento! Espiei, curiosa de ver a reação dele. Como Jorge não tivesse respondido logo, ainda pude encaixar uma pergunta, pequenina e cruel:

— Serve assim?

Ele respondeu:

— Serve.

5

UMA MOÇA DIZ A um rapaz: "Se eu me casar com você, vou traí-lo na primeira oportunidade". E acrescenta, frívola e irresponsável: "Serve assim?". A moça pensa que o rapaz vai ficar indignado, vai se levantar e, enfim, vai cair das nuvens. Mas não acontece nada disso. Ele não se dá ao trabalho nem de manifestar espanto. Responde que "serve, sim". A moça arregala os olhos, engole em seco e o máximo que faz é dizer, mentalmente: "Que cínico". Foi esta, mais ou menos, a minha situação diante de Jorge. Dou minha palavra de honra de que esperava outra atitude por parte dele; pelo menos, uma atitude viril. Há certas ocasiões em que a mulher experimenta o homem; se ele falha no teste, está perdido. Eu tinha experimentado Jorge. Durante um tempo enorme, não dissemos nada; ele me olhava, eu o olhava. "Mas, afinal", pensava eu, "quem é esse homem?" Engraçado — tive de repente um medo horrível de Jorge. Ele me espantava; seria real aquele desfibramento? Insisti:

— Está falando sério?

Sorriu, com certa tristeza, sem humor absolutamente nenhum:

— Seríssimo!

— Você não ficará zangado?

— Como?

— Se acontecer isso? Quer dizer, se eu me casar com você e... trair você?

Sacudiu os ombros:

— Zangado por quê, ora essa? Zangado coisa nenhuma!

Abriu a cigarreira, tirou um cigarro, bateu com a ponta do cigarro na tampa da cigarreira. Em seguida, olhou para mim. O que me deixava atônita era o seguinte: aquilo podia ser brincadeira, de mau gosto, porém brincadeira; mas não era. Jorge não fazia ironia, não simulava — seu tom era de absoluta seriedade. "Será possível, meu Deus do céu?" Lembro-me que, angustiada, perguntei:

— Mas você não vê que isso é uma licença, uma autorização? Não vê que você está me autorizando a traí-lo?

— Perfeitamente.

— Então — concluí, convicta e não sem um princípio de cólera — então, você não gosta de mim.

— Gosto — afirmou, tirando cinza do cigarro com a ponta do dedo.

Ironizei:

— Gosta e permitiria uma coisa dessas?

Olhava não sei para onde, para um ponto qualquer na parede, menos para mim. E continuava — era isso que me deixava danada da vida — absolutamente sério. Ele concordou:

— Permitiria. Não é esta a condição que você impôs?

— É.

— Então?

— Mas o fato de eu impor uma condição não quer dizer nada. Você poderia não aceitar. Ou você é desses homens que quando gostam de uma mulher se deixam dominar?

— Conforme.

— Ainda diz conforme — engraçado!

— Bem, Suzana, eu preciso explicar uma coisa a você.

Levantou-se, pôs uma mão no bolso; estava diante de mim, pude observá-lo bem; e — diga-se — naquele momento, eu o olhei com um novo interesse. Jorge falou, olhando bem para mim. Observei, logo pela primeira vez, que seus olhos eram entre verde e azul; deviam variar conforme a luz do ambiente.

— Eu sou o homem — disse, com uma certa expressão de cansaço e sofrimento — que, quando quer alguma coisa, uma mulher sobretudo, consegue. Não sei como, nem importam os meios, sejam quais forem. Admitamos que, para me casar com você, fosse preciso um crime.

— Você matava alguém, no mínimo!

— Lógico!

— Ou roubava?

— Como não.

Quis ser sarcástica, para demonstrar o meu ceticismo:

— Quer dizer, então, que você gosta de mim... — hesitei e concluí — acima de todas as coisas?

E ele, sem a menor ternura, frio, positivo:

— Acima de todas as coisas.

Fiz um risinho de pouco caso:

— Pode ser.

— Deixe eu continuar. — Atirou o cigarro pela janela. — Se, por exemplo, para eu me casar com você, for preciso que eu feche os olhos, ignore umas tantas coisas, seja o "último a saber" — não há a menor dúvida. Aceito esta condição.

— Posso falar agora?

— Pois não.

Fui o mais seca e o mais categórica possível:

— Eu acho que nunca suportarei um homem que não seja ciumento; que não tenha autoridade sobre mim; que não se imponha; que não me faça sentir absolutamente inferior a ele, ora...

— Estou ouvindo.

— Ora — prossegui — depois dessas coisas bonitas que você me disse, que não se incomodava de ser traído etc., eu nunca — está ouvindo? — em dia nenhum, poderia levar você a sério, nem o respeitar.

— Espere.

— O que é?

— Você não sabe de uma coisa, muito simples, aliás.

— Qual?

Ele ficou um momento assim, parado, olhando não sei para onde, para um ponto vago, com uma certa expressão de sonho. Lembro-me perfeitamente: estava meio de perfil. Observei seus traços, a pele, os olhos, e achei — não pude deixar de achar — que ele era um rapaz bonito. Houve um silêncio, eu esperava o que ele teria ainda para dizer. Mas não acreditava que pudesse ainda me impressionar. Todas as ilusões que eu pudesse ter sobre ele — mesmo sem levar em conta a morte de papai e de mamãe — estavam no chão. Eu perguntava a mim mesma: "Como é que podem existir homens assim? E como é que um homem pode dizer a uma mulher o que ele me disse?".

— Suzana.

— Eu.

— A coisa que você não sabe é que eu — não estava falando sério.

Teimei:

— Estava, sim, estava. Mas agora, quer tirar a má impressão. Não adianta.

— Então, você acha — pela primeira vez, havia humor na sua voz — você acha mesmo que eu seria capaz de permitir que você, minha esposa...

— Ainda não sou! — gritei.

— Admitamos a hipótese. Que você, minha esposa, poderia me trair? E eu sabendo? Você pensa isso ou pensou?

— Você não disse? Não foi claro?

— Estava experimentando você. Mas você se engana comigo, Suzana. Eu não sou o que você pensa. Eu...

Vi a sua transformação. Uma mudança como da noite para o dia. Parecia outro homem, outra pessoa; estava irreconhecível: fisionomia dura, boca cruel, olhos frios. Foi tal a impressão que senti, o espanto, o medo — que ia gritar, cheguei a abrir a boca. Mas as coisas se sucederam de maneira tão rápida e tão incrível! Não tive noção direito do que Jorge ia fazer: só senti que minha boca, aberta para o grito, foi fechada brutalmente. Ao mesmo tempo, eu me senti arrebatada — não sei — apertada por uns braços potentes. Agora imaginem: eu, como sou, tão frágil, tão leve, tão pequena. Às vezes, fico pensando que, se um homem forte quisesse — certos homens —, poderia me matar num abraço, poderia me triturar.

Eu nunca poderia supor que Jorge fosse tão forte, que tivesse tal poder nas próprias mãos, nos próprios braços. E se me perguntarem o que é que senti quando — pela primeira vez na minha vida — senti uma boca fechar a minha boca com um beijo, não saberei o que responder. Talvez eu não tenha sentido nada, nem repulsa, nem prazer. O beijo foi longo demais, absorvente demais. No fim, eu já procurava libertar a minha boca, não por outro motivo, mas simplesmente porque me faltava respiração. Ele é que parecia querer tirar, daquele momento, toda a doçura, toda a febre. Quando acabou, eu não sabia o que pensar, o que sentir, o que dizer. A única coisa definida que havia em mim era o espanto — espanto que se foi transformando em medo e, só momentos depois, em ódio. Espanto, em primeiro lugar, diante do beijo, da sensação inédita do beijo. Então, era possível que se gostasse "daquilo", que "aquilo" fosse muitas vezes um meio de vencer a mulher, de dominar suas resistências, de torná-la passiva, abandonada, nos braços de um homem?

Sem saber o que estava fazendo, passei as costas da mão na boca. Eu também acabava de descobrir o "homem" — não o que era afável, cordial, gentil, discreto, cavalheiresco — mas o "homem eterno", apaixonado, brutal, violento, atormentado. A primeira mulher diante do primeiro homem sentiu o que eu senti naquele momento, aquele ímpeto de fuga, aquele horror e — talvez, não sei — aquela fascinação.

— Você fez isso, você — balbuciei.

— Fiz isso — eu fiz isso!

Ele disse "eu" de uma forma violenta, como se fizesse, com uma sílaba, uma afirmação apaixonada de personalidade. Tive uma explosão infantil — em meio de uma crise de choro — disse uma série de coisas que diria uma menina desesperada:

— Você me paga! Você vai ver!

E como se me faltasse uma confiança absoluta em mim mesma, recorri; afirmei, com uma certa solenidade:

— Deus há de lhe castigar, Jorge!

Mas ele não tinha medo de nada; eu senti o seu desassombro, a sua coragem, o espasmo de sua vontade potente. Era um desses homens — foi minha intuição de momento — que, em caso de paixão, afrontaria todas as forças conhecidas, como as desconhecidas, desafiaria o destino e seria capaz de blasfemar. Curvou-se sobre mim:

— Você será minha de qualquer maneira, haja o que houver!

Muito tempo depois de ele ter saído, eu continuava, imóvel, pensando no que acontecera — no beijo. Dizia a meia-voz, para mim mesma: "Mas que coisa! Que coisa!". E não saía disso, obcecada pelo beijo; bastava fechar os olhos para experimentar, outra vez, a mesma sensação, para sentir aquela boca ávida e cruel — "bestial" é o termo que me ocorre agora — procurando a minha boca, e depois as duas se fundindo milagrosamente. Levantei-me, fiquei andando de um lado para outro do quarto, como se uma febre me consumisse. De repente, parei e fiz esta reflexão: "Eu devia ter sentido nojo, repugnância, quando ele juntou as nossas bocas"... Mas não sentira nada, nada; prazer também não, é claro, mas nojo nenhum. E isto me deixava assustada, inquieta de mim mesma, fazendo mil e um juízos. Esta reflexão me fez vir um remorso — e que remorso, que vergonha dilacerante! Recordei-me de papai, de mamãe — do amor que Jorge tivera por mamãe. Para ver como eu estava tão fora de mim, basta dizer o seguinte: minha tia Laura apareceu pouco depois; vinha ver não sei o quê no quarto. Pois bem. Sem perceber a inconveniência do que ia fazer, chamei:

— Titia.

Ela se aproximou, com aquele seu jeito, tímido, humilde, tocante. Perguntei, à queima-roupa, sem transição de espécie alguma:

— Uma coisa, titia. Eu queria que a senhora me dissesse o seguinte: o que é que a senhora sentiu quando foi beijada pela primeira vez?

— O quê?

Não tinha entendido; isto é, entendera, sim, mas achara a pergunta tão violenta, grosseira, monstruosa, inverossímil — que não acreditava nos próprios ouvidos. Foi — agora é que eu vejo — como se tivesse recebido, em pleno peito, uma pancada. Desequilibrou-se, tonta — pequenina mulher, tão discreta, tão pudica, tão solitária! Repeti, sem saber que estava devastando aquela alma:

— A senhora quando foi beijada...

Ela ouviu tudo. As lágrimas inevitáveis de mulher ultranervosa apareceram nos seus olhos, começaram a cair; ela, então, olhou para outro lado — fez a confissão que não precisaria ter feito e que eu nunca deveria ter consentido que fizesse:

— Mas, Suzana — parecia se desculpar —, eu nunca fui beijada!

Pausa. Pouco a pouco, eu caía em mim; e ela repetiu, já agora como um lamento, um protesto contra o destino, não sei bem:

— Ninguém me beijou, nunca.

E mais do que depressa, com o queixo tremendo de excitação, retificou:

— Quer dizer, homem. Homem nenhum me beijou.

Isso era o limite de suas forças; caiu num desses prantos terríveis, intermináveis, onde a mulher parece chorar todas as suas tristezas e todas as suas dores. Naquele momento ela chorava seu destino de mulher solitária que não teve carícias e que morreria com uma pureza que talvez ela renegasse.

— Titia! — exclamei, tomando-a nos braços. — Desculpe, titia. É mesmo, a senhora nunca foi beijada! Eu devia calcular.

No fundo me surpreendia como uma coisa por demais, que uma mulher pudesse viver, morrer, sem um beijo, ao menos.

Mas não ficamos muito tempo assim, uma nos braços da outra. Ouvimos passos no corredor; ela fugiu — apavorada de quem a visse assim, chorando daquela maneira. Eu, que também chorava, tive que enxugar depressa as lágrimas. Tia Laura saiu — e entrou, logo a seguir, tio Aristeu. Não sei por quê — mas o fato é que eu fiquei tão contente com a visita dele! Pena que falasse tão pouco e que existisse entre nós tão pouca intimidade. Imaginei-o como meu marido: só rindo! Que ideia de tia Hermínia! Balbuciei:

— Sente-se, titio.

"Não vamos ter assunto para conversar", foi minha angústia. Mas, de repente — foi até engraçado! — eu perguntei, sem quê nem pra quê:

— Titio, o senhor e papai eram muito amigos, eram?

— Nós dois? — pareceu hesitar na resposta.

— Eram?

— Eu era amigo do seu pai.

— E ele? Era do senhor, era?

Baixou a cabeça:

— Não. — E acrescentou: — Deixou de ser. Antes, ninguém no mundo era mais unido do que nós. Mas quando ela apareceu...

Ah, me arrependi logo de ter perguntado aquilo! Porque senti que a mulher a quem ele se referia era minha mãe. Tive vontade de gritar, pedir: "Pare, pare!". Mas o apelo não saiu. Tio Aristeu se transfigurava. Até aquele momento, eu só o conhecera calado, taciturno, tão fechado em si mesmo que parecia não ter nenhum contato com o mundo exterior. Mas agora, não. A memória do irmão estava viva, de novo, e titio se voltava, sobretudo, contra "ela". Empalideci, quando ele disse, andando pelo quarto, num furor inútil:

— Ela me intrigou com ele. Disse que eu queria conquistá-la — ele acreditou e até quis me matar. Seu pai era a pessoa de quem eu mais gostava no mundo. E agora — que ele morreu — é você — está ouvindo? — a pessoa que eu ponho acima de tudo!

Dissera quase as mesmas palavras de Jorge; o sentido era o mesmo. Seu rosto exprimia um sofrimento sem limites. Sua mão grande, pesada, segurou meu queixo; me fitou muito tempo, e de uma maneira que me arrepiou. Parecia querer ler nos meus olhos o meu destino.

— Suzana — baixou a voz ao dizer isso —, eu vou tomar conta de você, vou velar por você. Você será feliz, nem que para isso seja preciso que eu... Outra coisa: juro que ninguém tocará em você, nenhum homem — ouviu?

Estava terrível durante o juramento. Era como se ele pressentisse uma ameaça viva à minha felicidade e já tivesse alguém para odiar. Eu sentia um frio horrível (nervoso, naturalmente) e outra vez falei sem querer:

— Titio — hesitei —, tenho uma coisa para contar ao senhor!

— A mim? — seus olhos brilharam.

— Ao senhor, sim. Imagina o que fizeram comigo hoje?

Meu coração começou a bater desesperadamente. "Vale a pena?", perguntei a mim mesma. Comecei, muito pálida:

— Hoje, eu...

Até agora, não sei o que foi que me fez parar, e olhar para a porta. Vovó estava lá — com uma presença espectral, os olhos postos em mim. A sensação de frio aumentou, tanto, tanto, que meu queixo começou a tremer. Ela não se mexia — vestida de negro, muito branca, os cabelos prateados, e o olhar espantosamente fixo como o de uma morta. Fiquei como uma magnetizada. Meu tio virou-se na direção do meu olhar; então, teve uma espécie de sorriso, feio, mau. Disse, apenas, com a sua voz de barítono:

— Logo vi. Amanhã, de tarde, eu passo aqui, outra vez.

Levantou-se, não se despediu de mim, e foi-se embora. Vovó aproximou-se:

— Suzana, há um segredo de minha vida que você precisa saber, para compreender o meu interesse no seu casamento com Jorge.

Eu esperei, já muito mal impressionada com o que podia vir. Ela baixou a voz:

— Se eu lhe dissesse que Jorge é meu filho?

6

AO MESMO TEMPO QUE falava, vovó não tirava os olhos de mim, querendo ver, naturalmente, a minha reação. Eu não quis acreditar — aquilo era tão espantoso! Tive uma sensação como se estivesse sonhando.

— Jorge é o quê? — perguntei.

Baixou a voz, segredou para mim, como se alguém pudesse estar ali, ouvindo, além de nós duas:

— Meu filho. Se eu lhe dissesse que ele é meu filho?

— Mas não é possível, vovó! Seu filho, mas como?

Fez-se enigmática:

— É uma história muito comprida, só contando desde o princípio. Uma coisa muito complicada.

Eu fiquei muda, e me lembro que há muito tempo não sentia um espanto tão grande na minha vida e um pavor assim. Se aquilo era verdade, se fosse verdade... E, imediatamente, comecei a compreender as consequências daquele fato. Em primeiro lugar, o que acontecera entre mamãe e Jorge. Depois, as pretensões de Jorge a meu respeito, sendo mamãe e ele filhos da mesma mulher. Então, perdi a cabeça; levantei a voz para vovó:

— E a senhora ainda quer que eu me case com ele?

— Por isso mesmo!

— Mas a senhora não vê, não compreende?

Ela estava calma, fria, senhora de si mesma:

— Vejo — disse — compreendo.

— E insiste? — Eu estava desesperada; tinha vontade nem sei de quê.

— Insisto — confirmou; e eu senti que vovó era uma dessas mulheres que sabiam querer, que não recuaria diante de nada, para atingir seus fins.

Continuou, como quem afasta sumariamente todas as dificuldades:

— Você se casará com ele, eu vou marcar a data e providenciar o seu enxoval. Logo mais, ou amanhã, eu contarei a história de Jorge. Agora eu vou fazer uma coisa, aliás, já estou atrasada.

Encaminhou-se para a porta; e ainda falou de lá:

— A família de Jorge vem aí.

— Quando?

— As irmãs chegam amanhã ou depois, não sei direito.

Cheguei ao cemitério, mais ou menos uma hora depois de ter falado com vovó. Mais do que nunca, sentia que a vida estava contra mim e que meu destino não seria nunca o de uma mulher normal. Alguma coisa, não sei que misterioso impulso me levou a fazer a primeira visita aos túmulos de papai e mamãe. Cemitério bonito aquele, com os seus ciprestes, seus mármores, suas inscrições de saudade. Primeiro, procurei o túmulo de papai. Vi a terra fresca, revolvida. Fiquei em pé um momento, pensando; depois, me ajoelhei. Podia ter rezado, mas não, falei a meia-voz, disse o que tinha no coração:

— Papai, haja o que houver eu não me casarei com Jorge. Todos pensam que sim. Nem que eu desmanche o meu casamento diante da igreja. E, ainda por cima, vingarei o senhor. E se me casar, ele vai sofrer tudo o que um homem pode sofrer.

Foi isso o que eu disse; não sei se com outras palavras, mas o sentido está aí. Fiz o sinal da cruz e me levantei. Agora era a vez de mamãe. Andei um pouco, procurando. De repente, vi um homem ajoelhado, não o reconhecera logo; mas acabei identificando Jorge. Imediatamente tive a certeza: aquela era a sepultura de mamãe. Aproximei-me devagarinho: queria surpreendê-lo. Cheguei junto dele sem ser pressentida. Jorge continuou na mesma posição, tão absorvido estava, tão fechado em si mesmo. A raiva que eu sentia por ele cresceu a um ponto intolerável. Nunca odiei tanto uma pessoa! Ele rezando, ou meditando, e eu, detrás dele, esperando, com a paciência de uma pessoa que quisesse desmascarar outra. Afinal, não me pude aguentar mais:

— Vai demorar?

Deus me perdoe de ter usado aquele tom naquele lugar. Mas é que eu sentia uma raiva absoluta. Vi-o levantar-se, rápido; me olhar de um jeito como se eu fosse uma aparição:

— Suzana!

— Eu, sim! — e acrescentei no meu tom odioso: — Estava apreciando. Continue, pode continuar!

Pegou-me pelo braço, quis me arrastar:

— Vamos embora!

Desprendi-me com violência:

— Embora por quê? Embora coisa nenhuma! — Mudei de tom: — Você é muito cínico, Jorge; muito mesmo.

Fez-se de inocente, de admirado:

— Mas cínico por quê? O que é que eu fiz?

Gritei com ele, a ponto de chamar a atenção de um coveiro que, a certa distância, regava umas flores:

— Então, o senhor diz que me ama, que me põe acima de tudo, e quando acaba vem para aqui, chorar outra mulher!

— Mas é sua mãe!

— E isso melhora alguma coisa? Se você soubesse, se pudesse imaginar, a repugnância que você me inspira!

— Quer me ouvir? — tentou usar energia, segurar meu braço.

— Pensa que eu não sei o que houve? Mamãe antes de morrer disse que morria por sua causa.

— Mentira!

— Se ela disse, é verdade! Na hora da morte, uma mulher não mente!

E ele:

— Uma mulher mente a qualquer hora!

— E, então, por que é que você estava aqui, ajoelhado?

Calou-se, sem ter o que dizer. Eu triunfei:

— Está vendo? E agora? Por que não fala? Mentiroso, seu mentiroso!

O coveiro, ao longe, continuava espiando. Jorge mudou de tom; parecia um homem atormentado e eu tive o sentimento de que ele sofria muito:

— Você não sabe o que está dizendo, Suzana! Se pudesse imaginar a injustiça que faz comigo! Quer que eu lhe diga toda a verdade, mas toda?

— Eu conheço a verdade!

— Isso é o que você pensa. Você se ilude, Suzana, o que houve com sua mãe foi... — arrependeu-se; quis voltar atrás. — Pelo amor de Deus, Suzana, não me faça falar. Eu não queria — hesitou — não queria acusar uma morta! E vou-me embora, antes que você me obrigue a dizer o que não quero!

Vi-o partir, e não fiz um gesto. Caí de joelhos; falei apaixonadamente para aquela sepultura, como se a pobre morta, lá dentro, pudesse ouvir. O que eu disse, em resumo, foi o seguinte: que eu, como sua filha, não tinha direito de julgá-la, fosse ela, ou não fosse, a última das mulheres. Um filho não deve, não pode julgar. Antes de me erguer para partir, ainda exclamei:

— Mamãe, você para mim é uma santa!

QUANDO ENTREI NO meu quarto, vovó estava lá. Parei, espantada com o que via. As portas do meu guarda-vestidos abertas de par em par; e vovó, justamente naquele instante, colocava um cabide, com uma pele bonita mesmo. Na minha cama, estendidos, muitos vestidos; no chão, em fileira, chinelinhos que eram verdadeiras preciosidades. Vi, também, espalhadas, aqui, ali, peças de roupa interior, e tudo de uma qualidade ideal, rendas, gazes, coisas diáfanas, tecidos que parecem despir mais do que vestir. Fiquei tonta e, confesso, fascinada. Quanta coisa bonita! Parecia até filme colorido! Vovó virou-se quando sentiu a minha presença; teve um susto:

— Suzana!

— Mas que é isso, vovó!

Ela percebeu o meu encantamento; e quis tirar todo o partido. Não me deixou nem raciocinar, cair em mim. Muito rápida, foi fazendo as coisas:

— Vem cá, Suzana! Experimenta isso aqui!

Nunca fui tão passiva, tão dócil, meu Deus! Vesti quase aquilo tudo, uma coisa atrás da outra. Vovó dava opiniões:

— Caiu muito bem em você.

E eu diante do espelho via a minha imagem e era como se a desconhecesse. Tive, então, em toda a plenitude, a consciência da minha beleza, de minha graça de mulher. Com que secreta volutuosidade eu sentia aquilo no meu corpo. Não me cansava de olhar a mim mesma. Exclamava interiormente: "Mas como sou linda!". Por fim, vovó me fez sentar na cama:

— Agora, vê isso.

Eu estava com uma camisola que era uma coisa louca e, ainda por cima, com um decote bem ousado. Sentei-me na cama; vovó, com as próprias mãos, colocou dois chinelinhos nos meus pés:

— Mas você está de meias! — exclamou. — Tira isso!

Foi ela mesma quem puxou as meias, em risco de correr vários fios. Meus dois pés surgiram — frescos e nus. Ela mandou que eu ficasse em pé; considerou, à distância, o efeito. Parecia uma técnica em beleza feminina, uma autoridade na matéria. Só dizia:

— Lindo!

Depois se lembrou:

— O que estraga um pouco é o luto.[8]

— É mesmo!

— Mas não faz mal. Quando você tirar, pode usar tudo isso. Pelo menos, a roupa de baixo. As camisolas, os pijamas. Tem uns tão bonitos!

E eu, nem se fala! Eu estava enamorada de mim — esquecida do cemitério, dos mármores e dos caminhos de ciprestes. A minha alegria de me sentir bela era uma sensação aguda, um espasmo. Vovó, numa excitação de nervos, exclamava:

— Você parece outra. — E insistia: — O que matava você eram as roupas incríveis que você usava. Cada vestido horroroso!

Ah, mas não cessava o meu deslumbramento! Eu não prestava atenção ao que ela dizia. Estava toda concentrada em mim mesma. De repente, me veio uma reflexão: pareceu-me que ter aquilo tudo, aquelas roupas, sobretudo as de baixo, muito finas, muito transparentes, algumas colantes — pareceu-me que era até pecado. Em suma: quase imoral tanto requinte, tanta volutuosidade de gosto, tanta variedade de decotes! Mas, ao mesmo tempo, era bom, tão bom! Pensei que se não era possível sair com aquilo, ao menos poderia usar, no quarto, para mim mesma, diante do espelho. Tive raiva da cor preta, achei bobo esse costume de botar luto. O sentimento estava na alma e não no vestido. Quanto às ligas de monograma, eu poderia usar mesmo com luto. Ah, seria para mim uma distração solitária vestir, às escondidas, tanta coisa bonita e sensual!

Ela disse, então:

— Você pode ficar com tudo isso — reafirmou, com ênfase. — Tudo é seu!

E acrescentou:

— Era de sua mãe; e você, como filha, é quem deve herdar!

Tive um choque tremendo. Acho que empalideci, que o sangue todo me fugiu do rosto:

— De mamãe? Isso é de mamãe? — balbuciei.

— De sua mãe, sim.[9]

65

O que eu tive naquele momento não sei o que foi. Foi uma coisa, uma espécie de acesso. Sacudi longe, com um movimento de pés, os dois chinelinhos; e tirei, rápida, a camisola. Fui para o fundo do quarto, com a pele exposta; uma sensação de frio incrível. Todo o meu ser se revoltava. Eu sentia como se tivesse profanado vestidos que deviam ser sagrados; tive o medo infantil de que a morta, no túmulo, não gostasse e quisesse se vingar; e, por último, olhei em redor, como se houvesse, ali, a presença invisível de uma defunta. No meu desespero, acusei vovó:

— Por que é que a senhora não me disse que isso era de mamãe — por quê?

Ela veio para junto de mim:

— Você parece criança, Suzana! Quando mamãe morreu, também eu e minhas irmãs herdamos todas as roupas dela. Isso é tão natural, numa família!

Eu chorava baixinho, no meu canto. Perguntei:

— A senhora acha mesmo que é natural?

— Claro! E você, então, que tem o mesmo corpo que sua mãe. Você não viu como os chinelinhos dão bem em você? Garanto-lhe!

Para que negar? Havia em mim — embora eu sofresse com isso — uma tentação incrível, cada vez mais intensa, diante de tanta coisa bonita. Sim, crescia o desejo de ficar com tudo aquilo, a partir dos chinelinhos. Era vaidade, eu sei — a vaidade da mulher que quer se embelezar, ser linda. No fim, eu desejava apenas que vovó me convencesse. E me lembro que, ainda com uma ou outra lágrima, mas já vencida, mudei de assunto:

— Vovó, por que é que a senhora me disse que Jorge era seu filho?

— Porque sim, ora essa. Para você compreender o empenho que eu faço no caso; e veja que eu, apesar do que houve, não posso odiá-lo.

Vacilei; e fiz outra pergunta:

— Mas seu filho, como?

— Quer dizer, é como se fosse meu filho.

— Ah! — respirei. — Eu pensei que fosse filho mesmo.[10] Fiquei! Porque fazendo as contas de sua idade e da dele, a senhora poderia. Por isso, pensei que...

— Não; isso, não. O que há é o seguinte: eu gosto de Jorge, mais do que se ele fosse meu filho. Gosto com... — parou, para escolher o termo — com adoração.

— Mas tanto assim, por quê? — admirei-me.

— Por quê?

Fez uma pausa. Seu rosto adquiriu uma expressão de sonho, nostalgia viva. Pela primeira vez, eu descobria nela, nos olhos, no jeito da boca, qualquer coisa que se parecesse com doçura, com melancolia. Explicou, com a voz mudada:

— Jorge é filho do único homem que eu amei — o único! Quando esse homem morreu, me pediu, me fez jurar que tomaria conta de Jorge, que velaria por ele, que o faria feliz. Jurei e mesmo que não tivesse jurado — enquanto for viva — farei tudo para cumprir meu juramento. E Jorge é tão bom, tão meigo — é preciso só saber lidar com ele. Se houve alguma coisa entre ele e sua mãe — foi uma fatalidade. Eu é que não posso ter raiva dele por causa disso. Gostava de sua mãe, mas muito mais de Jorge. Confesso, não escondo.

Tive uma curiosidade que não pude conter:

— Houve alguma coisa, vovó, entre a senhora e... o pai de Jorge?

Seus olhos se tornaram brilhantes:

— Não houve nada... infelizmente. Por minha culpa, porque eu tive medo.

Depois se levantou, tocada pela nostalgia do único homem que amara e que morrera. Fez um comentário que, ainda hoje, eu acho que exprime uma verdade muito simples e muito triste:

— A gente nunca se casa com o homem que quer!

Reafirmou, com o rosto duro:

— Nunca!

* * *

BEM: EU ME conformei em herdar todas as roupas de mamãe. Depois de minha conversa com vovó — ainda fui no quarto de mamãe. Só uma vez na vida, outra na morte, é que eu conseguira entrar lá e sem nenhuma curiosidade especial. Lembro-me que mamãe tinha ciúme, ou quem sabe se pudor, de suas coisas íntimas. O seu quarto vivia fechado — e ela era tão intransigente nisso que fazia a arrumação, varria. Vovó, tia Hermínia, tia Laura, me acompanhavam; as duas tias, doentes de curiosidade. Mamãe as tratava como estranhas; não lhes concedia a mínima intimidade. Elas entravam ali, quase que pela primeira vez, porque agora a irmã bonita não estaria presente, para constrangê-las e para defender os próprios mistérios. Remexemos tudo, inclusive vovó. Não era mais nem mãe, nem irmãs, nem filha que estavam ali — mas mulheres que violam o segredo, as intimidades de outra mulher. Vimos uma coleção de ligas — que coisa maravilhosa! Fiz uma observação: aquilo não parecia quarto de uma senhora casada, burguesa, mãe etc., mas a alcova de uma cortesã, de uma dessas mundanas célebres que fazem morrer os poetas. Saí de lá com a cabeça cheia — e o que havia de mim era apenas a vontade de ser assim também, de seguir o mesmo destino, de criar em torno de mim o mesmo ambiente de luxo, de volutuosidade. Queria ser uma mulher que tivesse não um amor, mas muitos amores. Vovó me levou até a porta do quarto; eu senti que me olhava, que lia no meu rosto. Quando nos demos "boa-noite", ela disse, não sem um certo ar de triunfo:

— Você é igualzinha à sua mãe, Suzana! A mesma coisa!

Eu entrei no quarto; acendi a luz, mas abafei um grito:

— Tio Aristeu!

Ele ficara lá, aquele tempo todo, sentado numa cadeira; e, o que é mais interessante, no escuro. Ficou espantado vendo os vestidos, os chinelinhos, as combinações. Abaixou-se, apanhou um dos chinelinhos; examinou-o. Eu, então, não pude deixar de pensar que, na mão enorme daquele homem, o meu pé havia de sumir. Ele viu aquilo tudo, mas não fez nenhum comentário. Veio para mim, lento. Olhou-me um pouco, como se me visse pela primeira vez, e perguntou:

— Suzana, é verdade o que andam dizendo por aí?

— Não sei, titio, nem o que andam dizendo.

E ele, sem me desfitar:

— É verdade que você e Jorge vão se casar?

Vacilei; acabei confessando:

— Vovó anda querendo.

Tio Aristeu disse, então, lentamente:

— Já sei o que vou fazer com Jorge: vou partir-lhe a espinha. Ele não se casará nem com você, nem com ninguém.

7

SENTI QUE TIO ARISTEU não mentia; e que, a partir daquele momento, Jorge era um homem condenado. Fiquei olhando para ele, com o coração apertado pelo medo. Imaginei o que já me ocorrera antes, isto é, que o ódio de titio devia ser uma coisa horrível, potente e implacável. Vi, em imaginação, uma luta dos dois — Jorge e aquele gigante — e compreendi que Jorge não poderia fazer nada, senão deixar-se abater. Tio Aristeu apertou meu rosto entre suas mãos. E começou um desses interrogatórios, minuciosos, inexoráveis, interrogatório que me deixou exposta, quase com uma sensação de nudez física. O pior é que eu não podia mentir, simular, resistir. Ele me dominou, eu me senti como que magnetizada:

— Você gosta dele?

— Não.

— Tem certeza?

Vacilei, não sei por quê. Insistiu:

— Tem ou não tem?

— Tenho certeza, sim.

— Odeia?

— Não sei, não sei.

— Responda direito.

Baixei a cabeça:

— Odeio.

— Quer dizer que não quer se casar com ele?

— Não.

— Quebro-o, assim.

Tive um arrepio, uma espécie de frio. Balbuciei:

— O senhor me disse.

Deixou passar algum tempo; fez, rápido, a pergunta:

— E você seria minha cúmplice?

Naquele momento, não soube o que dizer. Teria eu coragem de matar alguém? Ou concorrer para um crime? Imaginei Jorge morto; vi a iluminação dos círios; uma porção de coroas. Ou, então, com a espinha quebrada. Essas imagens tiveram na minha imaginação um relevo, uma nitidez apavorante. Quase gritei: "Não, não! Tudo, menos isso! Eu não tenho coragem!". Mas sentia o domínio de tio Aristeu, havia em mim o medo de contrariá-lo, porque ele podia virar a sua cólera contra mim, podia me despedaçar com suas mãos.

— Seria sua cúmplice — admiti.

— Sabe o que ele fez?

— Sei, tudo. Mamãe o amava; por causa dele, ela se matou; e papai também. E ainda por cima, depois de ter feito o que fez, quer casar comigo.

Afirmei, com uma certeza desesperada, como se precisasse me convencer a mim mesma:

— É um cínico.

Vi que tio Aristeu estava satisfeito. Sua mão enorme me acariciou os cabelos. Senti-me pequenina e nula diante dele. Tive a ideia de que ele faria comigo o que quisesse, tal o terror que me inspirava:

— Olha aqui, Suzana — baixou a voz —, você vai para a minha ilha.

— Eu? — Meu coração começou a bater como um louco.

— Você, Jorge, sua avó, suas tias.

Baixei a voz também.

— As irmãs de Jorge vêm aí.

Espantou-se:

— Ah, vêm? — Ergueu-se. — Melhor ainda. Elas também podem ir, por que não? — Parecia alegre, de uma alegria sinistra, esfregou as mãos. — Com todo mundo lá, eu posso fazer o que quero. Será até bom.

Estava radiante. Foi aí que, pela primeira vez, eu compreendi que tio Aristeu era um doido, ou quase. A maldade era nele uma espécie de loucura fria, irresistível; ele não recuaria diante de nada, não teria nenhum sentido do bem e do mal, esmagaria quem aparecesse na sua frente. Aproximou seu rosto de mim. Sem querer, recuei. Falou num crescendo, eu recebia no meu rosto o seu hálito quente:

— Há outra coisa: você é igualzinha à sua mãe.

— Vovó também acha isso — balbuciei.

— Pois é. E se parece em tudo com ela. No físico e, naturalmente, também na alma. Sua mãe era uma dessas mulheres que não nasceram para um só amor — riu amargamente. — Um amor só não bastava. Precisava de muitos. Precisava viver sentindo que os homens a queriam e se apaixonavam por ela. Você vai ser a mesma coisa, igualzinha. Você há de querer também que os homens andem atrás de si — eu sei, tenho certeza, é como se estivesse vendo. Tenho ou não tenho razão?

Fez a pergunta, de repente. Empalideci. Coisa estranha: a descrição que ele fizera de mamãe calara no meu coração como se ele estivesse pondo diante dos meus olhos a minha própria imagem. No fundo de mim mesma — compreendi que tio Aristeu tinha razão, que era aquilo mesmo; que eu seria assim; que não adiantaria lutar contra mim mesma. Ele tornou, disposto a arrancar de mim uma confissão desesperada:

— Você é assim ou não é?

Não sei por que eu admiti, numa sinceridade patética:

— Sou!

Engraçado, ao dizer isso meu tom foi de desafio. Era como se, de fato, eu desafiasse o mundo, a opinião do mundo. Naquele momento, eu estava disposta a ser como mamãe, a realizar o destino que mamãe não pudera cumprir por causa do suicídio. Tio Aristeu olhava para mim com uma curiosidade intensa. Viu a minha excitação, o fermento de desespero, de paixão que havia em mim. Açulou-me:

— Fale! Continue, pode continuar! Diga tudo — não esconda nada.

Eu me senti com uma coragem inesperada; disse o que tinha a dizer, as coisas que existiam em mim, de uma forma obscura:

— Que é que tem que eu seja como minha mãe? Tem alguma coisa de mais? Pois eu gosto, está ouvindo? Há coisa melhor do que ser admirada, do que ver todo mundo assim atrás da gente, do que sentir as outras mulheres com inveja?

— Continue! — mandava ele.

E eu, possuída de febre:

— E há coisa mais triste do que ser amada por um homem só, um único homem, a vida inteira? Pois eu não quero — está ouvindo? Quero que muitos, todos, gostem de mim. Não adianta ser mulher para ter um único amor. Mesmo que a gente não dê confiança, não queira nada, mas é bom saber que se é amada, que muitos querem a gente, que pensam e sonham com a gente!

Parei, bruscamente. Eu mesma estava assombrada com as minhas próprias palavras. Uma menina de quinze anos, que apenas foi beijada uma vez, uma única vez, e ainda assim à força — não pode falar assim, ter esse sentimento de amor, como se fosse uma mulher com uma grande experiência amorosa. E, então, compreendi tudo. Eu não falara por mim, mas por mamãe. Aquelas palavras, que tio Aristeu julgara minhas, eram de outra mulher. Eu as ouvira de mamãe, quando eu tinha dez anos, e numa discussão dela com papai. Aquilo me impressionara tanto e se gravara tão profundamente em mim que eu repetia, tudo, textualmente, sem perceber, sem sentir que era apenas um eco, e nada mais — o eco de uma morta. Só depois compreendi que papai não reagira porque a amava tanto, tanto, que suportaria isso e muito mais. Sofri, compreendendo que eu e mamãe éramos como uma única pessoa, que eu fora feita à sua imagem e semelhança.

Tio Aristeu ouvira tudo calado, sem perder uma palavra, desejando naturalmente que eu não parasse, que dissesse tudo. Quando acabei, perguntou:

— É só?

Eu estava ofegante, com um resto ainda da excitação:

— É.

Percebi a cólera que ele, entretanto, controlava:

— Suzana — começou.

Tive medo das palavras que ia ouvir; e, ao mesmo tempo, uma vergonha absoluta do que dissera. "O que é que titio vai pensar de mim?", foi o meu medo. Ele continuou:

— Tudo isso que você disse eu sabia. Mas não faz mal. Agora eu quero que você saiba, para sempre, uma coisa: eu, esse que está aqui, não deixará que você faça o que sua mãe fez. Sua mãe não teve ninguém que a controlasse, que a impedisse de fazer umas tantas coisas. Seu pai era fraco — coitado! — adorava a mulher, tinha pela mulher uma paixão louca. Aguentou as mais negras humilhações. Sabia de tudo, percebia tudo, mas não dizia, não fez o que devia ter feito, se fosse mais homem.

Quis saber:

— E o que é que papai devia ter feito?

Deu a resposta, simples, lacônica, definitiva:

— Matar. Mas sua mãe sabia que seu pai não a mataria. E quando a mulher sabe disso, quer dizer, que o marido não a matará em hipótese nenhuma, deixa de levar o marido a sério. Foi por isso que sua mãe fez o que bem entendeu. Mas com você o caso é diferente. Eu tomarei conta de você. Eu não deixarei que você seja o que seria, se fosse livre. Das duas uma: ou você será mulher de um só amor ou, então, de amor nenhum. Compreendeu?

Minha voz quase não se ouviu:

— Compreendi.

— E se, por acaso, você quiser resistir, quiser lutar comigo — eu farei, imagine o quê?

Sua voz tornou-se extremamente doce, musical, apesar de grossa. Tive mais medo, ainda.

— O quê? O que é que o senhor fará?

— Eu serei capaz de pôr você numa catacumba — de encarcerar você lá — e viva! Você viverá até o fim dos seus dias numa coisa que será como um túmulo. Aí quero ver se você conseguirá fazer o que sua mãe fez.

Muito tempo depois de ele ter ido — eu continuava na mesma posição. Ah, o terror que eu sentia, um medo abjeto. Sobretudo, era a ameaça da catacumba, era a ideia de que poderia passar minha vida encarcerada viva num túmulo — que me deixava gelada.[11]

No dia seguinte, bem de manhã — eu estava no jardim, apanhando um pouco de sol — quando vovó apareceu. Ela mudara muito comigo, diga-se de passagem. Sempre eu a conhecera fria, distante, intratável. Acho que não minto se disser que, até a morte de meus pais, ela fora incapaz de uma atenção, de me fazer um carinho. Nós nos sentamos num banco — o sol era ainda muito suave — e eu percebi que ela queria conversar comigo.

— Suzana, eu vou perguntar uma coisa a você, mas quero que você me responda sem acanhamento nenhum. Promete?

— Prometo.

Mas eu não estava gostando do rumo que a conversa tomava.

— O que há é o seguinte: — fez dois pontos, e continuou — ontem, quando Jorge saiu, eu notei uma coisa.

Podia ter contado que coisa era essa; mas, não. Fez propositadamente uma pausa. Calculei: "A coisa deve ser meio delicada". Ela esperou que eu dissesse:

— Que foi?

Sorriu:

— Imagine que eu vi uma mancha de batom no queixo de Jorge.

Endureci o rosto. Tive raiva dela, de Jorge e, ao mesmo tempo, de tio Aristeu. Virei o rosto para outro lado, ficando de perfil para ela. Mudou de tom, para perguntar, concretamente:

— Vocês se beijaram?

— Nós não nos beijamos — frisei. — Ele é que me pegou à força, me deu um beijo. Foi isso que houve — pronto.

— Eu desconfiei — disse ela, muito convencida da própria perspicácia. — Aliás, desconfiei, não; tive a certeza.

— Agora, há uma coisa. — Procurei ser categórica: — Se ele teimar...

— Como teimar?

— ... se quiser me beijar outra vez, já sabe: não falo mais com ele.

— Mas que é isso, minha filha? — Nunca vi vovó tão doce, tão macia comigo. — A gente não deve ser assim. Ele é seu noivo — praticamente seu noivo. Tão natural um rapaz nessas condições beijar a moça!

— Eu não acho.

E ela, muito segura de sua experiência:

— Isso passa, eu sei que passa. Depois, você nem liga. A gente se habitua a tudo.

— Mas não é questão de hábito. O que há é que eu não gosto dos beijos dele.

Riu da minha ingenuidade:

— A gente nunca sabe se gosta ou não gosta do primeiro beijo. Comigo também foi assim, a mesma coisa. Mas já no segundo — foi tão diferente.

Fiz uma pergunta boba, tão boba:

— Vovô beijava muito a senhora?

Protestou logo, terminante:

— Não falo do seu avô, mas do pai de Jorge. — Mudou de tom: — Quando ele uma vez me beijou, eu fiquei!...

Aquela velha que era, geralmente, tão seca, desagradável, como se tivesse palha por dentro em vez de alma, embelezava-se toda, parecia uma namorada, uma noiva, uma amante, sempre que falava do pai de Jorge. Esqueceu-se de que estava falando comigo para viver da memória:

— Fiquei indignada com o primeiro beijo, achando que era desaforo, uma falta de consideração. Mas aí ele me beijou de novo e eu acho que posso viver mais trezentos anos que nunca me esquecerei daquela passagem! Jorge é tão parecido com o pai, mas tão!

Fiquei olhando para ela, assombrada; julguei perceber o seu mistério. Vovó, cujo coração não morrera, amava talvez Jorge, mas como era velha, fanada, sentia-se feliz em concorrer para a felicidade dele com outras mulheres, moças, bonitas. Ela se levantou, com uma brusca vergonha do que mostrara de si mesma. E teve uma reação interessante: resolveu ralhar comigo.

— Você deixe quando Jorge quiser beijar você. Não custa.

— Mas eu não gosto! — foi minha lógica irredutível.

— Engraçado, você: pensa mesmo que é a única mulher que se deixa beijar sem prazer? Quantas vezes seu avô me beijava, eu retribuía e tudo o mais, sem achar a mínima graça no beijo. A vida é assim mesmo, minha filha; a mulher tem que suportar coisas dessa natureza.

Eu fiquei com essas palavras de vovó nos ouvidos. Fervendo por dentro, indignada. Querendo mandar até nos meus beijos!

Quando Jorge chegou, eu já esperava uma saliência como a da véspera. A própria vovó previra: "Homem, quando dá o primeiro beijo, nunca mais para de beijar". Eu era tão boba, mas tão boba, que estava curiosa de ver se ela acertava.

As visitas de Jorge passavam a ser uma rotina. Eu sabia que todo dia, fatalmente, ele viria; e, sem querer, sem notar, já me preparava, e cada vez com mais cuidado, mais minúcia. Naquele dia, de tarde, na hora mais ou menos em que ele devia chegar, eu estava pensando uma porção de coisas: "Na certa, ele vai querer me beijar". Muito bem: e se isso acontecesse, qual devia ser a minha atitude? "Esbofeteá-lo?", perguntei a mim mesma. Ficar zangada, empinar o queixo com altivez. Ou, simplesmente, evitar qualquer oportunidade para um beijo. Ah, uma coisa que eu ia me esquecendo: escolhi um dos vestidos de mamãe, com o coração um pouco apertado, um certo remorso, mas não resisti à tentação. Era tão lindo esse vestido, ficava tão bem em mim, tão gracioso! Perguntei às minhas tias, à própria Hortência, que tal eu estava assim. Todas responderam:

— Muito bem!

E vovó:

— Uma beleza!

Por que é que eu fazia aquilo? Por que me embelezava para Jorge, se não queria nada com ele? Que instinto agia em mim e me inspirava? Até hoje, não sei. O certo é que Jorge apareceu pouco depois. Ficou parado, diante de mim, sem ter o que dizer, num silêncio de êxtase. Por fim balbuciou:

— Por que pôs esse vestido? É o mesmo que sua mãe usou naquele dia. E você fica igualzinha a ela!

Que prazer intenso o meu, sentindo que ele fora tocado profundamente, que se deixava fascinar! Fomos para o jardim; ele, calado, com uma expressão de amargurado. Ficamos sozinhos, eu e ele, no jardim. Eu me sentia dentro de um sonho; acho que a felicidade que sentia, e que não tinha uma causa definida, me tornava ainda mais bonita. Ele sussurrou:

— Suzana.

Eu pensei: "Vai me beijar". Imaginei que as nossas bocas se iam unir. Ah, como eu me sentia fraca, sem vontade, pronta ao abandono! Se ele quisesse mesmo, se ele ousasse, pobre de mim. Virei o rosto para ele, deixei a minha boca perto, como se estivesse oferecendo. Minha atitude não podia ser mais clara. Era como se eu dissesse:

— Não quer me beijar?

Eu estava louca, doida varrida. Não sei se ele pensou em beijo, se desejou a minha boca. Porque abafei um grito e toda a minha felicidade se fundiu em medo. Tio Aristeu acabava de aparecer por trás de Jorge. Seu rosto vinha desfigurado por um ódio que não era de gente; e eu tive a certeza — de que ia ser testemunha de um crime.

8

JORGE VIU O TEMOR marcado no meu rosto e virou-se, rápido. Tive a impressão direitinho que ia começar a luta, que os dois se atraca- riam e que... Mas, não. Num segundo, numa fração de segundo, operou-se uma mudança incrível em tio Aristeu. O ríctus de ódio, que lhe desfigurava o rosto, que lhe fendia a boca, as próprias mãos que pareciam se fechar para estrangular alguém — tudo se trans- formou espantosamente numa cordialidade efusiva, numa atitude afetuosa de amigo que vê, ou revê, outro amigo. A transformação foi tão brusca, tão completa, que eu fiquei assim, meio na dúvida, sem saber se vira mesmo o ódio expresso na máscara cruel de titio, ou se fora uma ilusão minha, uma ilusão dos meus nervos. O meu coração continuava a bater loucamente, a pular dentro do meu peito como um peixe vivo. Ouvi a voz de tio Aristeu, a exclamação com que ele exprimia uma falsa surpresa:

— Ah, vocês estão aí?

Eu respondi qualquer coisa, porque Jorge se fechava, se trancava, numa atitude de inimigo:

— Estamos, sim, titio. Conversava com Jorge.

Jorge, que se levantara para se defender de uma agressão possível, sentou-se outra vez; vi na sua boca um traço de crueldade. Interes- sante, ele é que, agora, parecia sentir raiva do outro, ao passo que tio Aristeu ainda indagou, com uma vaga e abominável ironia, que só eu percebi:

— Vocês não estavam conversando nada de particular ou estavam?

Respondi, porque Jorge não diria nada, a não ser um desaforo:[12]

— Não, titio.

Então, Jorge ergueu-se, novamente. Cada vez lhe custava mais dissimular os próprios sentimentos. "Mas ele não vê" — refleti — "que não pode com tio Aristeu? Que se os dois brigassem, ele seria esmagado por titio, feito em 'pedaços'?" Olhei para ele, com espanto, uma interrogação e um pedido no olhar. Eu temia que ele, na paixão da raiva, dissesse qualquer coisa, fizesse uma desfeita. Jorge murmurou apenas cumprimentando a mim, mas só a mim:

— Com licença.

— Já vai? — pude articular, olhando para tio Aristeu que talvez achasse aquilo um acinte.

— Tenho um compromisso — foi a desculpa.

— Fique! — disse tio Aristeu, numa cordialidade mais risonha do que nunca. — Justamente eu queria combinar...

— Combinar o quê? — interpelou Jorge, quase agressivo.

E titio, sem mudar o tom extremamente afável:

— ... combinar com Suzana e com você uma coisa. Estive falando agora mesmo com dona Marta. Trata-se do seguinte...

Jorge e eu ficamos suspensos de sua palavra. Eu percebia que tio Aristeu ocultava não sei que espécie de desígnios — e por certo que desígnios tenebrosos. Sua cordialidade era uma máscara que ele punha no rosto, mas que podia iludir a Jorge ou a qualquer outro, menos a mim. O instinto do perigo reagiu em mim. Ele prosseguiu:

— Eu soube que vocês dois vão se casar. Aliás, eu queria lhe felicitar, Jorge.

Estendeu a mão grande. Depois de uma vacilação, quase imperceptível, Jorge estendeu a sua. E, além disso, foi obrigado a mastigar alguma coisa:

— Obrigado. — E, ao mesmo tempo, fez uma observação: — Mas ainda não está nada oficialmente resolvido.

— Eu sei — admitiu tio Aristeu. — Mas é assunto resolvido. Pois bem. Eu tive uma ideia que expus à dona Marta e ela achou boa. É o seguinte: antes do casamento, vocês dois, a própria dona Marta,

Hermínia, Laura — todo mundo podia passar uma temporada na minha ilha. Digamos — hesitou — um mês. O médico diz que para Suzana é indispensável.

Agora eu compreendia tudo! Senti um medo selvagem. Pensei na legenda trágica dessa ilha. Lá, tio Aristeu seria mais divino que humano — uma espécie de Deus — e sua vontade ou, por outra, sua maldade seria a lei única e irrecorrível. Será que Jorge não perceberia isso, não sentiria o perigo? Olhei para ele, como quem pede socorro. Por um momento, Jorge hesitou, como se preparasse para levantar um não. Tio Aristeu preveniu a objeção, declarando:

— Eu sei que você, no momento, não estuda — está em férias. De modo que...

Jorge ficou calado, sem ter nada que objetar. Mas de repente se lembrou:

— As minhas irmãs!

Tio Aristeu ainda uma vez cortou-lhe a palavra:

— Eu sei que elas vêm — dona Marta me disse. Mas não tem importância. Vão também, ora essa! Claro!

Tio Aristeu vencera. Jorge que, há poucos minutos, tinha raiva dele — raiva talvez sem razão definida, mas por instinto —, fora psicologicamente desarmado. O máximo que conseguiu foi não dar uma palavra definitiva:

— Depois nós falamos, não é?

Tio Aristeu preparou-se para sair; riu seu riso de gigante:

— Suzana irá — disse. — Eu espero que o senhor, tendo recebido um convite formal, não a deixe ir sozinha.

Jorge rendeu-se, então:

— Irei, sim. — E repetiu, talvez com o coração apertado, não sei por que sinistros presságios: — Irei.

Logo que pude corri para vovó. Ela não gostara nunca de tio Aristeu — é que via a tal ilha como um lugar abominável, de pecado, de maldição — ficava até feio mudar tanto, de repente. Assim que a encontrei, percebi que estava outra. Embora fosse muito controlada — mesmo na morte de mamãe chorara com certo comedimento, não se abandonando de todo à dor — via-se que havia nela uma coisa, um frêmito, uma alegria secreta, fermentando. Tia Laura, tia Hermínia cosiam — sempre costurando as duas. Vovó, quando me viu, quase gritou, triunfante:

— É já o enxoval!

Apontava para o trabalho das filhas. E acrescentou, informativa, no desejo de me agradar, de ir me conquistando:

— Um jogo. Comprei a fazenda baratíssima.

Tia Hermínia comentou, com seu sorriso humilde, de quem pede desculpas por falar:

— Vai ficar bonito!

Eu senti que havia nela uma melancolia, ao mesmo tempo doce e penetrante. Estava fazendo o enxoval de outra mulher, ela que nunca fizera o próprio! Eu podia ter esperado, mas preferi esclarecer o caso imediatamente:

— Vovó, tio Aristeu me disse uma coisa.

Ela tirou-me a palavra:

— O negócio da ilha? — E continuou, num evidente entusiasmo pela ideia. — Resolvi aceitar; doutor Alexandre achou que para você era excelente. Bom para todo mundo. Não é, Laura?

— Claro!

— Mas a senhora era contra!

— Pensei melhor.

Só tia Hermínia não disse nada; abaixou mais a cabeça, como se não quisesse dar voto, numa questão que talvez lhe parecesse suspeita. Vovó estava mesmo animada:

— Ah, ele foi muito gentil! Se convidasse só você, então, sim: eu seria contra. Mas, não. Disse que fazia questão — mas questão absoluta — que todos nós fôssemos, inclusive as irmãs de Jorge. Que é que você quer mais do que isso? Diga!

Parecia me desafiar a sugerir um motivo legítimo contra a viagem. Emudeci, sem achar uma objeção confessável. O que é que eu poderia opor? Não poderia, por exemplo, dizer que tudo aquilo era um plano de tio Aristeu para impedir o meu casamento com Jorge. Olhei para vovó e ela exultou:

— Uma ideia ótima!

A rigor, a minha objeção era outra: era o pavor que eu sentia do próprio tio Aristeu, de sua força tremenda. Eu o considerava, com o meu instinto de mulher, uma espécie de homem antediluviano, de paixões obtusas e potentes, colocado acima do bem e do mal. Se eu estivesse morrendo, e só ele pudesse me salvar, ainda assim eu teria medo de ser salva por ele. Mas não podia confessar isso a vovó, dizer em voz alta o meu pânico. Só um argumento me ocorreu:

— Não dizem que essa ilha é uma coisa horrível, que ele rouba mulheres e leva para lá?

Ela perturbou-se, mas só por um momento:

— Diziam isso. Mas falar, minha filha, fala-se de todo mundo. É um pessoal que não temo. Agora, eu é que não vou me deixar levar pela maledicência — era o que faltava. E, ainda por cima, ele é seu tio.

Antes que eu falasse, tia Hermínia, num esforço sobre a própria timidez, lembrou:

— Tio, propriamente, não. Era só irmão de criação do pai de Suzana.

Vovó fulminou a filha com o olhar. Eu me peguei no argumento.

— Pois é, vovó, pode-se dizer que ele não é nada meu.

Vovó tornou-se severa, voltou-lhe aquele ar de quem não admite objeções:

— Suzana, seu tio Aristeu é uma amizade que a gente, e sobretudo você, precisa conservar. Sabe o que é que ele me disse hoje, hein?

Fiz com a cabeça que não, que não sabia. E ela:

— Disse que fazia questão de dar um presente bom de casamento a você. E me perguntou que tal um automóvel.

Tia Laura sublinhou:

— Está vendo, Suzana — um automóvel!

Repeti, passiva como um eco:

— Um automóvel!

Vovó tornava a ser amável:

— E mais: ele me disse que já tinha visto um modelo, deste ano, que acabara de chegar. Perguntou-me se esse servia. Respondi, claro, que o que escolhesse estava bom. Mas não é só isso.

Agora, entre parênteses: eu podia fingir que a ideia do automóvel — e do último tipo — me deixara fria, talvez mais ofendida, até. Mas para que negar? Eu também me deixei tocar de uma certa fascinação. Sei que isso é muito frívolo, muito trivial, tudo o que vocês quiserem. Mas a perspectiva de um automóvel, assim, me tocou. Vovó ainda me animava mais:

— Ofereceu-se para ensinar você a guiar — imagine! — E acrescentou, convencida: — Muito correto, o tio Aristeu. Eu fazia outra ideia dele, mas não empaco numa opinião a vida inteira, não sou pirracenta!

Custei a dormir nessa noite! Agora compreendia por que vovó mudara de opinião sobre o antigo inimigo; convertera-se ao titio por causa do automóvel e de outras possibilidades que ela, com certeza, entrevia. Ele era rico; podia repetir a dose. Eu mesma não estava feliz só porque me acenavam com um automóvel? De súbito, caí em mim: esse carro deslumbrante era um ardil de tio Aristeu para conquistar vovó e tornar possível a ida de todos para a ilha! Fiquei indignada comigo mesma: "Sou tão boba, meu Deus do céu, tão boba que acreditei. Pareço criança!". E experimentei uma vasta amargura, um desgosto incrível. Novamente, o que dominou em mim foi o medo, só o medo e nada mais.

Lembro-me que já estava quase dormindo, quando ouvi barulho na porta. Primeiro, pensei que fosse ilusão minha. Mas depois ouvi mais distintamente pancadas na porta, mas muito de leve, como se a pessoa não quisesse acordar ninguém. Levantei-me, calcei os chinelinhos que foram de mamãe. E fui até a porta:

— Quem é? — perguntei antes de abrir, meio assustada.

— Eu — sussurrou tia Laura.

Abri a porta: ela entrou. Eu quis acender a luz, mas ela segurou o meu braço:

— Não, não!

Ficamos no escuro: para ela, era melhor assim, que eu não a visse, não olhasse as suas feições. Até hoje não sei, mas acho que tia Laura não tinha vergonha só do corpo, mas do rosto também. Se pudesse talvez usasse uma máscara vestindo as próprias feições. Sentamo-nos na cama e ela se agarrou a mim — gesto que não teria talvez, se o quarto estivesse iluminado. Notei que estava trêmula, como se aquela situação tocasse profundamente seus nervos.

— Que é que houve, titia?

Balbuciou:

— Suzana, eu preciso falar muito com você. Mas tenho medo que mamãe...

Tremeu ainda mais: seu terror parecia aumentar.

— Que mamãe apareça.

— Não aparece não!

— Suzana — falava rapidamente, suas unhas enterravam-se nas palmas de minhas mãos —, não vá para essa ilha. Se você soubesse o pressentimento que eu tenho! — Reafirmou: — E um mau pressentimento, uma certeza horrível!

— Houve alguma coisa? — eu estava contagiada pela angústia.

— Essa história de dizer que ele é seu tio, é bobagem! Não é nada, Suzana! Tio coisa nenhuma, um estranho, um desconhecido.

— Também acho — concordei.

— Esse homem tem um projeto — eu não sei qual é — mas tem. E é com você, Suzana. Ele pretende alguma coisa de você — e deve ser uma coisa ruim, uma coisa asquerosa!

Ela pronunciou a palavra "asquerosa" — e eu imaginei que seu estômago devia estar se contraindo numa náusea violenta. Parecia estar vendo as coisas abomináveis que ele me podia fazer, os ultrajes. Então, resolvi sossegá-la, contar àquela pobre alma a verdade sobre tio Aristeu:

— Não, tia Laura, não é isso! Ele não concorda com o meu casamento com Jorge e quer impedir. Só isso.

— Ele lhe disse isso? E você acreditou? Não seja boba, Suzana, não acredite! Ele quer impedir seu casamento com Jorge, sim, mas para ficar com você.

— Titia!

Mas ela teimou, na sua certeza fanática. Acreditava cegamente nas próprias palavras; parecia ler no coração do tio Aristeu:

— É isso mesmo, não tenha a mínima ilusão. Quando seu pai morreu, e você desmaiou na sala, ele carregou você.

— Eu sei.

— Pois é. O jeito com que ele olhou para você, a maneira, foi a coisa mais clara possível. Parecia um gorila. Naquele momento, eu compreendi as intenções dele. Posso garantir que você não é para ele sobrinha, mas mulher — está percebendo? Mulher! Ele quer você, quer!

Quis serená-la:

— A senhora não devia fazer tão mau juízo dos outros!

Mas ela persistia apaixonadamente na sua ideia:

— Ele é pior do que eu estou dizendo, muito pior. Não respeitou nem sua mãe.

— Também ele?

— Ninguém sabe, nem viu. Mas eu sei, eu vi, ninguém me contou. Vi, com esses olhos que a terra há de comer.

"Ela ainda namorava seu pai. E, um dia, nesse jardim mesmo. Estavam os três juntos, conversando: Aristeu, seu pai e sua mãe. Depois, seu pai foi ver lá dentro não sei o quê, buscar uma coisa, parece. Logo que ele entrou, Aristeu e ela se beijaram. Eles não me viram — porque eu apareci na janela do lado um momento só, o bastante para ver e entrar logo."

Eu estava desesperada:

— Mas, então, mamãe era o quê? Também com tio Aristeu! Qualquer um!

Ela pareceu não me ouvir!

— Nem Jorge, nem Aristeu, Suzana. Jorge, porque você não gosta. E o homem que a gente não gosta pode ser o melhor do mundo, mas não serve. E Aristeu, porque é o demônio. Com ele, você perderá sua alma, tudo, posso lhe garantir.

— Eu sei, mas eu não quero nem um, nem outro, fique descansada.

— E não ligue a esse negócio de automóvel. Eu vi que você ficou impressionada.

— Então, não sei que é plano dele?

— Mas Aristeu pode prometer a você milhares de coisas — dinheiro é o que não lhe falta. Eu sei que você gostaria de receber presentes, joias, vestidos — eu conheço você. Você é tão frívola como sua mãe. Sua beleza é sua desgraça. Mas não se deixe levar, Suzana, me prometa, jure. Quero que você jure!

— Juro — pronto.

Insistiu:

— Por Deus?

E eu, sem saber o que dizia, numa confusão incrível de sentimentos:

— Por Deus.

Na escuridão, ela se levantou; caminhou sem fazer barulho. Quando dei acordo de mim, já tinha ido embora. Fechei a porta à chave, vim correndo para cama, com um medo louco de mim mesma.

JORGE TEVE UMA grande conversa com vovó, no dia seguinte. Acredito que, entre outros assuntos, ele a tivesse interpelado sobre a mudança que se operara nela em relação a tio Aristeu. O pior não foi isso: o pior foi que eu... Bem, o caso foi o seguinte: Jorge e vovó estavam trancados na sala; e eu, então, espiei — que vergonha! — pelo buraco da fechadura. Não os ouvia, porque falavam muito baixo; mas via tudo. Admirei-me, vendo a intimidade que existia entre eles. Eram como filho e mãe. Ela o afagava nos cabelos; e, quando acabaram, vovó beijou-o na testa e Jorge tomou-lhe a bênção. Corri, mais do que depressa, para o jardim. Jorge apareceu, pouco depois.

Eu, muito inocente. Não houve nenhuma palavra entre nós. Ele me olhou um instante bem nos olhos; e, depois, me pegou nos braços, me beijou nos lábios. Nenhuma resistência minha, e nenhuma vontade de resistir. Esse beijo foi mais ou menos rápido. Entreabri a boca para os beijos que vieram depois.

9

Se eu disser que, enquanto estive nos braços de Jorge, a única coisa que senti foi curiosidade? Nem pena, nem raiva, nem prazer. Apenas curiosidade; eu queria ver — eis tudo — qual seria a minha sensação, afinal. Se acabaria gostando; se teria ou não uma espécie de vertigem, de sonho. Era uma curiosa do amor, atenta às reações dos meus sentidos. Ele me beijou, uma, duas, três, quatro, não sei quantas vezes. A princípio, com uma espécie de calma intensa. Eu via que sua vida, seu ser, pendia de cada beijo. Depois, porém, me achou tão impassível que foi possuído de uma espécie de fúria. Ah, o homem é bobo, tão bobo! Não gostou de ser "solista" no prazer; queria me transmitir um pouco de sua febre, do seu delírio, fundir em suma a calma dos seus sentidos. Depois de um beijo, olhava para mim, querendo ver se o êxtase velava os meus olhos, se havia no meu rosto esse ar de sofrimento que vem do prazer amoroso. Mas nada, nada. Eu me sentia cada vez mais dona de mim mesma, mais lúcida, cada vez mais longe do abandono total. E isso o humilhava, eu percebia a sua irritação, a vontade talvez de me bater.

— Não adianta — disse eu.

— Não adianta o quê?

— Não gosto dos seus beijos.

Por um momento, nos olhamos como inimigos. Ainda uma vez, na sua raiva obtusa, ele tentou acordar em mim alguma coisa, ferir meus sentidos. Continuei não resistindo, deixando; ele via o meu abandono e era isso talvez que o irritava mais, que eu fizesse aquilo, consentisse, sem emoção, sem volutuosidade. Desistiu, por fim; viu que não conseguiria nada, que todas as tentativas resultariam vãs. Ficou, diante de mim, parado. Ainda fiz acinte, desafiei, numa súbita maldade:

— Quer mais?

Oferecia-me.

— Continue — açulava.

— Não interessa.

E foi-se embora, nem se despediu. Sentei-me no banco. Aquela experiência, que me dava um grande sentimento de triunfo, fizera-me, por outro lado, um grande mal. Senti um gosto de fel na boca; perseguia-me a ideia de que me deixara ultrajar, de que aquilo fora uma maneira de me poluir. Outra coisa: eu me sentia cruel em relação a Jorge. Não lhe perdoava que não tivesse despertado a mulher que havia em mim. Num momento como aquele, podia ter me conquistado, talvez para sempre. Entrei em casa, apenas com enjoo. Pensei, pela primeira vez, no homem futuro que, um dia, cedo ou tarde, viria me absorver, arrebatar, esmagar minha inocência na grande revelação do amor.

MAS O MEU dia ainda não acabara. Quando cheguei no corredor, quase esbarrei com tia Hermínia que vinha em sentido contrário. "Há novidade", foi o que calculei. Puxou-me pelo braço:

— Vem aqui, um instante, no meu quarto.

Entramos; ela ainda encostou o ouvido na porta, escutando se havia alguém no corredor. Depois, torceu a chave. Estávamos trancadas. Vi logo — evidente — que seus sentimentos não eram normais. Estava pálida, tremia:

— Suzana, ainda agora aconteceu uma coisa interessante.

— Que foi?

Respirou fundo:

— Eu olhei — pura casualidade — pelo vidro da janela; e vi, no jardim, uma cena interessante.

Não tirava os olhos de mim. Preparei-me: não custei a adivinhar: "Aí vem coisa". Sorri, sardônica:

— Imagino.

— Vi vocês dois se beijando. Não foi uma vez só: foram muitas.

— Faz diferença que seja uma vez ou muitas vezes?

— Não é isso! — negou ela, contendo-se; eu vi que era "isso" justamente; ela continuou: — Eu queria dizer a você uma coisa, Suzana — uma coisa que eu não queria, mas que devo contar.

Parou, para sentir se eu estava ou não curiosa. Fechei-me; bati com a ponta do pé no chão; só faltei cantarolar. Ela baixou a voz, dramatizou:

— Suzana, você não pode se casar com Jorge — e repetiu, sem elevar a voz, mas num tom patético: — Ele é o único homem do mundo com quem você não pode se casar.

Fiz a voz mais doce possível:

— E por quê, tia Hermínia?

Arquejava, a infeliz, de excitação! Apresentou, triunfante, o argumento:

— Porque ele e sua mãe...

Interrompi, cortante:

— Eu sei.

Arregalou-se:

— Sabe como?

E eu, sem piedade, devastando, uma a uma, as esperanças, as ilusões daquela mulher:

— Sei tudo: vi e ouvi quando mamãe contou a papai, confessou! Pronto, e agora?

— Quer dizer — não acreditava, estava lívida — que você sabia, sempre soube. E mesmo assim vai se casar com ele.

— Pois é.

— E deixou que ele a beijasse daquela maneira?

— Deixei. Tem alguma coisa de mais que uma mulher se deixe beijar por um homem? Sou eu a primeira que faz isso? Ora, um beijo, dois — que importância tem?

O espanto da criatura, meu Deus! Mexia a cabeça, abria a boca, mas não conseguia articular uma palavra.

— Está falando sério?

— Lógico!

Seu assombro se transformou em cólera. Abafando a voz, para que vovó em hipótese alguma a ouvisse, disse no meu ouvido coisas incríveis:

— Você não presta!

— Despeito seu! — reagi.

— Não tem o mínimo sentimento!

— Ah!, é? — fiz pirraça. — E você por acaso não gosta dele?

— Mas não sou filha!

— É irmã, ora essa!

— Mas o sentimento da filha é outro.

— Está bem, titia, posso ir-me embora?

As coisas incríveis que ela me disse, antes de abrir a porta! Os termos que usou! Foi só aí que eu verifiquei que uma mulher despeitada é capaz de tudo, de todas as baixezas. Quase tapei os ouvidos. Mas as ofensas, que ela atirava sobre mim, me doíam na carne como golpes físicos, me davam a impressão de que ela revolvia lama. Saí correndo, tranquei-me no quarto. Acho que nunca mulher nenhuma ouviu tanta coisa infame; tanta palavra hedionda!

As irmãs de Jorge, que deviam chegar logo, demoraram, ainda, três dias. Dificuldades de condução — as estradas estavam tão ruins!

Jorge vinha todos os dias, mas se conservava meio distante de mim, demonstrando sempre solicitude, atenções etc., mas evitando qualquer intimidade. Não procurava disfarçar a tristeza; e eu, uma vez que o olhei sem querer, achei que um pouco de melancolia lhe ficava bem, caía com o seu tipo. Tio Aristeu também vinha — e amabilíssimo com vovó e Jorge. Este procurava se resguardar um pouco de titio, mas o outro, tenaz, insidioso, envolvia-o de atenções, oferecia cadeiras, puxava conversa com ele e se interessava pela saúde:

— Você hoje está meio abatido — o que é que há?

— Nada, uma indisposição.

E titio, grave, como se, de fato, a saúde de Jorge o interessasse:

— Mas não facilite — não facilite!

Vovó se dividia entre os dois, com essa hipocrisia que não custa às donas de casa, que é doce como um hábito. E eu sempre vendo quando os dois sumiam ou conversavam baixo. Uma vez — depois do jantar — vovó chamou Jorge para a sala de visitas. Tio Aristeu não estava. Eu, já, aproveitei uma ocasião em que as duas tias tinham ido não sei para onde, e fui espionar. Encostei-me bem na parede — com medo que aparecesse alguém e me visse — e fiquei ouvindo. Jorge estava falando de mim;[13] e se queixava:

— Ela não gosta de mim!

— Gosta. Você é que pensa que não, mas gosta.

Uma coisa que eu não entendi; e uma pergunta de Jorge:

— Já teve algum namorado?

— Nunca. Pelo menos, namorado firme.

— E sem ser firme?

— Um flerte talvez.

— Pois bem — flerte. Teve?

— Mas bobagem, coisa à toa, de criança.

Ele se assustou:

— Quer dizer que teve?

Vovó ralhou:

— Oh Jorge! Você assim, meu filho! — E afirmou, com ênfase: — Que eu saiba foi só uma vez com um colega do colégio. Verdadeira criança, garoto. Ele a acompanhava no bonde, trazia até à esquina. Só.

Senti o despeito de Jorge:

91

— "Só" é o que a senhora diz! Mas quem sabe se não houve muito mais. Esses namoros de menino e menina, às vezes, são piores do que se pensa. E quem é que impedia que eles se beijassem quando estivessem juntos, quem? Quando me lembro que a "outra"...

Estremeci: a "outra", a que ele se referia, devia ser mamãe. Houve em mim uma mistura de repulsa e de curiosidade. Ele baixara a voz, de forma que perdi muita coisa; mas ainda assim ouvi frases inteiras:

— ... "daria a vida por um beijo..." "uma vez se ajoelhou aos meus pés..." "dei-lhe uma bofetada..."

Então, fugi. Mas aquele pedaço de frase ficara em mim... "dei-lhe uma bofetada" ... Senti as faces em fogo, como se eu, em vez de mamãe, é que tivesse recebido a bofetada, experimentado na carne e na alma a humilhação. Esperei, na varanda, que os dois deixassem a sala. Chamei Jorge:

— Dá licença, vovó. Um instantinho só!

Claro que ela deu! Fiquei, rosto a rosto, com Jorge:

— Jorge, eu estou pensando numa coisa: que um homem que bate em mulher é um infame!

Ele não ligou as minhas palavras à conversa com vovó. Mas objetou, sem deixar a sua tristeza:

— Há mulheres que precisam apanhar de homem.

Quis ser sarcástica:

— Você acha, é?

Confirmou, a sério:

— Acho. Por exemplo: você. Você é uma que devia apanhar. Precisava que um homem lhe batesse.

As irmãs de Jorge chegaram no dia seguinte, de manhã; eu ainda estava na cama — imaginem! Eram três — Noêmia, Maria Luiza e Maria Helena. Chegaram de automóvel — eu acordei ouvindo vozes femininas, diferentes. Logo calculei, sentando na cama: elas! Duas delas ficaram, na sala, com vovó. Mas Noêmia, a mais desembaraçada, quis vir me buscar no quarto. Eu estava calçando os chinelos, quando ela bateu. Abri a porta, sem saber. Ela entrou; e parou no limiar, me olhando, de alto a baixo. Senti-me crucificada de vergonha. E ela, como se adivinhasse:

— Você é que é Suzana?

Não sei o que disse; entre outras coisas, apresentei a desculpa desesperada:

— Ainda não lavei o rosto. Acordei agorinha mesmo.

Ela teve uma exclamação:

— Mas que é que tem isso, ora! Não sou de cerimônia!

E acrescentou:[14]

— Tão natural!

Beijou-me nas duas faces; tomou conta do ambiente. Vi logo que não sairia do quarto nem amarrada, enquanto não saciasse a sua curiosidade. E era tão sem cerimônia que eu mesma não teria coragem de enxotá-la. Ela entrava — olhava para a cama, para os lençóis, os travesseiros, via-se no espelho, não perdia uma minúcia. Tive a impressão que, logo ao primeiro olhar, me despiu mentalmente. Estava agora face a face comigo:

— Pensei que você fosse muito mais criança.

— Quem lhe disse?

— Ora, quem? Jorge! Mas, não. Não aparenta ter quinze anos. Eu daria dezoito.

Falava depressa; e eu que, por minha vez, a olhava, fazia uma espécie de crítica de minha possível futura cunhada, concluí: "É bonita". Levantou-me o queixo com um dedo:

— Você é linda.

— Mas não assim, com essa cara.

— De qualquer maneira. Mais bonita do que eu pensava. Não calculei que fosse tanto.

Estava de costas para mim; virou-se, de repente; e me fez a interpelação:

— Você gosta de Jorge?

Hesitei; por mais que não quisesse revelar-lhe os meus sentimentos, a verdade é que demorei a responder. E quando, por fim, quis falar, ela tapou-me a boca com a palma da mão:

— Já sei.

— Gosto.

E ela, como se não ligasse ao fato:

— Não gosta.

Foi até a janela, olhar o jardim. Voltou; eu estava inteiramente sem jeito. Teimei:

— Mas gosto — queria convencê-la da mentira. — Gosto, sim.

Olhou-me bastante, cética:

— Jura?

— É preciso?

— Não.

Riu, mostrou os dentes lindos, perfeitos; vi que no queixo tinha uma covinha. Sentou-se na cama, cruzou as pernas:

— Claro que você não gosta, está se vendo. Mas uma coisa eu lhe afirmo: você gostará muito dele, você se apaixonará por ele. Eu não admito que exista no mundo uma mulher que possa não gostar de Jorge. É questão de pura convivência, nada mais. Com você também será assim, aposto. Agora uma coisa. Antes de Jorge, você teve algum amor?

— Não.

— Mas isso é verdade mesmo ou você está querendo me agradar?

— Tive só essas coisas de menina, mas que a gente não conta.

Olhou-me com atenção:

— Coisas de menina, como? Não entendi bem.

— Por exemplo: a gente, quando está na escola, se simpatiza com certo professor. Mas isso não quer dizer nada. Também, havia um colega que me trazia em casa.

Ela parecia satisfeita:

— Está bem. Agora vá se vestir, depressa. Nós estamos lá fora, esperando.

* * *

COMO ERAM BONITAS, as três irmãs! Vagamente parecidas com Jorge. Mas olhando para as três, não se poderia dizer: esta é mais bonita! Aquela é mais feia! Todas tinham o seu quê, o seu encanto profundo. Noêmia, possuída de alegria, sempre se movimentando, mexendo em tudo, rindo — uma vida incrível no olhar. Maria Luiza, mais parada, uma certa melancolia, sorrindo pouco; e Maria Helena, parecida com Noêmia: inquieta, vibrante, incapaz de ficar muito tempo no mesmo lugar. Quando apareci as três logo me beijaram — discutia-se a viagem para a ilha. Noêmia e Maria Helena apaixonadas, à primeira vista, pela ideia. Viam, em imaginação, uma ilha deserta, parecida talvez com as do Pacífico. De qualquer maneira, um lugar batido pelos ventos oceânicos — solitário, de beleza arrebatadora e tétrica.

Noêmia perguntou para mim:

— Não é maravilhoso, Suzana? Uma coisa formidável?

— É — admiti.

— Se algum dia eu amasse alguém — exclamou Maria Luiza — havia de querer morar num lugar desses, em que eu fosse a única mulher e ele o único homem...

Naquele momento, eu senti que o sonho de todas as mulheres ali era um só: viver sobre uma rocha, no meio do mar, longe de tudo e de todos — duas vidas florescendo na solidão oceânica. A ideia parece que fascinou — porque em todas as fisionomias houve a mesma expressão de espanto e de sonho. Maria Helena quis saber, na sua curiosidade viva:

— E quem é esse homem que nos leva? Isso até parece um rapto!

Vovó e Jorge se entreolharam, como se, às palavras frívolas da moça, tivesse despertado, em ambos, o mesmo instinto do perigo, talvez o sentimento da morte. Ninguém explicou quem era tio Aristeu. Vovó levantou-se. Aproveitou o silêncio para falar:

— Não podemos perder tempo, Suzana.[15]

Eu, que olhava para Noêmia, virei-me para vovó. Ela completou:

— Porque eu quero que você vá para a ilha, mas casada. Ouviu, Suzana?

10

FOI UMA ALEGRIA NA sala. Noêmia, mais que depressa, veio para mim, deu-me um beijo estalado. Jorge, no seu canto, parecia mais triste, quase fúnebre. Estava de perfil para mim, nem me olhou, ao menos. Mas Noêmia era impossível; gritou:

— Jorge!

Ele olhou. A irmã, então, na frente de todo mundo, perguntou:

— Não beija sua noiva?

Virei-me para ela, danada da vida, com vontade de dizer um desaforo. Protestei:

— Não! Não!

Mas todo mundo insistiu:

— Um beijo, um só!

Que brincadeira odiosa, meu Deus! Quis fugir: lágrimas de raiva, de humilhação, subiam-me aos olhos. Meu coração disparou quando vi Jorge erguer-se — estava sentado num braço de cadeira — e dirigir-se para mim. Ainda quis dizer alguma coisa, mas não me ocorreu uma palavra, nada. Fiquei esperando, com o ar mais idiota do mundo. Em redor, os presentes riam, inclusive vovó:

— Ande, Jorge!

Alguém ainda disse!

— Entre noivos é tão natural!

Ele me tomou nos braços e não teve pressa nenhuma. Fez de propósito. Olhou-me, rosto com rosto; e depois, beijou-me. Mas não foi um beijo convencional; que esperança; ele tirou partido do momento. Foi uma espécie de vingança, de humilhação, que me impôs. Nossos lábios se uniram não sei por quanto tempo. Só sei que demorou demais, porque quando ele me soltou, havia, em todos os rostos, uma expressão de espanto. Sem querer, levei a mão à boca; ele me comera todo o batom. Noêmia fez graça:

— Beijo de fita de cinema!

Como a odiei, como achei seus modos uma coisa intolerável! Jorge perguntou, entre dentes:

— Gostou?

Não respondi, para não o chamar de cínico ou de coisa pior. Mas Noêmia veio logo — estabanada como ela só — deu-me o braço, puxou-me para fora. Maria Helena veio atrás. Eu caminhei entre as duas de cara amarrada.

Noêmia não podia estar calada; riu o seu riso bonito, sonoro:

— Antes de Jorge, você já tinha sido beijada?

Maria Helena se antecipou:

— Lógico!

— Não! — retifiquei.

Espanto de Maria Helena; riso de Noêmia:

— Não diga!

Fiz pé firme:

— Pois é.

Maria Helena, pelo que dava a entender, achava um fenômeno uma moça que não tivesse sido beijada antes do atual namorado. Caí na asneira de expor meu ponto de vista a respeito:

— Acho o beijo uma coisa muito séria.

Disse isso com uma gravidade, um tom definitivo que, ainda hoje, me faz corar de vergonha. Elas me olharam de alto a baixo:

— Séria por quê? — Tão natural![16]

Noêmia deu-me conselhos:

— Seja mais moderna!

— Que é que tem de mais o beijo?

Engasguei, sem ter o que dizer. Afinal, a minha concepção de amor era tão diferente! Como dizer àquelas duas, explicar o que eu achava? Elas não compreenderiam nunca que um homem e uma mulher que se amam se julgam Adão e Eva, se supõem os criadores da família humana. Elas jamais veriam o amor assim, absoluto, exclusivo, cheio de eternidade. Noêmia teve uma confissão espontânea:

— Pois eu, minha filha, se fosse contar os beijos que já me deram!

Seria verdade aquilo ou brincadeira?

Subitamente, sentia-me inferior diante daquela moça que possuía uma experiência amorosa, conhecimento de carícias com que eu nem sonhava. Maria Helena, também. Esta foi mais longe:

— A coisa mais comum é uma moça ter vários namorados, ao mesmo tempo. A gente pode ter namorado e flertar com outros.

— Mas isso é traição! — teimei, na minha inocência obstinada.

— Que o quê!

— Traição coisa nenhuma! Você parece criança!

Usei o argumento desesperado:

— O meu caso com Jorge, por exemplo. Se eu tiver outros namorados, além dele — está certo? Ou não está?

As duas me olharam, com surpresa. Evidentemente não esperavam por essa pergunta, ficaram sem jeito e se entreolharam. Noêmia falou:

— Bem, aí seria diferente.

— Como diferente?

— Porque você e Jorge vão se casar, já há um compromisso, é outra coisa. Isso muda a situação. Agora, se fosse um simples namoro, você teria direito de flertar, claro. Por que não? Antigamente é que a moça não podia fazer isso, aquilo, tudo ficava feio. Minha mãe contava — imagine — que, no seu tempo, a mulher não podia nem cruzar as pernas em público, todo mundo dizia logo que ela era assanhada e coisas parecidas. Tudo mudou!

Então, eu compreendi. Era lícito fazer-se tudo com os outros homens, menos com o irmão. Vi que elas gostavam de Jorge, com um desses sentimentos que a gente encontra, de vez em quando, em certas famílias, sobretudo naquela em que há um único irmão para muitas irmãs. Falando de Jorge, elas perdiam a frivolidade que lhes dava um certo quê de delicioso. Noêmia aproveitou o momento para incluir, com a máxima naturalidade possível, uma advertência:

— E ainda há o seguinte: Jorge é muito ciumento; ele não perdoa nada, põe maldade em tudo. Tem um gênio, não parece, mas tem — virou-se para Maria Helena: — Não é, Lena?

— Um gênio horrível.

— Uma vez, com uma pequena que ele teve, fez uma coisa!

E contou, para mim, para que eu não tivesse ilusões, para que cuidasse de não tocar no ponto sensível do irmão:

— Numas férias que ele teve — passou dois meses lá em casa. E conheceu uma menina, aliás linda, só você vendo — uma beleza.

Sem querer, eu quase ia perguntando: "Mais do que eu?". Mas calei-me, no fundo interessada pela história que ela ia contar. Imaginava que seria um exemplo único de violência, de paixão sombria, de fúria bestial.

Maria Helena sentou-se, com uma certa angústia. Noêmia falava com uma espécie de sofrimento. Eu indagava a mim mesma: "Que terá sido?".

— A menina — explicou Noêmia — era assim bonita, mas não tinha educação nenhuma, de classe baixa. Mas tão linda que ele não quis saber, apaixonou-se. Bem que nós avisamos: "Essa menina não serve, veja lá". Mas ele quando quer, quando teima! Gostou dessa menina, como você não faz ideia. Um dia, ele se ausentou, foi para uma cidade próxima; voltou inesperadamente. A pequena não o esperava; Jorge a viu com um rapaz, um que era fotógrafo do lugar. Os dois estavam debaixo de uma árvore — não perceberam que ele se aproximava. Jorge os viu em pleno beijo. Mas não revelou a própria presença; esperou que o fulano saísse. Viu cenas daquelas! Quando ela ficou sozinha, ele a levou de rastos. Ela rasgando os joelhos na pedra...

— Não apareceu ninguém? — perguntei, tremendo.

— Lá? Não, que esperança! O lugar era deserto. Então, ele puxou um cigarro...

Interrompi, de novo:

— Para que o cigarro?

Noêmia pareceu não me escutar, inteiramente presa à narrativa. A cena estava nítida, viva, na sua memória:

— Acendeu o cigarro.

— E a pequena? — quis saber, teimando nas interrupções.

— Estava largada no chão. Ela chorou, pediu perdão, mas não adiantou. Agora você quer saber o que ele fez?

— Que foi?

Quase não se ouvia a voz de Noêmia:

— Calcou a brasa do cigarro num dos olhos da namorada. Imagine a dor, o sofrimento!

Meu estômago se contraía. Nunca senti uma coisa assim, uma náusea tão violenta. Minha vontade era, nem sei:

— E cegou?

— Mas claro!

— Acho isso pior do que matar.

— Pois é.

Eu estava arrepiada, sentindo até frio, meu Deus do céu, como se estivesse doente. E como Noêmia estava pálida! Noêmia e Maria Helena. Cada uma de nós parecia ouvir as batidas do coração das outras.

— A fulana tinha uns olhos lindos, bonitos mesmo. Foi uma vista só, mas como ficou. Quando me lembro!

— E a polícia?

O que me espantava era que Jorge não tivesse sido preso, depois do "crime". Noêmia teve um jeito sardônico na boca:

— A moça era filha de colono. E no interior não é como aqui. O delegado era amigo lá de casa, abafou o caso. Jorge interrompeu as férias, veio na mesma noite para a cidade…

— Agora uma coisa — interrompeu Maria Helena. — Você, Suzana…

Parou para me olhar. Eu estava lívida. Lembrava-me da moça — da Vênus rural — com um dos olhos queimados pela ponta do cigarro:

— O que é? — perguntei.

E Maria Helena, muito séria, até com uma expressão cruel no rosto:

— Você vai jurar, aqui, que não contará isso a ninguém!

— E se eu contar?

— Não contará. Jure, Suzana!

Noêmia me segurou pelos dois braços!

— Jure!

Deixei-me vencer — estava tão cansada, tão abatida, com tanta repugnância do mundo todo:

— Pois bem, juro!

— Veja lá!

— Jurei, não jurei?

Tive uma curiosidade final:

— Agora me digam uma coisa, uma coisa só: por que vocês me contaram isso, antes do casamento? E se, agora, eu me recusasse casar com um homem que, um dia, poderá fazer isso comigo. Fez com a outra, por que não fará isso comigo?

— Por quê? Em primeiro lugar, porque você — creio eu — será incapaz de trair.

Protestei:

— Mas isso às vezes não depende da vontade da pessoa.

Noêmia afirmou, apaixonadamente:

— Depende, sim. Há mulheres que preferem morrer, a trair. E, além disso, o que eu contei não pode alterar o seu amor por Jorge. A mulher pode dizer que não, mas compreende o crime de amor; quer dizer, não o considera crime. Gosta dos homens ou, antes, dos amores assim violentos, selvagens — gostam, sim!

— Que mentalidade!

— O homem que mata por amor, sabe amar, ama como nenhum. Compreendeu? Você está com medo, eu sei, estou vendo nos seus olhos.

— Estou — confessei.

— Mas isso é bom; é bom para o amor, que a mulher tenha medo do homem. Eu — está ouvindo? — só gostarei de um homem que, um dia, se eu der motivo, possa me partir em dois, me matar. Este homem eu amarei toda a vida! É preciso que eu tenha medo dele!

Parou, cansada, de tanto esforço. Eu senti, olhando para Maria Helena, que ela pensava assim. Então, voltei-me para mim; perguntei, mentalmente: "E eu?". Sofria só de pensar que eu pudesse ser como elas. As duas se levantaram e foram. Eu era menina, criança demais. Que sabia da vida, do amor? Não sabia nada. Tudo aquilo era estranho, apavorante.[17]

Uma coisa fez-se nítida em mim, desde os primeiros dias: eu não gostava das irmãs de Jorge. Talvez um pouco de Maria Luiza, por causa do seu gênio mais sossegado e da tristeza persistente que havia nos seus olhos. Romantizei essa tristeza: "Será talvez um amor infeliz?". Mas das outras duas, não. Cada vez gostava menos e não tardei a descobrir o motivo: é que as duas eram bonitas. Isso me parecia uma culpa. Não lhes dava esse direito de ser lindas, de ter tanta vida. Riam de tudo, de todos — a alegria era nas duas um estado perpétuo. Iam e vinham; entravam no meu quarto; remexiam tudo. Só tinham um motivo de sofrimento: a demora do amor que elas esperavam, que desejavam. Cada dia sem amor lhes parecia um dia perdido, um momento irrecuperável. Pareciam não se lembrar mais do "crime" de Jorge; tratavam-me com a maior naturalidade — rindo para mim, me beijavam.

Eu olhava para Jorge de maneira diferente; com um sentimento de espanto. Perguntava a mim mesma: "Mas ele fez isso e não parece". Não parecia, de fato, um homem capaz de uma paixão assim, sombria, selvagem, digna dos homens antediluvianos. Vovó, amabilíssima comigo; tia Laura, cada vez mais discreta e mais triste; tia Hermínia, sem falar, me olhando apenas, com um ódio que eu sentia crescer. Preparavam tudo para o meu casamento. Vovó não cansava de dizer:

— É uma pena, o luto. Você fica tão bem de branco, Suzana!

— Imagino ela de noiva — dizia Noêmia.

Ela agora estava preocupadíssima com tio Aristeu. Só falava nele. Um interesse que era uma coisa por demais:

— Como é ele?

Queria saber tudo, detalhes:

— E a barba?

— Negra.

— E a idade?

Eu não soube responder, não sabia — interessante. Vovó é que informou:

— Uns trinta e cinco anos!

Isso impressionou Noêmia:

— Idade formidável!

Engraçado, é que eu não achava. Tinha a impressão de que um homem de trinta e cinco anos era velho, já. Não podia admitir que, pelo contrário, essa idade fosse de plenitude. Em plena mesa, durante o jantar, Noêmia quis saber:

— É feroz?

Todo mundo achou graça. Jorge repreendeu:

— Que é isso, Noêmia?

Mas ela teimou. Vovó riu — agora ria continuamente:

— O que é que você entende por feroz?

Ela explicou:

— Feroz, por exemplo, é o homem genioso, o homem capaz de esganar uma pessoa. De matar.

E vovó, já meio seca:

— É, tem muito gênio.

O mais interessante disso tudo é que eu não gostei que Noêmia estivesse assim interessada por tio Aristeu. Não achava graça nas brincadeiras que ela fazia; experimentava uma espécie de sofrimento. Tinha medo que ele se impressionasse pela beleza dela e não ligasse mais a mim, deixasse que eu ficasse entregue a mim mesma. Eu estava tão inquieta! Precisava vê-lo, contar que o casamento já estava de data marcada. E ele que não vinha! Quando apareceu três dias depois, fiquei contentíssima, feliz. Agora ia resolver definitivamente a minha situação. Noêmia exclamou:

— Vou me pintar!

Corri para o jardim, onde ele me esperava. Parecia maior, mais gigantesco! Baixou, modulou a voz para falar comigo. Eu nem o cumprimentei:

— Titio, preciso muito falar com o senhor.

E, antes que viesse alguém, que aparecesse Noêmia, contei tudo. O plano de me casar imediatamente, talvez com medo de que acontecesse alguma coisa, surgisse um imprevisto. Sugeri mesmo a titio:

— Quem sabe se vovó desconfia do senhor?

Ele, calado, um vinco de preocupação na testa, ouvia tudo. Procurei ler no seu rosto que se conservou, entretanto, impenetrável. Quis saber:

— O que é que o senhor acha?

Não respondeu logo. Olhou-me de um jeito especial, como se estivesse me vendo por dentro. Baixou a voz:

— Você está disposta a tudo?

Fiquei meio desorientada. Disposta a tudo como? Ele me assustou; tive a suspeita de que titio animasse não sei que desígnios tenebrosos. Por um momento, me veio uma vontade doida, absurda, de fugir, de desaparecer dali, sair de perto daquele gigante. Mas admiti:

— Estou disposta a tudo, sim.

E ele:

— Mesmo que tivesse de se casar comigo?

11

Eu acho que nunca senti um susto tão grande, como naquele momento. Fiquei olhando para tio Aristeu, sem dizer palavra, espantadíssima. Aquilo era tão absurdo, tão inverossímil! Quem sabe se eu tinha ouvido mal, se eu não tinha entendido? Insisti:

— O que foi que o senhor disse?

Ele estava me olhando. Deve ter notado — claro — o meu assombro e, mais do que isso, o meu terror. Pensei em tia Hermínia que via em tio Aristeu um partido, ótimo, formidável para mim. Num segundo, pensei numa porção de coisas: tio Aristeu casado comigo, ele me beijando, eu nos braços dele, nós dois em casa, eu, mulher, ele, marido, eu, tão pequenina, ele, um gigante antediluviano. Fiquei fria; minha vontade foi gritar: "O senhor está maluco, completamente maluco! Não vê logo?".

Então, ele começou a rir e — coisa curiosa — julguei notar, no seu riso, um acento de angústia, de dor, não sei. Talvez tenha sido uma ilusão minha. Mas o fato é que tive a impressão de que havia um desespero por trás de sua gargalhada. Levantou-se — era tão alto, tão grande, dava uma sensação de força, de poder, de crueldade.

— Eu estou brincando. — Ria ainda. — Você ficou assustadíssima, não foi?

Quis negar, tomada de vergonha:

— Não, titio, não!

E ele, numa amargura, agora mais sensível:

— Ficou, sim, não negue! Você acha o cúmulo isso, que eu possa ser um pretendente!

— Ora, titio!

Nesse "ora, titio!" e expressões análogas consistia a minha defesa. Achei que o tinha magoado; isso me dava um sentimento intolerável de remorso. Queria tirar a má impressão, mas, ao mesmo tempo, sentia como se ele visse na minha alma, como se lesse no meu pensamento. Ele mudou de tom; e fez — imaginem! — que eu me sentasse no seu colo. Primeiro, tive, de novo, aquele susto, o pânico. Pensei que ele quisesse fazer alguma coisa que não estava direito. Mas olhei e sua fisionomia me pareceu tão honesta, tão digna, que eu obedeci. Agora façam ideia da minha situação: eu muito sem jeito no colo de tio Aristeu, com uma vergonha talvez injustificável. A minha preocupação era que entrasse alguém, de repente, e nos visse assim. Que ideia iam fazer? Claro que a pior possível. Felizmente, estávamos no caramanchão. Tio Aristeu começou; parecia um pai, um irmão mais velho, coisa assim:

— Você tem que deixar esta casa — dizia ele — você não pode ficar aqui. Sua avó não merece a mínima confiança. E você ainda é muito criança, muito menina, para resistir. Ela é capaz de tudo para fazer com que você se case com Jorge.

— Mas eu não quero!

— Ela esmaga sua vontade!

Ah, me revoltei contra essa ideia que ela fazia de mim e que era, mais ou menos, a ideia de todo mundo:

— Isso é o que ela pensa! Eu só não disse que "não", quando ela me falou em Jorge, porque eu queria vingar papai e mamãe...

Ele teve um sorriso meio triste; devia me achar muito infantil:

— Como? Vingar de que maneira?

— Por exemplo — comecei — no dia do casamento, na igreja, quando o padre perguntasse: "Fulana, quer se casar com sicrano", eu faria um escândalo, desmascararia todo mundo. Jorge, vovó. Diria: "Não me caso, porque meu noivo é um infame".

Hesitei, mas concluí:

— Mesmo casando, poderia traí-lo.

Tio Aristeu me acariciou nos cabelos (eu nem estava reparando):

— Tudo isso é bobagem, criancice!

— Mas eu juro que faria!

— Então — ele se tornou mais sério — por que é que você veio falar comigo, tão assustada?

Não tive o que responder. Compreendi aí toda a minha fragilidade de mulher! Se eu fosse até à igreja vestidinha de noiva e tudo o mais — chegaria lá e acabaria me casando mesmo, sem coragem de fazer coisa nenhuma. Só nesse momento compreendi que a minha vontade pouco valia diante da vida, das circunstâncias e, sobretudo, de vovó. Ela me tratava bem agora, era amável, mas sua vontade era uma coisa implacável. Com sua voz grave, a sua bonita voz de barítono, tio Aristeu me convencia:

— Sua avó é má, Suzana. Sua avó não gosta de você, não gostou nunca. Ela é capaz de tudo, de bater em você, de torturar; e, se fosse o caso, chegaria ao crime...

À medida que tio Aristeu ia falando, eu sentia que a razão estava com ele. Aquele retrato de vovó era fidelíssimo. Perdi a vergonha do meu medo; chorei, como uma criança, solucei, numa pusilanimidade absoluta:

— Chore, minha filha, chore! Isso lhe fará bem. Agora o seguinte: só uma pessoa a poderá salvar.

— O senhor? — disse eu, entre lágrimas.

— Pois é: eu.

— Mas como, titio?

— Eu tenho um projeto, depende de você. Não sei se você aceitará.

— Qual?

O meu pranto cessara; eu estava mordida de curiosidade. Ele foi simples, direto, lacônico:

— Você iria comigo para a ilha.

Silêncio. Durante um momento, não se disse nada, nem eu, nem ele. Um vendo o outro. O medo nasceu outra vez no meu coração — medo de tio Aristeu, de sua força, do seu tamanho, do seu magnetismo; e daquela rocha perdida no mar. Imaginem nós dois naquela solidão. Ele podendo fazer comigo tudo o que quisesse. Continuou:

— E lá — falava lentamente, sem tirar os olhos de mim — lá você se casa comigo.

— Eu? — Minha voz estava sumida.

— Você.

Imaginem — eu me casar com ele! (Como beijar um homem com aquela barba negra e áspera? Cheguei a pensar, até, na primeira noite!)[18]

Eu acho que ele ouvia meu coração bater — as pancadas eram tão fortes! Sem querer, sem sentir, saí do seu colo, fui me afastando, de frente para ele, com uma expressão de terror, tão nítida, que ele não deve ter tido a mínima ilusão. Ele, aí, me puxou, embora eu quisesse resistir, fez-me sentar outra vez no seu colo. Até hoje, ignoro por que não gritei naquele momento.

— Eu sei que você não gosta de mim. — Não protestei, nem nada; e ele: — Mas nem precisa para o meu plano. Eu me casaria com você, mas você seria apenas minha esposa nominal. Só, nada mais.

— Como esposa nominal?

Eu no colo dele e os nossos rostos tão perto! Com um sofrimento, que apesar do seu autodomínio não conseguia disfarçar, explicou, seco:

— Eu não tocaria em você.

— Não me... beijaria? Não faria nada?...

— Nada.

— Mas... — hesitei — e licença?

— Sua avó daria.

— Não, nunca! Ela preferia morrer ou... matar!

— Duvido!

— Então, o senhor não a conhece.

— Conheço, até demais. Conheço como a palma de minhas mãos. E sei que, em determinadas circunstâncias, ela daria o consentimento.

E apresentou o seu plano. Queria levar todo mundo para a ilha, não para uma temporada; mas para um dia somente, a pretexto de conhecer o lugar em que, depois do meu casamento com Jorge, a família passaria um espaço de tempo bem maior. Uma vez lá... E aí tio Aristeu — com um jeito cruel na boca — deixou a questão em suspenso.

— O senhor fará o quê?

— Só vendo — foi a resposta.

Eu pensando:

"Marido nominal, mas sempre marido. Eu não poderia me casar..."

Ainda ia objetar qualquer coisa, quando se ouviu uma voz:

— Suzana!

Era Noêmia. Separei-me dele, num pulo. Sentei-me, distante; fiz um ar de naturalidade. Soprei.

— A irmã de Jorge, Noêmia!

Ela veio, eu apresentei. Imediatamente, vi a impressão de Noêmia diante de tio Aristeu — impressão profunda, claro. Ela olhava para ele como se tivesse recebido um choque. Ficou parada, atônita. Ele sorria, dizia as coisas de sempre:

— Muito prazer.

Conversamos coisas bobas; eu nem sabia o que dizia. O pensamento perdido. O que estava dentro da minha cabeça era o vulto de uma ilha negra — por que negra? Uma espécie de rocha, batida de todos os ventos, erguendo-se, áspera, solitária, em meio do mar. Eu a via como um lugar de maldição. Para se ter uma ideia do meu estado de espírito, da angústia que se apossava de mim, basta dizer que, de uma maneira pouco nítida, eu já considerava a hipótese de me dobrar à vontade de vovó, de aceitar Jorge. Eu não tinha o mínimo espírito de luta e, ainda por cima, me sentia sem dignidade. Enquanto eu estava assim, perdida em mim mesma, tio Aristeu e Noêmia faziam-se quase íntimos. Quando comecei a prestar atenção, tio Aristeu falava de uma maneira quase brutal:

— Não é isso mesmo? — perguntava ele.

— Eu não acho — teimava Noêmia.

— Acha, mas não diz. Toda mulher gosta do homem ousado.

— Eu, não.

— Você também. Eu sinto isso em você. Leio na sua fisionomia. Posso lhe dizer uma coisa? — (Nunca eu o vira falar tanto!)

— Conforme.

— Então, não digo.

— Melhor.

— Vou dizer.

Que conversa boba, meu Deus! Eu sentia que, no fundo, Noêmia estava gostando do cinismo de tio Aristeu, de sua maneira de dizer verdades, sem a menor contemplação. Eu própria estava espantada com titio. Ele comigo era tão grave, tão sério, quase amargurado! Mas diante de Noêmia parecia nem sei como dizer — bestial, é o único termo justo. Olhava para ela de uma maneira intensa, quase insultante, como quem contempla a futura presa. E o pior é que Noêmia parecia estar feliz, com essa felicidade aguda da mulher que sente, em torno de si, gravitar o sonho do homem. Ele insistia:

— Você, por exemplo, é o tipo da mulher que precisa de um homem assim.

Ela provocou:

— Assim, como?

— Quer dizer, um homem violento, brutal, um homem que...

Até hoje, não sei como, depois da apresentação, eles desenvolveram a conversa até chegar a esse ponto. Só então senti bem a feminilidade de Noêmia, tive uma noção do seu sonho de mulher. Pouco depois, tio Aristeu saía para falar com vovó; Noêmia sentou-se ao meu lado, no banco. Tinha os olhos estranhos, como se a febre os iluminasse; sentou-se em silêncio, e me veio a ideia de que um sonho a possuía — um sonho lindo que, ao mesmo tempo, a fizesse sofrer. Balbuciou, por fim:

— Está vendo, Suzana?

— O quê?

— Isso é que é homem. É o primeiro que eu encontro assim.

Falava, talvez sem notar que se revelava demais. Sentia uma necessidade de expandir-se, de contar o que sentia, o que pensava:

— Um homem assim dá medo, mas não faz mal: é medo que a mulher precisa sentir, medo, está compreendendo?

— Ele também me inspira medo — confessei.

Virou-se para mim, com um certo espanto e de uma tal maneira, que eu tive a impressão de que me via, naquele momento, como uma rival possível. Acrescentei:

— Mas tem muita idade!

Riu na minha cara:

— Você acha que trinta e cinco anos é idade? Que bobagem!

Fiz pé firme:

— Acho.

Deu-me o braço; entramos em casa. Noêmia, como se sentisse frio. Ainda me mostrou:

— Estou toda arrepiada!

Assim que me viu, vovó, que estava com tio Aristeu, exclamou:

— Suzana, nós vamos, domingo, passar o dia na ilha.

Tão simples esta notícia — "vamos passar o dia na ilha" — e tão apavorante para mim! A melancolia que eu senti, a angústia, como se minha sorte estivesse selada. Foi tal minha impressão que quase estive para contar a vovó que aquilo, aquele convite gentil de tio Aristeu, fazia parte de um plano tenebroso. Mas desisti, convencida de que eu não podia lutar contra o destino. O pior é que, nos dias que se seguiram, Noêmia não me largava. Noêmia e Maria Helena, com um assunto único: tio Aristeu. Só Maria Luiza é que se conservava estranha a tudo, quase sempre calada, com um ar de mulher que sente nostalgia de alguma coisa ou de alguém. Noêmia e Maria Helena falavam tanto de tio Aristeu que, afinal, observei:

— Eu acho que vocês estão apaixonadas.

Riram, ao mesmo tempo. E — coisa interessante — ficaram sérias, de repente, olhando-se, com espanto. Tive, naquele momento, o sentimento profético de que acabariam se odiando. Maria Helena disfarçou:

— Ele não me interessa!

E Noêmia, rápida, quase feroz:

— Pois a mim, interessa!

Então, Maria Helena voltou atrás:

— A mim, também!

— Você não disse que não?

— Estava brincando!

Noêmia apegou-se a um argumento desesperado:

— Eu conheci primeiro!

— Grande coisa!

— Pois é.

Ouvi tudo, assombrada. Como é que se pode gostar de um homem assim de repente — e sobretudo de um homem que eu, na minha inexperiência, na minha ingenuidade, considerava velho? Procurei recordar a fisionomia, a figura de tio Aristeu: antes da chegada das irmãs de Jorge, eu só tinha a mim mesma para julgá-lo; agora, porém, dispunha como ponto de referência a opinião de duas moças, mais entendidas do que eu no assunto "homem". Tio Aristeu devia ter alguma coisa para impressionar a duas mulheres e de uma maneira, pode-se dizer, fulminante. Ah, se elas soubessem que talvez me casasse com ele, embora de uma maneira muito especial! Sábado, antes do tio Aristeu aparecer, lembro-me que Noêmia encostou a boca no meu ouvido:

— Eu acho que Aristeu é homem bastante para pegar uma mulher, sequestrar, raptar, não sei para onde. Uma paixão desse homem deve ser uma coisa tremenda — nem é bom falar!

Vovó excitadíssima com a viagem, porque, entre outras coisas, tio Aristeu dissera-lhe que ia me oferecer a ilha como presente de núpcias. Quando vovó contou, senti o coração apertado:

— Ele disse isso?

— Claro.

Se vovó pudesse imaginar o que é que se escondia detrás da amabilidade sinistra do tio Aristeu! Mas ela, não; deixava-se levar. No fundo, talvez fosse um pouco, ou muito, mercenária. Só Jorge é que parecia ter um pressentimento qualquer, o instinto do perigo. Estava frio comigo; às vezes, me olhava como se perguntasse a si mesmo se eu seria ou não cúmplice de uma maldade qualquer. Lembrava-me da ameaça de tio Aristeu de partir a espinha de Jorge. Imaginava-o aleijado, inválido para o resto da vida; por outro lado, via-o queimando com a ponta do cigarro os olhos da namorada infiel. Tudo isso me fazia uma confusão incrível na cabeça! Passei a noite de sábado para domingo quase sem dormir, me remexendo na cama. De manhã bem cedinho, Noêmia veio bater no meu quarto; estava pronta, um lindo vestido, e bonita, bonita como um sonho. Mas parecia triste; com uma expressão atormentada me chamou:

— Suzana, eu acho que hoje vai acontecer alguma coisa!

— Bobagem — foi o meu comentário.

Deixa que meu coração estava negro. Nunca tive tantos presságios, cada qual mais sombrio.

Pouco depois, toda a casa acordou; tio Aristeu veio buscar o pessoal quando o relógio da sala de jantar bateu sete horas. Foi nesse momento que perdi a cabeça. O medo me veio outra vez, um verdadeiro pavor! Eu não sei o que teria feito, o que teria revelado, se tio Aristeu não tivesse me segurado pelo pulso e me levado para um canto. Mas era dele que eu queria fugir, dele e de sua ilha maldita. No meu desespero, eu lhe disse:

— O senhor diz que não me toca, mas quem me garante?

Sacudiu-me, não havia ninguém perto. Fiquei olhando para ele; e como eu chorava!

— Suzana, você quer que eu jure?

— Depois o senhor não cumpre o juramento!

— Quer?

— Não adianta!

Sacudiu-me, outra vez:

— Preste atenção ao que lhe vou dizer: eu me caso com você e, em seguida — está percebendo? — desapareço. Você nunca mais me verá, nem você, nem ninguém.

12

Primeiro, não entendi direito. Ou achei talvez que tivesse ouvido mal. Mas tio Aristeu não me deu tempo de perguntar. Noêmia vinha — linda, um amor no seu vestido — e ele se foi com ela, deixando-me tão perturbada, tonta. Tive vontade de chamá-lo, mas desisti. Noêmia, quando estava com ele, ficava num agarramento incrível. Parecia noiva, namorada, coisa desse gênero. Ria para ele — e tinha um riso bonito mesmo! —, chegava a boca tão perto, como se estivesse sugerindo, provocando o beijo. Eu fiquei sozinha, pensando no que ele me dissera, sem compreender bem o sentido de suas palavras. Ele queria dizer o quê? Comecei a imaginar várias coisas: que ele se casasse comigo e, depois, se matasse. Eu, então, ficaria livre, livre... Maria Helena aproximou-se. Vinha com um ar tão grande de sofrimento que perguntei:

— Está sentindo alguma coisa?

Ela indicou, com a cabeça, tio Aristeu e Noêmia conversando no jardim. Conversando não era bem o termo. Estavam numa atitude de idílio, juntos, uma coisa escandalosa. E era essa intimidade, sem o mínimo recato, que exasperava Maria Helena e lhe dava vontade, uma gana louca de ir lá, brigar com a irmã, perguntar se ela não tinha vergonha.

— Que cínicos! — me disse, no seu desespero, enterrando as unhas na minha carne.

Fiz-me de inocente:

— Mas o que é que há?

— Você não está vendo?

— Estou.

— É esse escândalo. Mas o culpado não é ele. Ele é homem, está certo, o homem quer isso mesmo. Mas ela!... Devia ter mais compostura, mais pudor! Dar espetáculo na frente de todo mundo!

E o que a revoltava mais era o acinte. Se ao menos fossem mais discretos! Ainda objetei!

— Mas não estão fazendo nada de mais!

Ela não me ouviu; continuou na sua ideia fixa:

— Ela vai ver! Ela me paga!

Só aí tive uma ideia do que é a mulher que ama ou que se interessa por um homem. Muda completamente, é capaz das coisas mais tenebrosas, das maldades mais vis. Por causa de um homem que mal conheciam — e que eu achava meio velho — nascia entre elas um desses sentimentos extremos, sombrios, envenenados. Eu ainda diria qualquer coisa, mas vovó veio ter comigo, e Maria Helena, com os olhos ardentes de febre, se afastou. Vovó vinha me avisar:

— Está na hora; vamos.

— Que dê[19] Jorge? — era vovó que perguntava; e olhava, procurando: — Ah, está ali! — Baixou a voz: — Você vai com ele!

Deixei-me levar, numa passividade absoluta. Se vocês pudessem imaginar o que eu sentia naquele momento! A única pessoa ali que conhecia o plano de tio Aristeu era eu. Esqueci-me de Noêmia e de Maria Helena — do ódio que nascia entre as duas — para me concentrar em mim mesma. Uma coisa eu sentia, com um instinto infalível; é que a fatalidade se apossara da minha, de nossas vidas, que eu e todo mundo ali estávamos com a sorte preestabelecida. Olhava para todos. Tinha vontade de gritar, de insultá-los: "Cegos! Imbecis!". Parecia-me uma coisa absurda que caminhassem para o abismo sem o menor instinto do perigo. Vovó, então, nem se fala! Com a cabeça cheia dos presentes que tio Aristeu podia dar — o automóvel, a ilha e outras coisas mais. Amabilíssima com tio Aristeu, ela que, antes, não o tolerava, dizia dele as piores coisas, caluniava até!

— Suzana!

Era a voz de Jorge, doce, musical, voz de homem. Eu estava tão ensimesmada, tão voltada para mim mesma, que tive um susto. Ele estava de braço comigo, íamos entrar no automóvel:

— Estou chamando você — dizia ele — e você não responde!

— Estava distraída...

Então, ele me disse, com um acento de desespero tão grande na voz, um ar tão passional, que me impressionei:

— Eu amo você, Suzana! — Fez uma pausa; e tornou, atenuando a voz, com uma ternura intensa que me fez mal: — Amo!

Por que me dizia isso e naquele momento? Será que se manifestara nele algum instinto, algum sentimento da tragédia que se aproximava? Falara num tom, tão grave e apaixonado, como se fosse um homem que vai morrer. Conservei-me calada, incapaz de dizer uma palavra, incapaz sequer de coordenar meus pensamentos. Eu, Jorge e vovó num automóvel, com tia Hermínia na frente. Em outro carro, tio Aristeu, Noêmia, Maria Helena e, sentadas juntas, tia Laura e Maria Luiza. Íamos ao encontro do mar; e era isso que me dava medo. Era o mar e aquela ilha perdida na solidão oceânica! Manhã triste, a daquele dia! Um céu de nuvens pesadas e negras. Houve um momento em que tive vontade de acabar aquilo, denunciar tio Aristeu. Mas, ao mesmo tempo, me lembrei de papai, de mamãe. De mamãe, com aquela sede absoluta de amor e que, por causa de Jorge, morrera com o estômago destruído pelo ácido. Lembrei-me, também, da moça leviana que Jorge cegara com o cigarro e, depois, abandonara. Se ele fosse bom, se tivesse sentimento, não faria isso, nunca, não teria feito mamãe, nem papai, sofrerem tanto; nem torturado a moça. E como se não bastasse, ainda por cima — isso é que me deixava ainda com mais ódio — queria se casar comigo, a filha da mulher a quem ele sacrificara! Olhei-o de lado; parece que ele sentiu o meu rancor. Eu me sentia tão dura naquele momento, tão má, que perguntei:

— Jorge, deve ser uma coisa horrível, não é? Um homem quebrar a espinha?

— Claro!

Ficou calado um instante; e, virando-se para mim:

— Por que você pergunta?

Tive um sorriso especial:

— Por nada!

Vovó que, do canto, prestara atenção, respondeu:

— Suzana tem umas perguntas bobas!

Chegamos, afinal, diante do mar. Saltamos todos. Canto triste o das ondas! Ventava, eu sentia minhas saias batidas pelas rajadas, o vestido se colando ao meu corpo. E não pude deixar de refletir: "Homem é que gosta de ver isso!". Tio Aristeu, com uma expressão de triunfo e, ao mesmo tempo, de crueldade, apontava:

— Aquele é o rebocador!

Estava atracado. Tio Aristeu embarcou primeiro; foi dando o braço para todos passarem. Só Jorge saltou sozinho. Mar encapeladíssimo, ventos cada vez mais fortes e uma chuva suspensa, pronta a cair sobre as nossas cabeças. Relampejou. Coisa interessante: nem mesmo o estado do tempo impressionou. Eu era a única pessoa, ali, que levava no coração todos os presságios. Minto: uma outra parecia inquieta: Jorge. Não era o medo do mar, da tempestade iminente: era talvez um sentimento profético que há no fundo de cada um de nós e se manifesta nos momentos supremos de nossa vida. Vi, pelos olhos de Jorge, pelos seus modos, por tudo, que pressentia uma ameaça. As duas irmãs, não; felizes, vendo em tudo um elemento de interesse, de aventura, de romance. Noêmia e Maria Helena em torno de tio Aristeu e numa competição tão nítida, tão pouco discreta, que Jorge disse, de repente:

— Modos!

Mas quem é que podia controlar a ânsia de amor que havia nelas? Eram jovens, eram bonitas, traziam um fermento de sonho, de paixão, de loucura. Nem ligaram ao irmão que, aliás, não se incomodou mais com as duas e se fechou num mutismo fúnebre. Vovó queria puxar conversa, tentara arrancá-lo da sinistra abstração. Mas ele mal respondia; de vez em quando olhava para mim, como se me interrogasse. Gritei:

— Tio Aristeu!

Ele veio da outra extremidade da embarcação. Estava transfigurado, senti nele uma espécie de embriaguez, uma alegria selvagem que o transformava em outro homem, mais estranho ainda e mais brutal. A certeza de que se consumara o destino de toda aquela gente, de que ninguém ali lhe poderia fugir, enchia-o de febre, de uma exaltação feliz e apavorante. Tirara o paletó para receber melhor o vento marinho. Vi, através da transparência da camisa, o peito largo, a musculatura excessiva, um antebraço de meter medo. Noêmia e Maria Helena pareciam fascinadas diante da força, da vitalidade assim exposta. Empalideceram, como se a admiração se misturasse com o medo diante do homem que poderia despedaçá-las. Tio Aristeu sentou-se ao meu lado; não havia ninguém perto. Falei quase encostando a boca no seu ouvido:

— Não faça nada, tio Aristeu!

— Como não faça nada?

— Quer dizer, não faça nada em Jorge. Deixe que todo mundo volte.

Ele amarrou a cara. Perguntou:

— E você?

— Eu o que é que tem?

— Ficaria lá?

Protestei logo:

— Eu voltaria também.

Teve uma espécie de riso silencioso, de riso interior, que o sacudiu todo. Fez-se sério, subitamente, para dizer, apenas:

— Não!

Abri a boca, mas não saiu som nenhum. Ele me olhava sem piedade nenhuma. Eu sempre tivera medo daquele homem, mas só naquele instante tive consciência absoluta de minha situação. No meu pavor, gaguejei:

— Mas não, por quê?

— Porque nenhuma das pessoas que estão aqui — a não ser os tripulantes — voltará da ilha.

Repetiu:

— Ninguém — ouviu? —, ninguém!

— E eu?

— Você?

— Eu.

— Conforme.

— Não entendo.

— Suzana, eu reservei para você um destino; depois, saberá que destino é esse.

Levantou-se e foi-se. O rebocador estava jogando; ele andava em ziguezagues. Ainda gritei:

— Tio Aristeu!

Mas não ouviu; ou, se ouviu, não quis vir. Interessante que, embora ninguém ouvisse o que dizíamos, todo mundo não tirou os olhos de nós. Inclusive os tripulantes prestaram atenção. Era como se, naquela altura da viagem, uma angústia inexplicável começasse a invadir, a apertar todos os corações. A tempestade, que parecia ter estado à espreita, desabou, de repente, com toda a violência. Como odiei o mar, a sua fúria irresponsável, os seus abismos e seus ventos! "Vamos ao fundo", era a minha certeza e meu terror. As três irmãs se juntaram a mim; criou-se entre nós quatro, de repente, um sentimento de solidariedade em face do perigo. Rezamos, fiz toda sorte de apelos, de promessas. Maria Luiza soprou para mim:

— Deus castiga!

Não entendi direito. Repetiu:

— Quem não procede direito, Deus castiga!

— Como? — eu continuava não entendendo.

Então, ela se virou contra as duas irmãs; acusou-as, como se as responsabilizasse pela tempestade e pelo possível naufrágio:

— É o resultado do que vocês fizeram!

— Mas nós não fizemos nada!

— Fizeram, sim! Então, isso é direito, é decente? Perseguir um homem dessa maneira? Sem a menor compostura, a menor dignidade? E logo as duas, meu Deus do céu! O resultado é este!

Só então compreendi: das três, Maria Luiza era a única que tinha a ideia fixa — porque era uma ideia fixa — do bem e do mal. Acreditava, de uma maneira apaixonada, que uma simples leviandade bastava para inspirar e desencadear a cólera divina. Vivia em cima das irmãs, censurando, ameaçando com o inferno, vendo em cada flerte, em cada namoro, num olhar mais vivo, num sorriso mais doce, o estigma do pecado. "Uma fanática", foi o que eu pensei. Mas ela precisava achar outro culpado; foi para tio Aristeu que olhou. Ele parecia exultar com o perigo. Andava, de ponta a ponta do rebocador, como um possesso. Parecia desafiar os elementos, os vagalhões que faziam a embarcação empinar; a excitação o desfigurava. Chovia dentro do barco; fazia frio; a água entrava. Coisa horrível! Tia Hermínia enjoava, tia Laura rezava de olhos fechados. Cada relâmpago, meu Deus! Maria Luiza mostrou tio Aristeu:

— É um demônio!

E foi essa, de fato, a ideia que todas nós tivemos. A ideia de um homem de poder inumano, diante de cuja força solitária e rebelde tudo se reduzia a nada. Ele se esquecia de tudo para viver aquele momento, para viver aquela luta sobrenatural. Nós também nos esquecemos de tudo, inclusive do perigo, para olhá-lo. Maria Luiza tornou, na sua obsessão:

— Vocês estão pensando o quê? Vamos ser escravas dele — todos nós! Ninguém voltará, aposto, juro!

Afirmou isso com uma certeza tão absoluta, que Noêmia e Maria Helena se entreolharam. Eu própria fiquei assombrada, a ponto de exclamar:

— Você sabe?

Caí em mim, vi que havia falado demais, recuei. Ela me olhou espantada:

— O que é que eu sei?

Arranjei uma desculpa:

— Bobagem minha!

Coisa impressionante aquilo! Como é que aquela moça, meio doente, meio desequilibrada, acertara assim em cheio? Seria talvez a doença dos nervos que lhe dava essa vidência? Que a fazia profética? Jorge não dizia nada. Talvez fosse outro como Maria Luiza, talvez possuísse o dom de prever certos acontecimentos. Oh, graças a Deus, a tormenta ia amainando, pouco a pouco. Primeiro, de uma maneira quase imperceptível; mas quando, talvez uma hora depois, abriu um grande pedaço de céu — de azul vivo — eu quase chorei, o perigo passara. Maria Luiza rezou, agradecendo a Deus. Vovó recuperou a dignidade de atitude. As duas irmãs começaram a rir. Jorge veio se sentar junto de mim, depois de pedir às irmãs:

— Vocês dão licença um instantinho?

E logo que elas saíram, ele, amargurado:

— Sabe de uma coisa, Suzana? Teria sido melhor que isso afundasse.

— Por quê, ora essa?

— Porque nós teríamos morrido juntos, eu abraçado a você.

— Que ideia!

— Quer dizer, eu morreria feliz...

— Eu, não!

— Você, sim!

— Está completamente doido!

— Suzana, escute o que eu lhe estou dizendo: você vai me amar muito, você...

Calou-se, porque tio Aristeu estava junto de nós. Ele perdera a excitação que a tempestade lhe dera aos nervos. Demonstrava agora uma certa angústia. Quando falou, parecia se dirigir a todos:

— Teria sido melhor para todo mundo, aqui, que esse negócio tivesse naufragado, que todos nós tivéssemos morrido.

Todos os olhos se fixaram nele; ninguém, é claro, entendeu, a não ser eu, a pobre e atormentada Suzana Flag. Ele riu, depois de dizer isso; foi a gargalhada mais sonora, mais potente, mais bonita e, ao mesmo tempo, mais dramática que ouvi em toda a minha vida. Não parecia o riso de um mortal, de um homem contingente, mas o riso de um deus. Foi tal a impressão que aquilo causou que, sem saber o que fazia, Jorge se levantou. Talvez o instinto o guiasse naquele momento. Ficou diante de tio Aristeu. Interpelou, com uma fúria controlada:

— O que é que o senhor quis dizer com isso?

Por um momento, tio Aristeu teve a ideia de segurar o rapaz, abatê-lo. Nunca eu havia reparado tão bem na desproporção entre os dois: Jorge era de uma fragilidade incrível, uma fragilidade de adolescente, em face daquele monstro. Mas não houve nada. Tio Aristeu sorriu, enigmático:

— Suzana sabe.

Virou as costas e foi-se embora. Vovó mais que depressa quis saber:

— Você sabe de alguma coisa?

— Sei de nada. Brincadeira dele, vovó!

* * *

Ah, quando chegamos diante da ilha! Assim, a certa distância, ninguém poderia desconfiar que existissem seres humanos naquela rocha, triste, solitária, patética. Foi aí que eu aprendi a ter medo de ilha, medo, horror, tudo; foi aí que eu aprendi a ver em cada ilha um túmulo. Nenhuma árvore visível, nenhum contorno mais gracioso: só o eterno canto do mar, a eterna solidão. Mesmo Noêmia e Maria Helena, apesar de sua alegria irresponsável, calavam-se e sofriam. Vovó estava pálida; e exclamou:

— Que coisa fúnebre!

Só Maria Luiza parecia desesperadamente feliz, vendo em tudo um sinal de fatalidade.

— Eu não disse?

Ergueu a voz; quis que todos a ouvissem, inclusive tio Aristeu:

— Aquilo será o nosso túmulo!

Pensei que ele silenciasse, não desse atenção. Mas tio Aristeu parecia esperar aquele momento; soltou de novo a sua gargalhada terrível (bonita, apesar de tudo). Cortou o riso, para gritar:

— Sim, é o túmulo de nós todos!

13

Ninguém fez um comentário; todos se viraram na direção da ilha, bem próxima agora, bem visível. Eu via detalhes: pessoas, animais, uma casa, uma coisa que devia ser uma pequenina igreja, com uma cruz; tudo miúdo. Cada um de nós sentiu como se aquilo fosse realmente uma sepultura, bastante grande para caber todos que iam no rebocador. Houve um silêncio muito longo; a própria Maria Luiza não dissera mais nada, olhava a ilha, com uma espécie de fascinação. Mas era preciso que alguém falasse, que alguém agisse. Todas nós olhamos para Jorge; nunca o vi tão pálido, seus lábios estavam brancos, brancos. Vovó balbuciou, numa espécie de apelo:

— Jorge...

Então, o rosto dele se tornou irreconhecível; era uma expressão de ódio que o desfigurava. Mas de um ódio que não parecia de gente, inumano, uma coisa assim. Vi-o olhar para tio Aristeu e avançar, curvado, para ele. Ninguém teve tempo de dizer nada. Projetou-se no ar; nunca vi na minha vida um salto igual, tão bonito. Tio Aristeu estava olhando para outro lado — vendo a sua ilha — vendo aquele rochedo que ele amava como uma criatura. Não posso imaginar o que o fez virar-se, a tempo; talvez um instinto, o sentimento misterioso do perigo, da morte, sei lá. Ou, então, fui eu que, sem querer, avisei:

— Tio Aristeu!

Vovó, depois de tudo passado, afirmou que eu gritei. Mas não me lembro, juro que não me lembro! (Ou, então, eu estava louca, completamente louca!) Mas o fato é que ele se virou. E não fosse isso, teria sido arremessado ao mar. Foi uma luta que durou pouco, mas parecia um choque de monstros, de bestas humanas. Não eram mais homens, não eram mais criaturas de Deus: a luta parecia fundir aqueles dois corpos, transformá-los num único só. Não se tinha a menor ideia de quem estava levando vantagem. Agora imaginem esse espetáculo num barco cheio de mulheres! Os tripulantes eram homens dedicados de corpo e alma a tio Aristeu, mas não se mexeram. Olhavam apenas, como nós. E como os dois inimigos rolavam no chão! Tio Aristeu mais forte, porém o ódio dava força a Jorge, uma trágica força nervosa. Já havia sangue no chão e as respirações se misturavam, o cheiro de suor — uma coisa nauseante, de enjoar o estômago. Mas havia, talvez, no fundo de cada uma de nós, mulheres, uma espécie de prazer, secreto, inconfessado, agudo, diante da cena bestial. Fechei os olhos; e quando os reabri, depois de um momento de vertigem, tio Aristeu se levantava, a boca aberta, os olhos crescidos, como se lhe faltasse ar; vi Jorge num canto, enrascado, rosto para o chão, as costas nuas, cheias de uns lanhos, que vinham de alto a baixo. Um dos tripulantes veio revirá-lo; o que eu vi não foi um rosto, uma fisionomia com feições nítidas, e sim uma coisa sanguinolenta e abjeta. Olhei outra vez tio Aristeu; vendo-o, a ideia que me ocorreu foi a de um gorila. Ah, os filetes de sangue na barba! O peito aparecia, nu e hediondo (eu, pelo menos, achei hediondo); olhava para nós, sem dizer nada, porque ainda não podia falar, numa respiração de agonizante. Nenhuma das mulheres estava em condições de articular uma palavra. E o que havia em nós — inclusive em vovó — era o espanto, era o horror e — quem sabe? — um pouco desse deslumbramento que a mulher sente diante da força bruta. Noêmia e Maria Helena, momentaneamente esquecidas do irmão, não tiravam os olhos de tio Aristeu, como se o achassem, apesar de tudo, abjeto e lindo, com seu peito de gorila, de homem antediluviano. Então, ouvi uma voz dizer, de uma forma quase inaudível:

— Cachorro.

Todas nós olhamos. A voz repetiu, mais nítida:

— Cachorro.

Era Maria Luiza. Assistira a tudo, sem um comentário, ela que era tão nervosa! Mas, durante a luta, fora, como todas nós, mergulhada numa espécie de encantamento maléfico, de êxtase abominável. Só agora caía em si; e erguia-se, com a sua fragilidade de nervosa, contra o colosso que abatera o irmão. Disse outras coisas, numa fúria em crescendo que, por fim, quase atingiu a loucura pura e simples:

— Covarde! Canalha!

Tio Aristeu não disse nada. Começou a rir, ou sorrir, um riso sanguinolento, de arrepiar. Parecia descobrir um humor sinistro na situação. Então, ela correu para ele; ergueu a mão, esbofeteou-o, uma, duas, três vezes. Gritei:

— Maria Luiza!

Ela estava possessa; continuou. Como é estranho ver uma mulher bater em homem, sobretudo quando esse homem é um gigante que poderia despedaçá-la. Ele ria apenas, deixava-se apanhar; mesmo quando ela enfiou as unhas no rosto de tio Aristeu, com risco de cegá-lo, mesmo aí, ele permaneceu impassível, rindo apenas. Tenho a impressão de que se Maria Luiza lhe arrancasse os olhos, ele permaneceria assim, continuaria rindo, com as órbitas vazias. Ela é que, afinal, recuou, espantada diante daquele homem ensanguentado que não reagia — passivo diante da moça histérica. Tio Aristeu voltou-se para nós; fez um gesto vago:

— Desculpem — balbuciou.

E se foi outra vez, para a proa, depois de ter limpado o rosto, com as costas da mão. Não ria mais. A ilha agora estava pertinho, via-se tudo, inclusive duas ou três pessoas que esperavam o rebocador. Vovó, tia Laura, tia Hermínia, Maria Luiza e Maria Helena cuidavam de Jorge. Vovó com um carinho tão grande, tão amoroso, que parecia mais uma namorada, uma noiva, que mesmo outra coisa. Eu não fui lá, incapaz de um raciocínio, de uma iniciativa. Ah, como batia meu coração! E como eu me sentia confusa diante dos meus sentimentos! Engraçado é que Noêmia ficou comigo. Notei seu ar de sofrimento. Baixou a voz:

— Suzana, ele é meu irmão, eu sei. Mas não pude! Durante toda a luta, desejei que Aristeu vencesse. Aliás ele tinha que vencer, é mais forte — (Sublinhou a palavra "forte" com certa volúpia.)

Parou um pouco; afirmou, com uma espécie de orgulho:

— Nenhum homem é mais forte do que ele! — Baixou a voz, outra vez: — Viu o peito dele, de atleta, parece uma estátua!

Eu não dizia nada. Se falasse, seria para dizer coisas que uma mulher não deve dizer nunca, muito menos a outra mulher! Eu diria que também desejei que tio Aristeu vencesse, que esmagasse Jorge. Diria também que estava enojada e deslumbrada com a luta e, sobretudo, com o aspecto de tio Aristeu depois de ter vencido. Até hoje tenho vergonha dos pensamentos que me encheram a cabeça naquele momento. Noêmia soprou ainda, num lamento:

— Eu estou perdida, Suzana, completamente perdida! Esse homem fará de mim o que quiser...

Espiei o vencido. Tive um estremecimento, quando vi um dos tripulantes despejar um balde d'água em cima de Jorge. Aquilo me pareceu tão bárbaro! Cobri o rosto com uma das mãos; e quando olhei, de novo, Jorge estava sentado. Segurando-o por debaixo dos braços, vovó, de um lado, Maria Luiza, do outro, procuravam levantá-lo. Ele gemia; devia estar todo arrebentado. Tio Aristeu aproximou-se; explicou, frio, para as mulheres:

— Eu estava quieto, no meu canto. Ele é que veio para cima de mim. Ainda por cima, atacou-me à traição. Apenas me defendi.

Vovó, que o olhava, encarou-o (e eu, então, senti que ela não descansaria enquanto não vingasse Jorge).

— Aristeu, eu quero lhe dizer uma coisa; e você tome nota: um dia — não sei quando, nem interessa, eu vou matá-lo. Eu, essa que está aqui. Apesar de ser mulher.

Ele virou as costas e se foi, outra vez, para a proa. Não sei, mas acho que ele gostava de estar sempre na proa, vendo o barco fender as águas.

No ANCORADOURO, APARECIAM dois homens pretos e um branco; este era aleijado, tinha uma perna de pau, à maneira de certos lobos do mar que a gente vê no cinema. Antes de o rebocador atracar, tio Aristeu saltou, num pulo que não parecia de gente. Ele e o homem aleijado se abraçaram, com uma efusão de amigos, de irmãos; e riram os dois — um riso bom, feliz. Depois se viraram ao mesmo tempo e deram a mão para que nós saltássemos. Eu fui a última, isto é, a penúltima, porque Jorge é que saiu por fim. Veio no colo de dois tripulantes; não falava, gemia, apenas. O homem da perna de pau — isso me surpreendeu — não fez perguntas, nem teve exclamações, nem ao menos manifestou interesse por ver tio Aristeu todo amassado e Jorge carregado.

Ah, se a ilha era triste, se era fúnebre de longe, muito mais de perto! Nós olhamos em torno e a nossa angústia aumentou, mais negros se tornaram os nossos presságios. Ouvi a voz de tio Aristeu:

— Suzana.

Queria simplesmente me apresentar ao homem da perna de pau. Com certa vergonha — e vergonha não sei de quê — levantei meus olhos para ele. E abaixei a cabeça, perturbada, sem jeito: não que ele fosse bonito, não era. Mas simpático, muito simpático mesmo; eu poderia acrescentar, até, forçando o adjetivo: de uma simpatia deslumbrante. Os olhos azuis, de um azul muito claro, cabelos de um louro quase branco; lábios finos. Estendi a mão, ele apertou, com bastante força, como se quisesse dar impressão de lealdade. Tio Aristeu dizia:

— Este é Cláudio, Suzana.

Cláudio teve um riso que eu, logo, qualifiquei de lindo (que boca volutuosa a sua!). "Chama-se, então, Cláudio", foi o que pensei, gostando imediatamente do nome. Esbocei um sorriso:

— Muito prazer.

Quando ele começou a falar, prestei atenção à sua voz, talvez na expectativa de que ela tivesse uma sonoridade especial:

— Aristeu tinha falado de você; disse que você era linda.

Fui provocante, embora de uma maneira um pouco inconsciente:

— E está desiludido?

Mal acabara a frase, e sentia nas faces um rubor intenso, uma espécie de fogo interior. Julguei-me uma coquete, uma saliente. Cláudio sorria para mim, pareceu achar uma graça infinita:

— Você tem presença de espírito!

— Por quê? — balbuciei.

— Parecia tão tímida!

— Mas sou — protestei, ainda vermelha.

— Mas como eu ia dizendo — seus olhos pareciam enxergar dentro de mim — você é muito mais bonita do que Aristeu me disse. Não tem comparação.

O fantástico de tudo isso é que, enquanto falávamos, os outros estavam imóveis, a certa distância, numa espera humilhante. Ninguém lhes dava atenção, ninguém se apresentava para conduzi-los a algum lugar, para enfim dar boas-vindas, recebê-los. Nós teríamos continuado a conversar — eu e meu recentíssimo amigo — se tio Aristeu não interrompesse:

— Vem cá um instante, Cláudio.

Cláudio veio atrás de nós, tio Aristeu dava-me o braço. Vovó parecia mais velha, mais prostrada; só nos seus olhos parecia arder um ódio inextinguível. Jorge estava a seus pés, enrodilhado; ainda ouvi vovó dizer, entre dentes:

— Ele paga, Jorge! Deixa estar!

Tio Aristeu deve ter ouvido também, mas não deu a perceber nenhuma reação. Parou diante de vovó, que ficou de perfil para ele:

— A senhora vai ficar; a senhora e os outros...

— Que brincadeira é essa? — interrompeu vovó; era de novo dona de si mesma; claro que se controlava para não explodir.

Tio Aristeu baixou a voz:

— Como brincadeira?

— Você nos prende. Isso é um sequestro, um caso de polícia.

Confirmou, com um riso mau:

— Pois não. É um sequestro, um caso de polícia. E daí?

— Daí, quero voltar imediatamente, com todo mundo.

— Nunca! A senhora vai morar aqui; todos vão morar aqui! Ninguém voltará a não ser quando eu quiser, quando eu deixar!

— Está louco! Completamente doido!

— Pois é. Outra coisa: eu podia deixar de dar qualquer espécie de explicação. Mas como há outras pessoas no caso, direi por que é que fiz isso. A senhora, e esse moço aqui, tramavam simplesmente o seguinte: um casamento infame. E a vítima era Suzana.

Baixei o rosto; todos olharam para mim, inclusive Cláudio ("que idade terá ele?", era essa pergunta que eu me fazia). Tio Aristeu prosseguia:

— O seu objetivo, minha senhora, era simplesmente este: enriquecer à custa de sua neta, do casamento de sua neta. Acertei?

— Mentira — respondeu vovó.

— Claro que a senhora não confessa que é uma mercenária — lógico! Mas a senhora pode enganar a quem quiser, menos a mim. É o dinheiro do rapaz que a senhora quer — ele é rico, várias vezes milionário. Eu não podia admitir isso. Fui amigo, irmão, criei-me com o pai de Suzana, embora ele tivesse brigado comigo, para se casar com uma... com uma...

Gritei, antes que ele dissesse o termo:

— Não toque em mamãe!

Sorriu para mim, um sorriso feiíssimo, porque o lábio estava partido, inchado da briga. Sua mão grande afagou minha cabeça. Em redor, ninguém dizia nada; em todos os olhos eu lia a mesma curiosidade, o mesmo espanto. Mas vovó não estava vencida ainda. Cresceu para tio Aristeu, tive medo de que fosse esbofeteá-lo; acusou-o, ofendeu-o, disse dele tudo o que se pode dizer de um homem:

— Eu sei por que você está assim, por que tem essa raiva toda de Jorge, de mim e da mãe de Suzana!

Virou-se para nós:

— Esse homem que está aqui — esse canalha — gostava da mãe de Suzana. Mas como ela o repeliu, nunca lhe deu confiança, a menor confiança...

— Isso é o que a senhora pensa!

— ... ele passou a odiá-la, a odiar o marido dela, a mim, a todo mundo. Tudo despeito! E odeia Jorge também, porque pensa que minha filha o amava. É um despeitado, um louco, com a ideia fixa de vingar o seu fracasso. Olhem o que já fez com Jorge! Mas isso ainda não é nada: o pior é o que ele vai fazer com vocês, que são moças, que são bonitas.

Maria Luiza exclamou:

— Se ele tocar em mim, eu me mato!

E vovó para ela, numa cólera que a enlouquecia:

— Pois, então, se mate, que ele não respeita nada, não respeita ninguém. Vocês pensam o quê? Que ele tem algum escrúpulo? Duvido que alguém resista a ele; ele é capaz de matar uma de vocês. Mas Deus é testemunha...

Que estranha cena aquela! Minha avó, de preto, rígida, com as saias batidas pelos ventos, numa fúria de demente, a gritar:

— Hás de pagar tudo isso, direitinho! Deus há de te arrancar os olhos! Deus vai te...

Não pôde mais; a crise veio, a explosão, uma coisa horrorosa. Parecia um ataque; Cláudio teve de agarrá-la, de prendê-la pelos pulsos, arrastá-la. Ela foi, sim, mas ainda gritando maldições. Jorge tentou se levantar; Maria Luiza, rápida, quis ajudá-lo. Tia Hermínia também se abaixou para auxiliar Maria Luiza. Tia Laura parecia uma louca, com uma permanente interrogação no olhar, como se não entendesse nada, estivesse com a cabeça em confusão. Noêmia foi ao encontro de tio Aristeu:

— E nós?

— Vocês, o que é que tem?

— Não fizemos nada.

Ele foi brutal:

— Vocês também ficam.

E riu outra vez, como um selvagem, vendo o assombro, o medo da moça. Ela ainda quis dizer qualquer coisa, mas não pôde. Diante daquela moça tão fresca, tão linda, ele teve um gesto inesperado: com uma das mãos, pegou por trás a cabeça de Noêmia e deu-lhe um beijo, não sei se rápido, se longo, só sei que hediondo. Ela não disse nada, não fez um gesto. Ficou imóvel, vendo-o afastar-se. Imaginei que sua alma estivesse cheia de horror, mas não. Quando cheguei junto dela, Noêmia tinha um brilho estranho no olhar. Balbuciou apenas:

— Suzana, o primeiro beijo na boca a gente não sabe se gosta.

— O primeiro? — estranhei.

— O primeiro.

E compreendendo a minha interrogação, explicou:

— Eu menti aquela vez, quando lhe disse que já tinha sido beijada. É a primeira vez. Não sabia que era assim. É uma sensação esquisita que a gente tem...

Cláudio vinha nos buscar. Eu, Noêmia e todos mais o seguimos. Ele instalou-nos no único prédio da ilha. Parece incrível, mas só eu é que fiquei sozinha num lugar que dava para o mar. Todas as outras mulheres foram amontoadas num único quarto, aliás pegado ao meu. Fiquei com medo, protestei:

— Mas eu queria ficar com as outras!

Cláudio desculpou-se:

— Aristeu disse que você ficaria sozinha.

Foi delicado, mas definitivo. Deixei-o ir; logo que o rumor dos seus passos se perdeu no corredor, corri à porta, torci o trinco. Estava fechada à chave! O pânico que me deu naquele momento, a vontade de gritar. Aquilo queria dizer que eu estava prisioneira. Então, me lembrei das palavras de vovó; e dei razão a ela, toda a razão. Era o cúmulo que tio Aristeu agisse assim. Que evitasse o meu casamento, está bem; mas não me encarcerando e encarcerando pessoas que nada tinham a ver com o caso. Só a um louco poderia ocorrer um plano daqueles. Fui, rápida, à janela: abri e minhas mãos tocaram em grades. Sentei-me, então, na cama, fiquei olhando para a porta, como se ela me fascinasse. Ainda hoje não sei como não enlouqueci, tal o meu pavor. Durante muito tempo, fiquei naquela posição.

De repente, senti um frio: ouvira passos no corredor — passos que pararam diante da minha porta. Quis me levantar, mas não pude. Quis perguntar quem estava ali, mas não saiu som nenhum da minha boca. Então, a porta começou a se abrir, mas muito devagar, rangendo. Vi primeiro uma mão, que não parecia de gente, não parecia de criatura humana: uma mão que parecia de gorila...

14

Ah, o medo que eu senti naquele momento! Por um instante, uma fração de segundo, estava na fronteira da loucura. E se aquilo demorasse um pouquinho não sei, meu Deus, eu teria enlouquecido e talvez fosse até uma felicidade. Primeiro, foi a mão que apareceu, enorme, escura, desumana. Depois, então, o rosto. Só aí minha tensão nervosa se desfez em lágrimas. Era tio Aristeu, ainda todo marcado da luta, o lábio inchado, as maçãs do rosto entumecidas.

Chorei como uma criança — que era eu, afinal, senão isso, senão uma criança? Tinha o rosto mergulhado nas duas mãos e não o vi aproximar-se. Só ergui a cabeça quando ele pousou a mão — a mão que tanto me assustara — no meu ombro. Gaguejei:

— O senhor me assustou, tio Aristeu!

Era uma queixa e uma acusação; ele sentou-se ao meu lado, tomou as minhas mãos — tão pequenas, leves, infantis — nas dele. Pedia e num tom inesperado de carinho absoluto:

— Não chore, Suzana, não chore!

Mas quem pode parar as próprias lágrimas? Ele insistia:

— Tem medo de mim?

Levantei-me da cama, como para vê-lo melhor. Fiquei, em pé, a uma certa distância, olhando-o entre lágrimas. Soluçava perdidamente. Foi aí que eu tive como nunca a consciência do nosso contraste. Ele colosso, um gigante, uma dessas criaturas maciças, que não parecem carnais como as outras criaturas, mas feitas de pedra, de ferro, uma coisa assim. E eu tão fina, frágil, miúda até onde uma mulher pode ser. Houve um silêncio entre nós; ele procurava ler o meu pensamento; e eu estava com a cabeça cheia de coisas absurdas. Estava ainda viva na minha memória a lembrança da luta: os dois, ele e Jorge, ensanguentados, ofegantes e... O medo germinava de novo dentro de mim, crescia. Pensei que estávamos ali sós: eu à mercê dele, de sua força e de algum sonho tenebroso que ele cultivasse em silêncio. Então, comecei a recuar. Veio-me uma ideia meio maluca: "Quando eu chegar à porta, abro e corro"... Correr para onde? Se nós estávamos numa ilha, longe de tudo, de todos, do mundo e até de Deus. Ele deve ter percebido no rosto minha angústia, porque se levantou, também, espantado. Ouvi sua voz repetindo meu nome, não sei quantas vezes:

— Suzana, Suzana...

Eu pensava: "Ele é um louco, um doido, pode até me matar!". Quando calculei que já estivesse perto da porta, dei uma corrida. Pedi por tudo que chegasse no trinco antes que ele me pegasse. Parece que tio Aristeu não esperava por isso. Correu também, mas torci a maçaneta antes dele, abri a porta e corri. Ouvi o seu grito, o seu chamado:

— Suzana! Suzana! Venha cá, Suzana!

Eu fugia, feito louca. Não sabia para onde, nem importava: queria somente fugir, correr, para bem longe, para um lugar em que não tivesse homens assim, capazes de despedaçar uma mulher com suas mãos potentes. "Eu sei que ele vem atrás de mim", era o meu terror. "Me jogo no mar, me atiro, meu Deus." No fundo, eu preferia mil vezes a morte a experimentar outra vez aquele espasmo de medo. Tinha na minha frente um corredor imenso, escuro; só no fundo é que havia uma lâmpada triste, de luz tristíssima. Corri mais, até alcançar a primeira porta. Abri e recebi no rosto, no corpo, nas saias, o vento da noite e do mar. Estava ao ar livre. O medo me dava uma força como eu nunca sentira na minha vida. Fugi na direção do mar, sabendo que ele vinha me perseguindo, que me perseguiria sempre, que não descansaria enquanto não me pegasse. Gritou umas duas ou três vezes.

— Suzana! Suzana!

Agora eu pisava a areia fina, fofa da praia; o mar estava pertinho, eu sentia o cheiro de maresia. Avançava penosamente. Só parei muito depois, olhei para trás. Mas não via nada; tudo tão escuro! Deixara de ouvir os gritos de tio Aristeu. "Estou tão cansada, mas tão cansada", lamentei-me para mim mesma. Minha vontade era deitar ali mesmo, na areia, dormir debaixo das estrelas, com aquele vento frio passando por mim. De repente, tive a intuição do perigo. Via agora tio Aristeu; estava a uns dez metros de mim. Aproximara-se talvez se arrastando, para que eu não o visse. Recomecei a fuga:

— Não seja boba, Suzana! Venha cá, Suzana!

O terror renasceu em mim. Corri de novo, não ao longo da praia, mas na direção do mar escuro. Por Deus, que minha ideia era me afogar. As coisas mais loucas me passavam pela cabeça: "Eu me atiro no mar, não faz mal. Morro, porque a morte é melhor do que ele...". Entrei na água, avancei sem olhar para trás; mas acabei caindo, porque uma pequena onda me tirara todo o equilíbrio.

Quis me levantar, mas aí ele me pegou. Estava junto de mim e, num instante, carregou-me nos braços, como se eu fosse uma menininha, uma coisa sem peso nenhum. Ele perguntava, eu senti o seu hálito quente, a aspereza de sua barba na pele tão fina, tão macia do meu rosto:

— Por que fez isso? Por que não me atendeu? Não me ouviu chamando?

Eu estava ensopada; balbuciei, no meu terror de mulher indefesa:

— Não quero! Não quero!

Eu mesma não saberia dizer o que é que não queria. Era ainda o medo, o instinto de perigos, de ameaças que não se definiam bem no meu espírito. E, ao mesmo tempo, sabia que agora era inútil lutar porque ele não me largaria e, se quisesse, poderia me partir em duas. Ele me pousou na areia, respirando forte. Também estava cansado, respirava.

Cruzei as mãos sobre o peito, com a carne mordida pelo frio. Tio Aristeu sentou-se perto de mim; fugi com o corpo. Senti o seu riso:

— Tem tanto medo de mim?

Confirmei tiritando, mais de medo que de frio:

— Tenho.

— Que é que eu fiz? Eu lhe fiz alguma coisa?

— Fez, sim.

— O quê?

— Me trouxe para aqui.

Ele ia dizer alguma coisa, mas parou: tive a impressão de que seus olhos ardiam nas trevas. Disse, afinal:

— Eu trouxe você para seu bem.

— Mentira!

— Ou você preferia o casamento com Jorge?

Aquele diálogo no escuro, com o mar tão perto, eu toda molhada, sentindo que o frio penetrava na minha carne! Teimei, numa súbita maldade:

— Preferia, sim.

Pensei que ele replicasse imediatamente; mas, não. Senti que se levantava; continuei deitada, cada vez mais atormentada pelo frio. De pé, olhando para o mar, ele disse:

— Quer saber de uma coisa que eu nunca lhe disse?

Esperou que eu, depois de demorar um pouco, respondesse:

— Quero.

Sentou-se de novo na areia. As estrelas estavam perdidas na noite e lindas como nunca. Uma coisa eu posso dizer: nunca um homem e uma mulher conheceram uma solidão tão absoluta. Era como se fôssemos no mundo eu, a única mulher, e ele, o único homem. Então, tio Aristeu baixou a voz:

— Gosto de você, Suzana.

Não respondi nada. Continuou:

— Mas gosto de uma certa maneira.

— De uma certa maneira como?

— Amo você.

Silêncio. Não percebi logo; só pouco a pouco, num lento e penoso esforço de compreensão é que descobri o sentido da frase. Aquelas palavras estavam dentro de mim: "Eu amo você, Suzana". Senti então uma coisa inexprimível, um sentimento desconhecido de paz, doçura, sonho. Mas ele não parou muito tempo; repetiu, como uma espécie de sofrimento:

— Amo, Suzana, amo!

Senti sua mão procurando o meu rosto. Outra vez fugi com o corpo. O medo e o espanto se apoderavam de novo de mim. Sem saber o que dizia, perguntei:

— Me ama?

Ele tornou:

— Você é tudo para mim. Nada interessa, só você.

Nunca pensei que uma voz pudesse ser, a um só tempo, tão máscula e tão meiga. Levantei-me e ele também. Então, não sei por quê — até hoje não me compreendo — ocorreu-me uma objeção inteiramente inesperada:

— Se me ama... — eu falava lentamente, olhando para ele como se pudesse ver suas reações no escuro... — se me ama, como é que beijou Noêmia?

— O quê?

— O senhor não beijou Noêmia, não beijou? Ou vai dizer que não?

— Beijei — confirmou, desorientado.

Recuei, de frente para ele:

— Por que não fez aquilo comigo? Foi fazer com a outra?

Eu queria correr, de novo. Mas foi como se, apesar da sombra, ele percebesse meu pensamento. Senti sua mão no meu pulso; quis desprender-me, mas foi inútil. Perdi, de novo, a cabeça; disse-lhe tudo que me veio à cabeça:

— O senhor é velho!

— Suzana!

— Velho, sim! Não está vendo logo que entre mim e o senhor...

Esperneei, fiz tudo para me soltar, numa raiva histérica, que não impressionou nem um pouquinho aquele monstro. Ele queria me convencer:

— Não adianta! Você não pode comigo!

Gritei:

— Tenho horror do senhor! Medo, está ouvindo? Se eu me casasse com o senhor, me matava no dia seguinte!

— Só no dia seguinte? — ironizou.

— Não vê que o senhor podia ser meu pai?

— Não faz mal. Assim mesmo você vai ser minha mulher.

— Monstro!

E ele:

— Vamos para casa. Você pode se resfriar. Depois, nós falamos... Tem tempo.

Tio Aristeu voltou comigo. Levava-me nos braços, como se eu não fosse nada. Eu chorando, sem fazer barulho. De vez em quando, ele dizia uma coisa, como por exemplo:

— Uma coisa posso lhe garantir: você ainda vai gostar muito de mim. Muito.

Falava assim, dizia essas coisas, com uma alegria serena, uma confiança tranquila, como se nenhuma força humana pudesse se opor à sua vontade. Eu ia pensando: "Será que ele pensa que eu me caso, agora que...". Só de pensar, me voltava o medo, uma resistência de todo o ser. Se fosse um casamento apenas formal para me salvar de Jorge — como ele me falara uma vez — não tinha importância. Mas casamento de amor — nunca! Nem que eu tivesse que morrer ou matar! Interessante é que, apesar disso, me sentia bem de ir, assim, nos braços de um homem forte. Com minha cabeça encostada no seu peito, ouvia as batidas do seu coração poderoso.

Já estávamos quase chegando, quando lembrei:

— O senhor não me disse que seria apenas marido nominal?

Réplica imediata:

— Para enganar você!

— E o senhor ainda confessa?

— Claro!

— Quer dizer que...

— Quer dizer que eu menti. Lógico: se eu dissesse que gostava de você, que é que acontecia? Você ficaria horrorizada! Suzana, olha aqui: eu sei que sou feio, que meto medo, sobretudo a uma menina como você. Por isso trouxe você para a ilha. Aqui sou rei, deus, tudo o que você quiser. Para você se casar comigo, não precisa que você me ame, basta que eu queira.

— Mas do consentimento de vovó precisa e ela não dará.

— Também não precisa. Chega o meu consentimento.

— Mas então — eu começava a penetrar nas intenções daquele homem — então não será casamento?

Refletiu, antes de responder:

— Só vendo.

O cinismo de tio Aristeu, a infâmia de suas intenções, a sua premeditação — tudo isso ia, pouco a pouco, transformando o meu pavor numa raiva lúcida. "Agora é que eu estou vendo", foi minha reflexão. Quando entramos na casa, ele falou de novo (só com outra voz, outro tom, um outro sentimento):

— Mas não tenha medo de mim, Suzana. Eu só quero seu bem. Você não sabe, você não pode imaginar como será feliz comigo. Sou eu o único homem que poderá fazê-la feliz.

E repetiu, como se quisesse que a sua palavra penetrasse na minha carne:

— O único!

Tínhamos chegado diante da porta do meu quarto. Só aí eu pude caminhar por mim mesma. Ficamos um momento em silêncio, olhando um para o outro. Eu, em pé, tão pequenina diante dele. O medo desaparecera; e eu o contemplava de uma outra maneira, com uma nova atenção, como se o visse pela primeira vez. Tio Aristeu me animou, numa espécie de desafio:

— Olhe para mim, pode olhar. Mas olhe como ao homem que você há de amar, que será o único amor de sua vida.

Então, do fundo do corredor, veio aquela voz:

— O único amor, o único?

Eu e ele nos viramos, ao mesmo tempo. Era vovó, que vinha ao nosso encontro, sem pressa, um traço de maldade na boca:

— Você pensa que você, ou outro qualquer, será o único amor de Suzana?

Crispei-me toda. Vovó parecia um fantasma na luz escassa do corredor. Tinha no rosto um ar de maldição; parecia uma profetisa má, que tivesse emergido daquelas sombras:

— Eu já disse que Suzana é mulher de vários amores. De muitos, está ouvindo? Igualzinha à mãe dela, o mesmo temperamento.

Olhei para tio Aristeu. E vi sua expressão de sofrimento, quase de medo. Aquele homem que não temia nada, que resistia a tudo, fora tocado, afinal, pela simples palavra de vovó. Voltou-se para mim. Com sua mão enorme, segurou meu rosto; e foi como se procurasse ler o futuro nos meus olhos, na minha boca, em todo o meu rosto. Eu própria me senti como uma mulher marcada pela fatalidade. Ele perguntava:

— Você é assim, Suzana, diga — é assim?

Por um momento, só por um momento, quis protestar. Mas alguma coisa, o sentimento talvez de minha fragilidade de mulher, o medo da vida ou de mim mesma, me emudeceu. Tio Aristeu ordenou para vovó:

— Ela está molhada. Precisa mudar a roupa.

Vovó não se mexeu. Só quando ele desapareceu, entramos no meu quarto. As palavras de vovó não me saíam da cabeça. Perguntava a mim mesma: "Por que vovó disse aquilo? Será que ela acha mesmo que não posso amar um homem, um único homem a vida inteira?". Fechei a porta — a roupa secara no meu corpo — sentei-me na cama, pensando. Confirmava impressionadíssima: "Se as outras podem ter um único amor — por que eu não? Sou pior do que todas as outras mulheres, tenho outro sangue, outra natureza?". Mas não pude continuar minhas reflexões. Vovó me interpelou, claramente:

— O que foi que ele fez contigo?

— Nada, vovó, nada.

Gritou, para mim:

— Pensa que eu acredito, sua sonsa? Você já está com a cabeça virada. Por ele, por Jorge e por esse aleijado! Você é uma amaldiçoada. Dessas mulheres que não podem ver rapaz! Você...

15

A PARTIR DESSA NOITE, começou a se operar uma mudança em mim. Foi como se a mulher que germinava na menina aparecesse, afinal. Durante muitos dias, refleti sobre as palavras de vovó. E comecei, pela primeira vez, a observar as minhas próprias reações. Ela dissera: "Você não pode ver rapaz"... Era isso que eu queria saber, que precisava saber. Muitas vezes me perdia nas reflexões mais infantis: "Serei assim? Ou foi exagero de vovó?". Aliás, não era a primeira vez que ela dizia isso. Eu estava espantada e — para que não dizer? — assustada. Tinha medo de mim, de meus sentimentos de mulher. "Bem" — pensava, procurando dar um certo método ao meu raciocínio — "aqui na ilha, fora os empregados, há três homens que poderiam me impressionar: Jorge, tio Aristeu e Cláudio." Antes que me esqueça: tio Aristeu exigira que eu suprimisse o "tio" e o "senhor" e o chamasse de "você" (e não havia meio de me habituar). Mas continuando: três homens e eu. "Preciso observar meu próprio comportamento ante esses homens." Uma vez, eu estava conversando com Cláudio e notei em mim — aliás, pela primeira vez — que gostava muito, sentia uma espécie de prazer, em estar na sua companhia, em ouvi-lo, em escutar a sua voz, em olhar seu rosto, em observar o desenho de sua boca, os lábios finos e sentir o seu riso. Depois, descobri outra coisa: apesar do medo que tio Aristeu me infundia, eu também gostava de saber que ele me amava. "Ser amada" mesmo por um homem que não interessava era para mim uma vaidade deliciosa. "Sim" — admiti — "gosto de ser amada, amada de verdade." É, realmente, uma coisa muito linda e muito doce saber-se que há um homem que só pensa na gente, que sonha com a gente, que vive para a gente. Nunca uma mulher pensou tantas bobagens como eu naqueles dias!

Nós todas estávamos na fase de adaptação a uma nova vida. Eu, dormindo num quarto só para mim; Jorge encarcerado, numa espécie de cubículo; e as outras num quarto maior. Tio Aristeu queria mandar buscar roupas para todas nós. Embora numa indignação absoluta, vovó teve que escrever uma relação de vestidos etc., que alguém devia ir apanhar em casa, com Hortência. Só houve uma dúvida, à última hora: a quem confiar essa missão? Havia o perigo de que a pessoa escolhida fosse à polícia, de que não voltasse mais, de que fizesse um escândalo. No momento em que se discutiu isso, estávamos todas presentes na sala. Cláudio apareceu, depois; e ficou lá, a um canto, sem intervir, escutando, apenas. Eu me surpreendi, fazendo esta reflexão: "Se ele não fosse aleijado!"... Pensei isso, sem chegar a conclusão absolutamente nenhuma. Observei que ele olhava muito para mim, sobretudo quando me supunha distraída, com a atenção em outro lugar. Tio Aristeu, não; era como se não desse conta de minha presença. Cláudio teve uma única intervenção, sugerindo:

— Por que Suzana não vai?

Todos os olhos se fixaram em mim; e, pela primeira vez, tio Aristeu me olhou. Perguntei, bobamente:

— Eu?

Pensei logo que, se fosse, fugiria, não voltaria mais. Mas tio Aristeu cortou todas as discussões:

— Suzana não serve.

E, então, virou-se para Noêmia. Ela estava num canto, muda. Sempre que via tio Aristeu, ficava assim, sem dizer nada, incapaz de outra coisa senão de olhá-lo. Agora, era muito frequente nela o ar de sonho, de mulher enamorada. Empalideceu, quando viu o homem que amava dirigir-se para ela:

— Você vai?

Não era uma ordem, mas uma pergunta. Olhou muito para ela, como se, de algum modo, pudesse magnetizá-la. Qualquer pessoa via que, diante dele, Noêmia perdia a personalidade, a vontade, deixava-se dominar. Ela mesma vivia repetindo, numa espécie de febre: "Quero um homem que me transforme numa escrava". Seu ideal amoroso era a servidão absoluta diante do bem-amado. Na frente de todos, ali, sem desfitar tio Aristeu, disse, apenas, de uma forma quase inaudível:

— Vou.

Não houve nada, senão isso, quer dizer, uma pergunta e uma resposta. Mas a cena se gravou em mim e na memória de todos: é que tivemos a intuição de que aquela mulher estava possuída de um desses sentimentos exclusivos, fatais, de um desses sonhos que queimam como uma chama maldita. Olhei para vovó, que não dizia nada, não se mexia, com uma dignidade terrível de atitude. Em Noêmia era o amor, em vovó era o ódio. Maria Helena chegou a abrir a boca, para falar qualquer coisa. Até hoje não sei o que ela teria a dizer ou acrescentar. Mas imagino que fosse um lamento, a mágoa de não ter sido lembrada. Noêmia baixou mais a voz; perguntou sorrindo para titio, um sorriso de serva, de escrava:

— Você também vai?

Ele sorriu também:

— Vou. Vou com você.

E aí descobri mais uma coisa: uma espécie de raiva em mim mesma, de despeito, não sei, por sentir entre os dois uma intimidade, uma espécie de recíproco deslumbramento. Admiti a possibilidade de que se amassem. Mas não podia ser. Pensei: "E o que houve na praia? E o que ele disse a mim naquela noite?". Deixei que todos saíssem e, quando pude, chamei Noêmia. Quis falar num tom de brincadeira, mas não sei por que traí uma certa hostilidade:

— Você estava toda caidinha.

— Fiz alguma coisa de mais?

— Quase se ofereceu.

— Foi ele que me chamou, minha filha.

Engraçado é que eu perguntava a mim mesma: "Mas que é que eu tenho com isso, meu Deus do céu?". Não tinha nada, e, apesar disso, me sentia assim. Sobretudo, sofria por vê-la tão bonita, linda mesmo, uma doçura de olhar, de boca, uma plenitude de vida, que vem do amor. "É mais bonita do que eu", pensei, com o coração apertado. Ao mesmo tempo, me julgava mesquinha. Procurei me convencer: "Não tenho nada com tio Aristeu". Ainda assim, continuei, para feri-la:

— O que me admira é que depois do que houve…

— Que foi que houve?

— Do que ele fez com Jorge.

Simulou inocência:

— Fez alguma coisa?

— Não seja cínica, Noêmia.

E ela, dura:

— Você está é com despeito, minha filha. Com inveja. Mas não adianta. Você pode dizer o que quiser. Entra por um ouvido, sai pelo outro.

— Se você soubesse de uma coisa...

— Não interessa.

— É o que você pensa.

— Então, diga.

Senti que, apesar de tudo, ela estava interessada, com a imaginação já trabalhando, fazendo suposições. Insistiu para que eu dissesse, querendo saber, "precisando saber". E como eu, por pura e simples perversidade, desconversasse, ela se irritou:

— Você está querendo me pôr curiosa. Mas uma coisa eu garanto: não pode ter havido nada de mais. Pelo menos, não pode ter havido mais do que houve comigo.

Teimei:

— Muito mais.

Ela perdeu a cabeça:

— Muito mais o quê? O que é que ele pode ter feito mais do que fez comigo, do que aquele beijo que ele me deu? Foi uma coisa brutal, uma ostentação, talvez para me humilhar. Eu mesma, a princípio, não sabia se tinha gostado ou não. Porque... era a primeira vez. Mas gostei. Depois, eu vi que tinha gostado, compreendeu? E muito!

Parou, espantada, olhando para mim. Naquele momento, ela não sabia se era feliz ou desgraçada. Fechou os olhos, para recordar, para ter de novo aquela sensação que a ferira de uma maneira doce e mortal. Começou a chorar, já sem vergonha das próprias lágrimas. E teve um apelo:

— Suzana, deixe esse homem para mim, Suzana!

Eu devia ter me comovido diante daquela mulher tão linda e fraca; mas que esperança! Estava fria por dentro. Fria, propriamente, não; com uma maldade gratuita, uma vontade de calcar mais na mágoa de Noêmia, de atingir seu sonho já ferido. Não elevei a voz, não

143

me excitei (foi como se tivesse um demônio dentro de mim), gabei-
-me, mentindo:

— Ele também já me beijou.

— Mentira!

— Foi, sim — tornei, irredutível. — Não na frente de todo mundo, mas escondido!

Ela espiou para mim, suspensa; por um instante, quis ler na minha boca se eu dissera a verdade, ou se estava improvisando uma mentira. Insistiu, com medo da minha resposta:

— Beijou mesmo?

— Claro!

— Jura?

— Ora, minha filha!

Quase gritou:

— Jura ou não jura?

Virei-lhe as costas, saturada de mim mesma, enojada de minha perfídia. Ela veio atrás de mim, me puxou pelo braço:

— Suzana, pelo amor de Deus, diga se é verdade. Mas não pode ser, não pode. Você não gosta dele, não pode gostar! Você não gosta de ninguém, não gostará nunca.

Foi a minha vez de sofrer. Outra me dizia o mesmo que vovó. Será que todo mundo achava isso de mim? Nunca, como naquele momento, eu desejei ser capaz de um sentimento puro, absoluto, de amar um só homem e para sempre. Segurando-me pelos dois braços, ela falou uma porção de coisas abomináveis:

— Se isso é verdade, se ele beijou mesmo — você há de pagar. Eu não descansarei enquanto você não morrer.

F<small>IQUEI SOZINHA COM</small> um sentimento incrível. Por que é que eu fizera tudo aquilo? A troco de nada, só para ferir outra mulher. Quem sabe se vovó não tinha razão?

Estava tão mergulhada nos meus pensamentos que fiz, sem querer, uma reflexão em voz alta:

— Eu não quero tio Aristeu para mim. Mas não gostaria que fosse de outra.

Mal acabara de dizer isso, quando tive um choque horrível. Uma mão pousava no meu ombro — a mão de alguém que ouvira as minhas palavras. Virei-me, em pânico, acho que sem uma gota de sangue no rosto. Cláudio estava diante de mim, sorrindo (parecia-me que havia nesse sorriso uma certa tristeza). A minha surpresa foi tão grande que não pude me conter e perguntei:

— Ouviu o que eu disse?

— Quer que eu repita?

Seus olhos eram claros, bons e lindos, de um azul de céu marinho. E como eu nada dissesse — com o coração batendo desesperadamente — repetiu, baixando a voz:

— Eu não quero tio Aristeu para mim. Mas não gostaria que fosse de outra. Foi mais ou menos isso ou não?

Nunca tive tanta vergonha na minha vida. Ele prosseguia, sereno, com aquela naturalidade que nunca o abandonava:

— Ouvi e mais: tudo o que você e Noêmia disseram. Foi sem querer, mas ouvi. Estava ali, sentado, detrás daquela coluna.

— Então, deve estar com uma impressão horrível de mim, não?

Era isso, afinal, que eu precisava saber. Vi ou julguei ver uma certa melancolia no seu olhar:

— "Impressão horrível", por quê? Você é ainda muito criança.

Protestei, numa súbita necessidade de expiar a minha culpa, pela confissão:

— Criança, eu? Deixei de ser; agora sou mulher. Não presto. Fui criança, agora não sou mais.

E desatei a correr, antes que ele dissesse qualquer coisa. Também Cláudio não me chamou, não fez um gesto. Entrei no quarto, tranquei a porta e me atirei na cama. Chorei tanto, mas tanto!

De noite, Noêmia chegou com tio Aristeu. Tia Laura é que veio me avisar — eu ainda estava deitada; dei uma resposta grosseira:

— Não interessa.

Pouco depois, bateram, de novo, na porta. Era Cláudio, ouvi a voz dele. Passei as costas da mão nos olhos, ajeitei um pouco os cabelos e fui abrir. Simplesmente, vinha me dizer que Jorge queria me falar. E aproveitou a oportunidade para me dar uma espécie de consolo:

— Não fique triste, Suzana. Você tem bom coração. Precisa apenas de um homem que a compreenda. Só isso.

— Você acha?

— Acho.

Tive até vontade de chorar, de tão comovida. Aquelas palavras me fizeram um bem que ninguém pode calcular. Em silêncio, caminhamos até a porta do quarto de Jorge, que ficava do outro lado da casa. Cláudio abriu e, antes que eu pudesse adivinhar o seu gesto, curvou-se rápido e beijou-me a mão. A porta estava entreaberta, mas eu não entrei logo. Não sei bem o que senti naquele momento; ou, antes, foi um sentimento de espanto absoluto. Olhei para ele como se o desconhecesse. Ainda balbuciei:

— Cláudio.

Também ele não fez um gesto, nem disse nada. Não entrei no quarto senão depois de vê-lo desaparecer no fim do corredor. Tinha as faces em fogo, como se o gesto de Cláudio tivesse sido alguma coisa de mais transcendente que um simples e quase convencional beijo na mão. Por que ele fizera aquilo? E, sobretudo, uma coisa me impressionava: a expressão do seu rosto depois de ter beijado. Um ar grave, uma seriedade triste. Em vão, eu dizia a mim mesma, querendo recobrar o equilíbrio: "Um beijo na mão não quer dizer nada. Não tem a menor importância".

Jorge estava deitado, mas assim que me viu sentou-se na cama. Ficou me vendo, parada, no meio do quarto. Estava de aspecto quase normal; poucos vestígios existiam de sua luta com tio Aristeu. Voltava a ser bonito; e, mais magro do que antes, tinha como nunca aquela graça meiga de convalescente. Diante dele, veio-me, de repente, uma pena enorme, uma vontade de ajudá-lo, de ser um pouco a sua enfermeira. Disse a primeira coisa que ocorreu:

— Você está muito melhor, Jorge, sem comparação!

Fui me aproximando. Ele me olhava com avidez, como se nunca me tivesse visto. Eu compreendi, tive a sensação nítida de que me amava muito, de que me amava demais. Pensei, ao mesmo tempo, no amor de tio Aristeu e no beijo que Cláudio me dera na mão. Tudo isso me enchia de confusão, de angústia, de medo e, ao mesmo tempo, de alegria. Uma verdade se impôs no meu espírito: "Eu gosto de ser amada por três homens. Ou pelo menos dois. Gosto; isso me deixa feliz, contente de mim mesma".

Jorge me puxava para si, minhas mãos estavam entre as suas e seu olhar — olhar que me tocava como um hálito de febre — subia pelo meu rosto, descia pelo meu colo, pelos meus braços, como se eu fosse uma aparição encantada. Sentei-me a seu lado; ele, então, começou a me falar, numa angústia como se estivesse suspenso sobre minha cabeça um perigo mortal:

— Uma coisa, eu estou vendo agora: você deixou de ser menina; você agora não é mais menina — é "mulher"!

Sublinhou apaixonadamente a palavra "mulher". Eu percebia a sua febre e era como se ela também me invadisse, despertasse em mim não sei que misteriosas emoções, que adormecidos sonhos. Experimentei um sentimento novo, doce e pungente, quando ele falou na minha transformação. Compreendi que ele dizia a verdade, que eu me tornara "mulher", deixara de ser a menina, a colegial frívola, ingênua. Ele prosseguia, com os dedos entre os meus cabelos:

— Por isso é que tenho medo, Suzana. Se fosse antes, não tinha importância: você era menina; ninguém, nenhum homem, levantaria os olhos para você. Mas agora, não: qualquer um vê você de outra maneira. Imagine você, assim, linda, num lugar como esse, com esse homem, esse seu tio Aristeu, vendo você a toda hora. Suzana, eu quero pedir uma coisa a você.

Parou, ofegante; e olhou em torno, com o coração apertado de medo, como se ali pudesse existir alguém ouvindo. Falou com a boca quase encostada no meu ouvido:

— Aristeu disse à sua avó que só me deixaria viver se ela concordasse no seu casamento com ele. Por isso eu lhe peço, Suzana, por tudo que você tem de sagrado, que não case. Deixe ele me matar, quantas vezes quiser. Mas não se case, Suzana, com ele, não — eu não quero!

16

EU JAMAIS VIRA JORGE assim, tão perturbado, tão fora de si. Ele se agarrava a mim, enterrava os dedos na carne dos meus braços, como se a morte estivesse ali, presente no quarto. Tive vontade de dizer: "Você me machuca!". Porque ele estava, realmente, me machucando. Calculei que meus braços iam ficar cheios de manchas roxas. Mas não disse nada. No fundo estava perplexa e assustada. Assustada comigo mesma, com as minhas reações. Afinal, as palavras de Jorge me deixavam fria. O que realmente me deixava comovida, numa emoção profunda — era aquela proximidade viva de um rapaz. Ele tão junto de mim, seu rosto tão perto do meu, seu hálito soprando na minha orelha, suas mãos de febre me queimando — tudo isso produzia em mim não sei bem se angústia ou outra coisa, não sei. E o mais estranho é que, em ocasiões diversas, eu e ele tínhamos ficado assim, juntos da mesma maneira, sem que eu sentisse nada de especial. E por que agora, de repente, experimentava este sentimento misterioso, complexo, que vinha das profundezas de minha alma de mulher? Também, na praia, fora a mesma coisa, com tio Aristeu. Lembrei-me de vovó, do que ela dizia, de mim, do meu temperamento, do meu destino. E, então, veio-me um súbito desgosto do meu corpo, de minha alma. É que eu me sentia mais do que nunca marcada. Tive vontade de me desprender de Jorge, de sair dali, de fugir, de ir não sabia para onde. Mas uma reflexão me deixou no mesmo lugar: "Nunca poderei fugir de mim mesma". E fugir dos outros para quê? Uma espécie de tristeza doce me invadiu. Não fiz um gesto, fiquei passiva, deixando Jorge falar e pensando que a voz do homem, assim grossa como é, quente, é tão bonita, tão bom de ouvir. Ele repetia, como um insano:

— Deixe que ele me mate, mas não se case, Suzana! Se você se casar, será a mais desgraçada das mulheres!

Afirmava ou previa isso com uma certeza implacável, uma convicção profética que, entretanto, não me impressionava. Eu me abandonava à doçura daquele momento, embora me sentindo baixa, inferior, abominável. Queria que seu hálito continuasse indefinidamente soprando na minha orelha. Depois ele recuou um pouco o rosto, para me ver. Seus olhos procuravam nos meus, talvez, a promessa de que eu não me casaria, a não ser com ele. Mas o seu movimento quebrara o encanto. Num instante — foi coisa de uns minutos — voltei a meu normal. Pude, então, contemplá-lo, com o coração frio. Vi que esperava uma palavra minha. Fechei os olhos. Pensei em mamãe, no túmulo de mamãe; pensei também em papai. Jorge perguntou:

— Ouviu bem o que eu disse, Suzana?

Abri os olhos:

— Estou perguntando, agora, a mim mesma, o seguinte: se algum dia eu poderia gostar de você. Será que posso?

Fiz tudo para que o meu tom fosse o mais frívolo possível. Renascia em mim a vontade de vingar meus pais. Fixei meu pensamento — por um esforço de vontade — em mamãe. Concentrei-me nessa evocação; e foi fácil criar num instantinho uma excitação, uma cólera, quase um ódio. Jorge nunca podia imaginar esse processo mental e psicológico. Mas notou qualquer coisa no meu rosto, assustou-se. Sua mão procurou a minha. Levantei-me, logo, querendo ter uma distância física:

— Não quero que você tenha ilusões, Jorge. Eu nunca poderei amar você, nunca!

— Pode, sim, Suzana, pode!

Quis, de novo, me puxar para si, falar com a boca encostada na minha orelha, transmitir a febre do seu amor. Mas eu estava morta por dentro, vazia, sem doçura nenhuma. Deixei que ele dissesse tudo. Beijou-me no rosto, nas mãos (seus lábios quentes, queimando). Naquele momento acho que nada me comoveria. Quando ele acabou, disse-lhe, sem um gesto, rosto a rosto com ele:

— Você é o assassino de minha mãe.

Teve um ar de incompreensão, como se não tivesse escutado direito. Continuei, desconhecendo a minha própria voz, como se fosse outra pessoa que falasse por mim:

— Foi por sua causa que se matou.

Só então, ele compreendeu. E isso fê-lo cair em si, compreender que me estava perdendo, que talvez não me reconquistasse nunca. Teve um gesto inesperado: caiu de joelhos aos meus pés, abraçou-se às minhas pernas. Eu não esperava, juro que não esperava isso. Ainda quis evitar:

— Jorge! Jorge!

Procurei me desprender, fugir. Mas estava presa; compreendi então como é horrível para uma mulher ter um homem ajoelhado aos seus pés. Por um momento, mas só por um momento, meu ímpeto foi bater nele. Mas não pude; o máximo que pude articular foi o mais ingênuo dos argumentos:

— Alguém pode entrar, Jorge!

— Primeiro, você vai me ouvir.

— Levante-se!

— Não!

Tive um medo horrível de que ele chorasse ou de que se humilhasse demais. Eu acho que deve ser intolerável para uma mulher ver um homem rebaixar-se diante dela. Mas quando ele começou a falar, senti logo que não se humilharia, que não estava se humilhando. Coisa interessante ver uma pessoa que se ajoelha e que, ainda assim, não se degrada. Ele se mantinha digno, se mantinha viril. Quase implorei:

— Pelo menos, fale depressa!

Não sei, até hoje, quanto tempo ele falou. Sei, apenas, que as suas palavras estão, ainda, nítidas, vivas, na minha memória. Fechei os olhos para não vê-lo, não sei se por medo do seu rosto, dos seus olhos, de sua boca. Ouvia apenas a sua voz, ora meiga, ora apaixonada:

— Eu não tive culpa nenhuma. E se não falei logo, se não disse tudo a você, foi porque não queria acusar uma morta. Preferi que você me julgasse culpado, embora eu ache que em amor não há culpado: as duas partes têm razão. Eu não a amava.

Quis ironizar:

— Só ela amou você, não?

Confirmou:

— Só ela! Eu, não. Desde a primeira ou segunda vez que me viu. Percebi logo. Olhava para mim de uma maneira tão doce como se eu fosse nem sei bem — um santo, um deus. Fiz tudo para fugir; mas ela me perseguia, Suzana, juro que ela me perseguia. Um dia, me disse: "Eu gosto muito de você, Jorge". Fiquei assim, não querendo entender; ela insistiu: "Mas não da maneira que você pensa". Eu não disse nada, pensando que ela não continuasse. Seu pai apareceu, interrompendo a conversa. Mas logo que ele saiu — não desconfiava de nada — ela aproximou-se, de novo. Disse, com a maior naturalidade, como se fosse a coisa mais simples do mundo: "O que eu tenho por você é amor".

Ouvi tudo, primeiro com espanto, depois com uma cólera contida que, afinal, explodiu:

— Mentira! Tudo isso é mentira!

— Juro!

— Seu cínico!

— Dou a minha palavra de honra!

— Homem lá tem honra!

— Pelo amor de Deus, Suzana, ouça!

— Pensa que eu acredito que ela, tão bonita — a mulher mais bonita que eu já vi — você ia dizer que não?

— Ela não é a mulher mais bonita que você já viu.

— Então, quem é?

— Você!

Emudeci. Esperava por tudo, menos por isso. Fiquei sem ter o que dizer, num estonteamento. Ele percebeu que me atingira, que eu estava tendo uma espécie de vertigem. Ah, só eu sei a emoção que senti e o bem e o mal que aquelas palavras me fizeram. Mais bonita do que minha mãe, eu? Ninguém pode calcular a raiva, o ódio que tive de mim mesma, ao sentir que, apesar de tudo, havia em mim um espasmo de orgulho. Calei-me, para não me trair. Só depois de um momento, pude perguntar:

— Nunca houve nada, entre vocês?

— Nada.

— Mas ela disse a papai que havia!

— Queria atirá-lo contra mim.

— Nem um beijo?

— Nem um beijo.

— E por que se matou?

— Porque eu disse que amava outra.

Eu podia ter calado, ter deixado a discussão morrer aí. Mas fiz a pergunta:

— Era mentira?

— Não. Verdade.

— Então, quem?

— Você!

— Eu, uma criança?

— Não era criança: era mulher.

Silêncio. Meu coração batia como um louco. Deixei passar um momento; tornei:

— E você disse... que era eu?

— Não. Inventei um nome. Ela morreu sem saber quem era. Disse que ia se matar, não acreditei. Se sou culpado, é de não ter traído seu pai, de ter impedido que ela fizesse uma loucura maior.

— Mas nem um beijo? — perguntei, não me conformando com aquilo.

Nem sei quais eram os meus sentimentos naquele instante! Tantos e tão contraditórios! Mas havia uma coisa que predominava sobre todas as outras, que estava em mim como uma ideia fixa — "eu era mais bonita do que mamãe!". Que pena isso me dava, que vergonha, que remorso — e que deslumbramento! Nunca fui tão feliz e tão desgraçada. Peguei o rosto de Jorge entre as duas mãos:

— Você quer saber de uma coisa, Jorge, quer?

— Quero! — balbuciou.

— Eu não presto, Jorge! Não presto! Sou indigna de que me amem!

Nem ele, nem ninguém compreenderia o impulso que me levou a dizer isso. Era uma necessidade de expiar, pela confissão, a culpa que pesava sobre mim; ou que eu me atribuía. Precisava gritar, talvez exagerar essa culpa:

— Você disse que eu era mais bonita do que mamãe. E isso, você não imagina como me deixou contente! Eu, desde menina, tive inveja de mamãe, da beleza de mamãe. Era uma mágoa que eu não confessava a ninguém, que até escondia de mim mesma. E você me dizendo isso — me deixou numa vaidade, num contentamento!

Jorge não fez comentário nenhum, espantado, talvez me julgando no limiar da loucura; estava aterrado com a minha excitação. Tive uma última explosão, reafirmei, com violência:

— Eu não presto! Não valho nada!

Não pude mais. Fugi, como uma doida, como uma possessa. Ele não fez um gesto, não disse uma palavra. Quando cheguei na porta do meu quarto, vi Cláudio, no fundo do corredor. Estava lá — claro — à espera de que eu saísse, para vir fechar Jorge, de novo.

* * *

QUE SITUAÇÃO A nossa naquela ilha! Aquele pedaço de terra, ou de pedra — perdido no mar — era um pequeno mundo estranho. Cada uma de nós, mulheres, se sentia diferente do que fora, irreconhecível. Eu mesma agia, pensava e sonhava como se fosse outra, como se não restasse da antiga Suzana senão uma tênue memória. E não seria somente a idade, a transformação da menina em mulher. Mas uma série de outras coisas, de misteriosas influências, próprias do ambiente. Para nós, que estávamos ali, a humanidade se reduzira a umas dez pessoas, não mais. Fora aqueles três homens — não contando pouquíssimos empregados — e nós, as moças e vovó, não existia mais ninguém. Às vezes, eu tinha a impressão de que alguma catástrofe destruíra a espécie humana e só aqueles homens e aquelas mulheres, inclusive eu, haviam sobrevivido. Ah, uma ilha assim cria um sentimento pungente de solidão! E ali não havia as normas, as regras morais comuns, as leis que regem as relações humanas. Ou, antes, havia um louco ou quê? Que espécie de laços uniam Cláudio a ele? Teria ele coragem de matar Jorge? Durante os dois dias que se seguiram, não procurava ninguém. Sobretudo, não queria ver nenhum dos homens! Via Noêmia, poucas vezes; ou, então, na mesa. Coisa esquisita e quase fúnebre as nossas refeições. Ninguém falava, a não ser Cláudio, uma vez ou outra. Tio Aristeu não dizia nada; olhava, de vez em quando, para Noêmia, para mim, como se estivesse escolhendo eu ou ela ou as duas. Noêmia não parava de olhar para ele, numa adoração que, não sei por quê, me irritava de uma maneira intolerável. Cada dia, ela se enfeitava mais. Trouxera lá de casa as melhores roupas para si mesma; e para mim, quase nada, senão o indispensável. A lingerie de mamãe, as peças finas, leves, ideais, que eu tanto adorava — não se lembrara de trazer. E de propósito. Vivia fechada no seu sonho. Era isso que me irritava mais, que me punha nervosa. Uma vez, quis lhe falar, ia justamente reclamar que não tivesse apanhado quase nenhuma roupa para mim. Ela foi seca, cortante:

— Não fale comigo.

E eu tão boba que ainda perguntei:

— Que é que houve?

— Nada. Só que não quero mais falar com você.

— Então, está bem.

— Pois é.

Fiquei sem graça mesmo, com uma sensação incrível de derrota, de humilhação! Ah, se eu soubesse! Também eu fora dar confiança de chamá-la. "Bem feito", disse para mim mesma, querendo me atormentar. E fiquei tão irritada que não me contive. Arranjei uma maneira de, pouco depois, tocar no seu ponto fraco (sabia, tinha certeza de que ela ia se doer toda, ficar fora de si). Disse-lhe — era depois do jantar:

— Eu antes não queria nada com tio Aristeu, mas agora quero!

Pura criancice. Falei assim, por falar, sem refletir, só para me vingar. Deus me livre de querer alguma coisa com ele, a sério. Nunca, nem que me matassem. Ela virou-se para mim, numa palidez que até me impressionou. Tinha gente perto, de maneira que falávamos baixo. Ela ameaçou, entre dentes, de modo que eu, só eu percebesse:

— Não se faça de boba!

— Sério, minha filha!

Vi sua expressão de sofrimento e, sobretudo, de medo. Ficamos olhando uma para outra; eu, subitamente feliz, de vê-la tão frágil, já com lágrimas nos olhos; e na dúvida se eu dissera aquilo de coração ou se apenas queria assustá-la. Maria Helena vinha se aproximando. Noêmia se afastou, rápida, como se temesse a irmã. Desde que chegara na ilha que Maria Helena era outra. Mudara como da noite para o dia. Não falava com ninguém, mergulhada em não sei que cismas, que sonhos. Era uma melancolia que não a abandonava, que parecia consumir sua alma, sua vida, tudo.

De vez em quando, não sei por quê, me vinha a ideia de que ela acabaria enlouquecendo ali, naquela ilha maldita. Chegou junto de mim; e foi só olhando-a, rosto com rosto, que me lembrei de que a pobre devia gostar de tio Aristeu. Vinha me dizer umas coisas inteiramente fora de propósito:

— Você vai ver, Suzana: isso vai acabar mal.

— Isso o quê?

— Isso! Você gosta dele...

— Eu, não!

— Gosta, sim. Pensa que não, mas gosta. Noêmia também gosta. E eu. Todas!

Fiquei aterrada. Não com o que ela dizia, mas com o seu ar, a expressão de sonâmbula ou de louca. Não acrescentou mais nada; vi-a afastar-se e talvez aí tive a consciência de nossa verdadeira situação. Aquilo estava ficando trágico! Seria possível que todas só amassem um homem? "Menos eu", protestei, para mim mesma. "Eu não amo ninguém." Ao mesmo tempo, estava assustadíssima. "Sou fraca; e estou numa ilha. Aqui não tem outros homens, senão tio Aristeu. Os outros dois não contam, porque tio Aristeu não deixaria..." Fiz outra reflexão, ainda mais alarmante: "Uma mulher que só conhecesse um homem acabaria se apaixonando por esse homem". E a minha situação era talvez essa. Praticamente, só havia ali tio Aristeu. Tão abstrata estava que não vi que alguém chegava perto de mim. Voltei-me, assustada. Vi vovó na minha frente. Parecia doente, com uma palidez de defunta. Vinha me anunciar:

— Suzana, consenti no seu casamento.

17

PELA PRIMEIRA VEZ, EU via minha avó derrotada. Não era mais a mesma, não tinha aquela frieza de sentimento, aquele poder de vontade, que, antes, me metiam tanto medo. Encontrara alguém mais forte, uma força superior. E o que me impressionava, acima de tudo, era a cor azulada de sua pele, como se não fosse mais uma mulher viva e sim uma defunta que teimasse em viver. Sentou-se numa banqueta, perto de mim; entrelaçou as mãos; e eu percebi que só havia na sua alma, e na sua boca, um gosto de fel. Eu teria tido pena de ver o seu orgulho abatido, se não fosse a minha própria situação. Havia em mim fermentando o medo que é inseparável da vida da mulher. Esse medo voltava como um sentimento constante que nós não conseguimos nunca destruir. Lembro-me que durante algum tempo — talvez uns dois minutos, não mais — ficamos olhando uma para a outra. Foi aí que o pânico começou a trabalhar dentro de mim. Minha voz interior repetiu: "Não, não, não!". Lembrei-me que o casamento é para a vida toda; que nunca mais poderia olhar para outro homem. Casar, só com divórcio. Além disso, outra coisa me doía. Era a revolta de ver que vovó não pensava em mim, mas só em Jorge. Queria salvá-lo, e contanto que atingisse esse objetivo, pronto! Nada mais importava. Eu que sofresse, que me desgraçasse. Levantei-me e parece que o meu ar, a expressão do meu rosto, assustou-a, porque ela se levantou também e encarou comigo:

— Não, vovó, não!

Dizia isso recuando, como se quisesse criar uma distância entre nós. Ela não entendeu logo ou não quis entender:

— Não o quê?

— Eu não quero me casar com tio Aristeu. Não posso.

Alguma coisa lampejou nos seus olhos, talvez a sua cólera fria que tantas vezes me amedrontara na vida. Mas o próprio terror me dava a coragem de enfrentá-la. Eu, que vinha recuando, parei; ficamos, pela primeira vez, rosto a rosto. Mas vovó estava alquebrada; percebi que não gritaria comigo, não me ameaçaria. Todo o seu rosto, os olhos, a boca, a atitude — exprimiam apelo e, ao mesmo tempo, espanto:

— Não se casa por quê?

Pensei, na procura desesperada de um argumento. Lembrei-me, afinal, do único argumento que importava:

— Porque não gosto dele.

— Mas que é que tem?

— A senhora acha pouco?

— Acho. Já não lhe disse que a mulher não se casa nunca com o homem que ama? Ah, se você tivesse mais experiência, se tivesse visto o que vi, o que tenho visto!

Teimei, num desespero de mulher acuada, de mulher que defende seu corpo, sua alma, seu destino. Confessei o sentimento que ele me inspirava:

— Tenho medo dele — compreendeu? Sabe o que é medo? Não está em mim, não posso! Eu não ficaria sozinha com esse homem, de noite!

Foi aí que vovó se irritou. Mudou de atitude; veio para cima de mim agressiva:

— Medo o quê! Medo coisa nenhuma! Se tivesse tanto medo, não teria ido para a praia com ele, de noite!

— Mas eu não fui por querer. Estava fugindo...

— Pensa que eu acredito? Vocês combinaram o encontro. E, ainda por cima, você veio de colo — imagine!

Era esse o detalhe que se gravara no seu espírito e que a exasperava — que eu tivesse chegado nos braços de tio Aristeu. Parecia-lhe evidente por causa disso que existisse, entre nós, um sentimento qualquer, um amor, pelo menos uma ternura nascente. Gritei:

— Ele parece um gorila!

As lágrimas me vinham aos olhos e que ódio! Eu não queria chorar! Desejaria permanecer firme, dona de mim mesma, dos meus nervos. Mas vovó já mudava outra vez. Pegou-me na mão e vi, notei que seus olhos também se enchiam d'água.

— Suzana, ele mata Jorge! Se você não casar, ele mata, tenho certeza! Esse homem não tem coração, é capaz de tudo! Mata, percebeu? E prende a gente aqui a vida toda!

— E eu é que devo me sacrificar?

— Peço-lhe, por tudo que há de sagrado. E depois, há o seguinte: se você não quiser, sabe o que ele faz?...

Fez um suspense para me impressionar. Eu, realmente, senti o coração apertado, uma angústia nova. Espiamos uma à outra. Vovó baixou a voz:

— Se você não quiser, ele tem outros recursos.

— Quais? — quis saber.

E ela, lacônica:

— A força.

— Como?

— Ele usa a força. Você não se iluda, Suzana, não se iluda. Ele é dono de todas nós. Faz com a gente o que quiser. Mas se você ceder é outra coisa.

Eu me continha, meu Deus! Minha vontade era não sei o quê, era dizer desaforos, gritar. Mas quis ver até onde ela chegava no seu pavoroso egoísmo. Vovó dizia, subitamente adoçada pela perspectiva que ia ela mesma criando:

— Ele solta Jorge; deixa a gente ir embora...

— E eu fico?

— Mas que é que tem?

Ironizei, num desespero de alma absoluto:

— Ah, não tem nada de mais! Vocês vão embora e eu fico aqui sozinha, com esse monstro, esse louco!

— Você prefere que ele mate Jorge? Ou, então, que use a força!

— Não interessa, vovó — eu estava cansada, tão cansada —, eu não me caso. Ele que faça o que bem entender.

Só aí, destruída a última esperança, é que ela perdeu a cabeça. Nem pude fugir com o rosto, porque a bofetada estalou em plena face. Foi uma só, mas que marcou a minha pele e deixou como que um estigma na minha alma. Sem saber o que fazer, sem ter consciência de nada, levei a mão à face. Vovó tinha ido embora — eu já estava sozinha. Logo depois, bateram na porta (eu que queria tanto ficar sozinha, precisava ficar sozinha). Fui abrir sem calcular quem podia ser e tive um choque — um homem estava diante de mim, um desconhecido, alguém que eu nunca vira em minha vida. Passou-se muito tempo antes que um de nós falasse. Eu pensava: "Não é possível, não é possível". Quem seria, minha Nossa Senhora? Ninguém surge assim e muito menos numa ilha onde não há visitantes e os moradores são limitados e ultraconhecidos.

E, além do mais, alguma coisa naquele estranho me impressionava profundamente. Não sei se eram as próprias feições, os traços, ou se uma irradiação, uma espécie de magnetismo. Desses homens que uma mulher não vê sem um certo frêmito. Eu não falava, nem ele. Outra coisa, que me esquecia: ele dava uma impressão de vitalidade, de energia, de força contida. Ah, eu não sei quanto tempo ficaríamos assim, eu olhando para ele, ele olhando para mim (que situação esquisita!), se o desconhecido não tomasse a iniciativa. Perguntou apenas:

— Não me conhece mais?

Não respondi nada, de momento. O sangue todo me fugiu do rosto e foi como se o meu coração tivesse parado de bater. Foi esta uma das sensações mais violentas que tive na vida. Mesmo que eu viva cem anos, creio que não experimentarei um espanto tão absoluto. Pela voz, acabava de reconhecê-lo; era o próprio tio Aristeu, mas outro tio Aristeu, uma criatura que, ao mesmo tempo, me era familiar e desconhecida.

— O senhor? — balbuciei.

Sabia que não estava sonhando, mas aquilo me dava uma sensação de delírio. E, no entanto, toda a diferença profunda que me surpreendia, que me estonteava, residia num fato aparentemente sem importância: ele estava sem barba. Parecia, não só muito mais moço, mas outra criatura. Uma coisa, sobretudo, eu procurava descobrir em mim mesma: se a mudança que se operara nele fora para melhor ou pior. Estava confusa, tonta. Procurava confrontar os dois homens: o de agora e o de antes.

Teve um riso macio:

— Estou muito feio?

Pude dizer no meu estonteamento:

— Não me pergunte, porque não sei nada.

Só Deus sabe quanto eu estava sendo sincera. Mas não tive tempo para pensar muito, porque ele entrava e me fazia entrar. Vi-o fechar a porta. Respirei fundo, para que o coração voltasse ao ritmo normal. Estávamos em pé, mas ele não pensava em sentar-se, nem eu o convidei para isso. E não me cansava de olhá-lo. Olhava com avidez, procurando identificá-lo através de uma fisionomia que aparecia como nova. Estremeci, quando ouvi o som de sua voz:

— Sua avó me disse que você não queria o casamento. É verdade?

Fiquei calada, como se uma invisível mordaça me impedisse de abrir a boca. Insistiu:

— É verdade, ou não é?

Um frio nervoso me invadiu. Cruzei instintivamente as mãos sobre o peito. Estava incapaz de responder a uma pergunta tão simples. Olhava apenas, como se não estivesse ainda convencida da realidade daquele rosto. Só depois de algum tempo é que, forçando a vontade, articulei:

— É verdade, sim.

Pausa. Ele me segurou o queixo (este contato físico me arrepiou). Senti que seu olhar me varava, me via por dentro. Compreendi, naquele momento, com mais nitidez, que aquele homem que me apavorava, ao mesmo tempo, me atraía. Ouvi, de novo, sua voz, tão máscula, tão quente:

— Foi melhor assim. Porque se você aceitasse — eu teria de soltar Jorge. Agora, não; vou fazer o que queria...

— O quê?

— Você verá.

— Não! Isso que você quer fazer é um crime!

Riu o bandido. Achou graça em mim, na minha exclamação. E, de novo sério, disse uma verdade que eu não me esqueceria nunca mais:

— Nada que eu faça aqui é crime.

Olhei-o num sentimento misto de espanto e de terror. Desta vez, ele não brincava; compreendi que tio Aristeu era uma natureza estranha, selvagem, potente, que se colocara acima do bem e do mal, que nada respeitava e só obedecia à própria vontade. Imaginem eu casada com aquele homem, beijada por ele, sentindo crescer em torno de mim o seu ciúme! Calculei que tudo nele seria violento demais, ardente demais, que uma carícia sua devia ser brutal, sem nenhuma ternura, nenhum requinte. Eu nem me mexia, minha Nossa Senhora! Deixei-o falar, deixei-o olhar para mim, como se eu fosse uma mulher conquistada, e para sempre conquistada. Apontava para mim:

— Se eu matasse você, não me aconteceria nada. Você antes de morrer podia pedir socorro, que ninguém acudiria.

— E o senhor... — comecei.

— Diga você.

— "Você" faria isso?

— Isso o quê?

— Seria capaz de me matar?

— Depende.

— Diga: seria ou não seria?

Bem sei que era bobo esse interrogatório, digno de uma menina. Mas eu queria, através de suas respostas, olhar um pouco a sua alma, a profundidade do seu sentimento, a força do seu sonho. Então, confessou, com uma súbita tristeza, que lhe adoçou a fisionomia e tornou seus olhos quase bonitos:

— Se, por exemplo, você me traísse, eu a mataria. Mas acontece que...

Esperei que completasse. E ele:

— ... acontece que eu não sou um homem que se traia. Qualquer mulher tem medo de mim, me respeita, sabe que eu sou capaz de tudo. Você quer me conhecer um pouco?

Que é que eu podia responder? Respondi:

— Quero.

— Então venha.

Ele me levou e eu o segui dócil, como uma menininha sem vontade. Não sabia, não tinha a menor ideia para onde me conduzia. Ele ia na frente e eu pouco atrás. Atravessamos todo o longo e escuro corredor. Ninguém apareceu. Parou diante da porta de Jorge. Meu coração começou a bater com mais força, devo ter empalidecido. Olhou para mim, antes de abrir a porta sem bater. De fora, antes de entrar, olhei espantada para o interior do quarto. Abafei um grito e tive uma vontade de correr, fugir dali, não ver nada daquilo: Jorge aparecia seguro por dois homens, em quem reconheci os tripulantes do rebocador. Estava nu da cintura para cima e vi, nos seus olhos, em toda a sua atitude, a tensão da espera. Exclamou, assim que me viu:

— Vá-se embora!

Voltei-me para tio Aristeu, cujo rosto se ensombrecera, adquirira uma expressão selvagem que eu jamais vira em fisionomia humana. Quase não tive voz para perguntar:

— Mas que é isso?

Tio Aristeu respondeu com uma ordem:

— Entre.

— Não, não quero.

— Faço questão.

Eu recuava, já pronta para correr; mas ele adivinhou meu pensamento e, rápido, segurou-me pelo pulso:

— Não foge, não senhora!

— Eu grito!

— Pois grite!

Lembrei-me do que ele já advertira: de que eu poderia espernear, gritar naquela ilha, que ninguém acudiria. Tive o sentimento de uma impotência absoluta. Derrotada, só quis saber uma coisa:

— O que é que o senhor — você vai fazer com ele?

— Matar. E você vendo! Quero que você assista.

Fechei os olhos, transida, porque via Jorge se debatendo entre os dois homens. Mas seu esforço era inútil. Mais fortes, os outros o dominavam. Ele gritou, na sua cólera cega:

— Canalhas! Canalhas!

E para tio Aristeu:

— Você é um covarde!

Ouvi barulho no corredor. Eram vovó, Maria Luiza e minhas tias Hermínia e Laura, que se aproximavam, correndo, ambas com uma expressão de espanto, de medo, atraídas pelos gritos. Noêmia ficou, à distância, não querendo se juntar às outras. Parecia uma mulher petrificada, no meio do corredor. Antes de chegarem perto de nós as outras já perguntavam: "Que é? Que foi?". Vovó entrou no quarto, se agarrou, se abraçou com Jorge, chorava com o rosto encostado no seu peito nu e branco. Maria Luiza, como uma possessa, batia num dos homens com os dois punhos cerrados. Só tia Hermínia não dizia nada; sua expressão era de louca. E teve um gesto que espantou, assombrou todo mundo. Abraçou-se a Jorge, beijou-o no rosto — beijos rápidos e curtos — e, de repente, sua boca procurou a dele, numa espécie de fome. Bradei:

— Parem com isso!

Então, tia Hermínia recuou, crucificada de vergonha. Baixou a cabeça e fugiu pelo corredor.

Vovó correu para mim:

— Está vendo, Suzana?

Senti a sua acusação, o ódio que havia dentro de suas palavras. Disse tudo que uma mulher pode dizer a outra, usou palavras até infames. Afirmou, reafirmou, na sua histeria:

— Se ele morrer, você é a culpada!

Olhei para tio Aristeu, lívida. Ele via aquilo, com um certo sadismo. Não dizia nada, mas aquele frenesi de mulheres parecia fasciná-lo. Cerrei os olhos. As palavras de vovó, e as de Maria Luiza, me chegavam aos ouvidos como se viessem de longe. Eu já não entendia mais nada; era como se houvesse um clamor dentro de minha cabeça. Escutei quando Jorge gritou:

— Deixe eles me matarem, Suzana! Mas não se case! Ouviu, Suzana? Não se case!

Como uma sonâmbula, uma mulher que estivesse morta por dentro, virei-me enquanto as duas gritavam maldições atrás de mim — e disse para tio Aristeu, que esperava:

— Eu me caso com o senhor, sim, tio Aristeu.

Então, senti uma coisa, uma tonteira, tudo começou a rodar na minha frente e a última coisa que pensei foi o seguinte: "Vou cair". Creio que tio Aristeu só teve tempo de me agarrar, de me suspender nos braços. Ainda ouvi uma voz de homem — uma voz intensa, musical — dizendo só para mim, para meu coração:

— Meu amor!

Depois, perdi a consciência de tudo.

18

NÃO SEI, NEM ME disseram, quanto tempo durou meu desmaio. Depois, gradualmente, voltei à realidade. Tio Aristeu me fez sentar numa cadeira.

Só depois, então, uma espécie de loucura — de lúcida loucura — se apossou dele. Mandou que soltassem Jorge, deu ordens, explicou:

— Ele ficará, aí, até o dia do embarque.

Prestei atenção à atitude de Jorge. Ainda fraco, ele mal se sustinha em pé; teve que se sentar na cama. E daí, ofegando, ficou assistindo — o ódio ardendo nos seus olhos. Ainda quis se levantar, avançar para tio Aristeu. Vovó o deteve; obrigou-o a sentar, pedindo por tudo:

— Não, Jorge, não!

Mas ele não se aquietava, atormentado pela febre, num ódio cada vez mais concentrado, mais fanático. Ameaçou tio Aristeu:

— Você vai ver! Você me paga!

Tio Aristeu nem ouviu, ou não ligou. Toda a sua raiva por Jorge se dissolvia no amor a mim. Segurava-me pela mão, numa tensão de alegria que o transfigurava. Sobretudo, me olhava, como se eu fosse, não uma mulher como as outras, mas uma imagem, uma visão. Seu olhar me queimava; era como se eu já fosse uma mulher dele. Eu não dizia nada. Tudo aquilo me parecia irreal. Era como se eu estivesse sonhando. Fazia as reflexões mais infantis: "Quando a gente se casa, é só de um homem, do mesmo homem, a vida inteira. Não pode nunca olhar para outro. Só tem direito de pensar no marido".

De repente, me veio uma vontade de chorar, mas de chorar muito, em silêncio, sozinha, sem nenhuma testemunha para as minhas lágrimas. Jorge ficou, de novo, encarcerado; e, do lado de fora, quando todos nós íamos embora, ouvi os gritos dele, as maldições. Tio Aristeu me levava pela mão, dando a mim mesma a impressão de que eu era menina. As outras ficaram na casa, mas eu e ele fomos para fora. Vinha do mar um vento frio que mexia nos meus cabelos e me fustigava as saias. Andamos não sei quanto tempo — em silêncio, na direção da praia. Tio Aristeu propôs:

— Vamos sentar na areia.

Eu não disse que sim, nem que não. Deixava-me conduzir como uma autômata. Naquele momento, não tinha consciência, nem vontade, nem alma, sentia-me oca por dentro. Estávamos agora pertinho do mar; sentei-me e ele se deitou de bruços, ao meu lado. Olhei-o com uma nova curiosidade e nunca vi uma fisionomia de homem exprimir tanta felicidade, tanta alegria de viver. De repente, ele disse, baixo, como se falasse para si mesmo:

— Minha!

Exprimia com esta palavra o sentimento, a ideia da posse. Tive um choque, um sofrimento de carne e de alma. "Sou dele", pensei. E me veio, de repente, a necessidade de perguntar e de saber:

— Será que uma mulher pode ser de um homem, completamente de um homem, só e eternamente dele?

Parecia-me incrível que isso fosse possível, que uma mulher pudesse ter um dono definitivo. Seus olhos estavam perto dos meus — com uma luz intensa que me fez desviar a vista. Fechei os olhos; ouvi sua voz:

— Pode, sim. — E, depois de uma pausa, acrescentou: — Você não é minha?

— Ainda não.

Riu maciamente:

— É.

Eu ia negar — já possuída de irritação — quando, olhando na direção da casa, vi um vulto, pequenino, na distância. Identifiquei logo: era Noêmia. Devia estar, ali, parada, há muito tempo — espiando a gente. Tio Aristeu não podia vê-la e eu preferi que continuasse ignorando a existência daquela testemunha. Calculei logo: "Ela nos seguiu. Deve estar louca de ciúmes". E isto, esta certeza, me deu uma brusca alegria, um prazer agudo e perverso e um sentimento de que eu vencera aquela moça bonita. Olhei-a ainda uma vez, enquanto tio Aristeu mexia na areia. Vi que Noêmia avançava agora. Viria até nós. Quis conhecer melhor aquele homem de quem prometera ser a esposa:

— Que é que você acha de Noêmia?

(Achava tão esquisito tratá-lo de você!)

— Acha como?

— Bonita?

— Mais ou menos.

— Isso não é resposta.

— Linda — pronto. — E riu, como se achasse graça.

Sim, ele achava graça, prestava-se àquele interrogatório. Eu ainda ia perguntar: "Mais do que eu?", mas não tive tempo. Ela chegara; estava a dois passos de nós e eu tive — para que negá-lo — uma espécie de sofrimento. Percebi que sempre experimentaria este desgosto diante de uma mulher bonita. Naquele momento, julgava Noêmia de mulher para mulher. Era realmente linda, um desses tipos que um homem não pode ver sem sonhar. Como tio Aristeu, virado para outro lado, continuasse a não perceber a sua presença, avisei, seca:

— Noêmia está aí.

Ele se virou, rápido; fincou os joelhos na areia, agora de frente para ela. Prestei atenção ao olhar com que a envolveu. Observei, então, uma coisa: a expressão dos seus olhos mudava quando a via. Descobri que eu e Noêmia inspirávamos a ele sentimentos diferentes. Talvez tio Aristeu me julgasse um pouco menina e ela uma mulher realizada. Fixei-o com uma nova curiosidade, enquanto se prolongava um silêncio estranho e opressivo. Noêmia, de pé, estava de frente para o mar, os cabelos mexidos pelo vento, as saias modelando as formas e o perfil nítido e lindo. Levantei-me, também, com uma mágoa secreta e ilógica, passando as mãos na saia, para tirar a areia. "Será ela mais bonita do que eu?", perguntei a mim mesma. Mas não era este o problema: "Será mais mulher?". E isso, a possibilidade de que ela fosse "mais mulher", me deu uma súbita tristeza, uma revolta que ninguém pode imaginar. Não sei quanto tempo ficaríamos num silêncio absurdo, se, de repente, ela não começasse a falar. Sentou-se na areia, perto de tio Aristeu, que não se moveu, olhando ora para mim, ora para ela. Noêmia parecia não se dirigir nem a mim, nem a ele; olhava para o mar, enchia a mão de areia:

— Achei interessante a atitude de Hermínia. É raro que uma mulher faça aquilo.

— Aquilo, o quê? — perguntei.

— Então, você não viu? Aquilo que ela fez com Jorge? Teve a iniciativa de beijá-lo e na frente de todo mundo, com todo mundo vendo! Achei isso bonito, linda essa coragem! Você não acha, Suzana?

— Depende.

— Como depende?

Pensei um pouco, antes de responder:

— A mulher que faz isso está tomando uma atitude que só o homem deve ter.

— Bobagem! — interrompeu Noêmia; na sua excitação, levantou-se. — Por que a mulher deve sempre esperar que o homem faça? Por que não tomará ela a iniciativa?

— Uma questão de pudor.

Noêmia, então, riu, não sem uma espécie de desespero. Seus olhos se velavam; parecia lutar com os próprios sentimentos. Só tio Aristeu não dizia nada, atento ao nosso diálogo, procurando descobrir o sentido secreto de nossas palavras. Noêmia continuava, numa excitação progressiva:

— Por exemplo. Se eu gosto de um homem e tenho vontade de beijá-lo? Diga — que é que devo fazer?

— Nada.

As próprias palavras e as minhas réplicas aumentavam a sua tensão. Encarou comigo:

— Nada? Você acha, então, que não devo fazer nada?

— Talvez esperar que ele tome a iniciativa.

Ela se desesperou:

— Mas se ele não tem? Percebe? Se ele não faz nada, se eu ando em torno dele, à toa e ele não se decide?… Por exemplo: faz de conta que eu gosto — deixa eu ver — ah! de Aristeu. Pronto — de Aristeu. Suponhamos que eu gosto dele, mas ele quase não me dá confiança.

Só aí percebi que não pararia mais, que iria até o fim. Esperei o resto, que não demorou muito. Ela que evitava, até aquele momento, olhar tio Aristeu, fixava-o agora, numa espécie de desafio. Foi como que se esquecesse a minha presença, como se criasse em torno de si e dele uma solidão absoluta. Tio Aristeu não dizia nada. E eu, espantada, tonta, sem saber ainda o que tudo aquilo queria dizer. Vi-a abaixar-se, falar com ele, rosto a rosto, já sem excitação, numa espécie de apaixonada serenidade:

— Eu poderia ter a iniciativa de acariciá-lo ou não? De passar a mão pelos cabelos dele assim…

E, realmente, sua mão, seus dedos mexiam nos cabelos dele. Tio Aristeu não fez um gesto, como se dela, de sua feminilidade intensa, irradiasse alguma coisa, se desprendesse um encanto maléfico. Eu não sabia o que dizer, o que fazer. Primeiro foi o espanto que me dominou; depois, pouco a pouco, alguma coisa germinou em mim, cresceu. Era a revolta da mulher que é excluída, esquecida, humilhada. Repeti para mim mesma, várias vezes, a palavra: "Cínica! Cínica!". Ela caíra de joelhos, estava ao lado de tio Aristeu e ele não se mexera, apoiando-se nos cotovelos, meio corpo erguido. Olhei para Noêmia, tive que reconhecer: o amor a embelezava, lhe dava uma espécie de luz, um frêmito. Ela prosseguia, baixando a voz:

— Podia também, até, fazer assim…

Vi seu rosto aproximar-se, mais e mais, do rosto de tio Aristeu; vi sua boca entreabrir-se, na fome do beijo. Então, não pude mais.

Saí correndo, enterrando os pés na areia, chorando como talvez nunca tivesse chorado. Só parei muito tempo depois, muito longe, quando os dois já não podiam me ver. Mergulhei o rosto nas duas mãos e continuei no meu pranto. A única coisa que havia em mim era o desejo de vingança. E outra coisa: talvez fosse aquela a minha primeira humilhação de mulher. Até hoje, quando me lembro, ainda me vem uma cólera, um arrependimento de não ter assumido uma atitude mais violenta. Chorando, no meu pranto interminável, eu pensava: "Se ao menos eu tivesse dado uma bofetada em Noêmia!".

De repente — foi até engraçado — tive a sensação de que havia alguém, ao meu lado. Olhei, assustada, já com vergonha das minhas lágrimas. Tia Hermínia estava junto de mim. Aproximara-se, a areia fofa abafara o rumor dos seus passos. Fui tão boba, naquele momento, tão criança, meu Deus do céu! Em vez de disfarçar, arranjar uma desculpa, que era o que devia ter feito, me levantei, atirei-me nos braços da pobre mulher. Nem reparei no seu ar estranho, inquietante, de agonia petrificada. Ela não se mexeu, não fez uma pergunta, não disse uma palavra. Deixou que eu falasse, me expandisse (tinha os braços caídos ao longo do corpo, enquanto eu a apertava em desespero):

— Na minha frente, tia Hermínia — imagine! — Na minha cara!

Era isso que me deixava fora de mim; que não tivessem nem respeitado a minha presença. E Noêmia tinha feito de propósito, para me humilhar. No meu pranto, só dizia, obcecada:

— Me fizeram de boba, titia! Mas eles vão ver!

Foi aí que observei seu ar. Parecia nem sei o quê, era como se toda a vida tivesse abandonado seu corpo; ou como se ela estivesse vendo, na sua frente, a face da morte. E pálida, fria, rígida. Recuei, com medo:

— Que foi, titia? Que é que a senhora tem?

Subitamente, aquela impassibilidade se desfez. Tomou minhas mãos entre as suas, procurou ver minha alma através dos meus olhos. Afagou docemente minhas mãos — com uma ternura que eu jamais conhecera nela. Disse para mim com uma voz tão doce que nem parecia deste mundo:

— Não fique assim, minha filha! Não chore!

Era um apelo que me fazia, como se fosse, não aquela tia fria, seca, esquiva que eu sempre conhecera — mas uma amiga, uma irmã. Recomecei a chorar, mas agora as lágrimas não me faziam mal, eram doces, eram puras. Lembro-me que tia Hermínia me puxou para si, me apertou nos braços, como se fosse morrer e se despedisse para sempre. Ouvi a sua voz me dizendo:

— Quero lhe fazer uma confissão, Suzana.

Espantei-me.

— A mim?

Ela nunca usara comigo aquele tom de quem pede desculpas. Eu estava com o rosto na altura do seu coração, sentindo as pancadas. Não podia ver sua fisionomia, nem podia imaginar que estivesse chorando. Ela continuou:

— Você viu o que eu fiz com Jorge, não foi? Aquele beijo que eu dei, na frente de todo mundo? Não me arrependo, Suzana, não me arrependo. A minha vida foi sempre solitária e você pode ficar certa de uma coisa, eu lhe juro, Suzana: a única coisa que eu levo do mundo é esse beijo. Esse beijo que ele não pediu, que ele não desejou, mas que eu dei. Ah, se você soubesse, se pudesse imaginar o que eu senti!... Foi uma coisa, não sei, que nenhuma mulher sentiu.

— A senhora gosta tanto de Jorge?

— Se gosto?

Ficou assim, meio calada. Imagino que sorriu; e seu sorriso terá sido triste como um martírio. Acariciou minha cabeça, enfiou os dedos nos meus cabelos:

— Uma coisa lhe posso garantir, Suzana — nenhuma mulher amou tanto um homem, nenhuma! Eu vou morrer, Suzana...

— Vai?

— Vou.

— Morrer como?

Ela, então, fez sua confissão, sempre apertando minha cabeça de encontro ao peito, para que eu não lhe visse o rosto:

— Quero morrer antes que ele seja de outra. Não me conformo — ouviu, Suzana? — não me conformo que ele seja de outra. Eu acho que um homem só devia pertencer à mulher que gostasse mais dele.

Acentuou as últimas palavras, no seu desespero. Parecia ter, por antecipação, um sentimento de ódio contra a futura esposa do bem-amado. E sentiu subitamente a necessidade de ver meu rosto, de espiá-lo:

— Não pense nunca em Jorge, nunca! Qualquer outro homem menos ele. Olha, Suzana: tio Aristeu serve para você, está muito bom, fará você feliz, tenho a certeza. Isso que aconteceu com Noêmia não é nada. Você o ama?

— Não!

— Então, por que está assim?

— Amor-próprio, ora essa.

— Não faz mal. O despeito que você sente agora ajudará você a gostar dele. Garanto. Só quero lhe dizer uma coisa: viu o que eu fiz? O que a própria Noêmia fez? Pois é: se for preciso, faça o mesmo.

— Eu?

— Você, sim, que é que tem? Eu não fiz? Ela não fez? Ainda digo mais, faça de maneira que ela possa ver, que ela também veja — compreendeu? Vingue-se! Não deixe que outra mulher lhe passe à frente!

Durante um momento, fiquei calada, sem ter o que dizer, pensando. Mas ela estava cansada, queria ir embora.

— Adeus, Suzana.

Nem retribuí a despedida, tal meu espanto. Ela andou alguns passos. Mais adiante parou, voltou-se:

— Mas não se aproxime nunca de Jorge, nunca. Eu amaldiçoarei você, Suzana! Você será a mais infeliz das mulheres — não se esqueça!

Vi-a afastar-se, até que desapareceu da minha vista. Eu estava impressionadíssima com a ênfase sinistra de tia Hermínia ao dizer as últimas palavras. Fiquei em pé, olhando para o mar, sem saber que rumo escolher. De repente, vi os dois: tio Aristeu e Noêmia. Ele vinha na frente e ela um pouco atrás, forçando o passo. A raiva renasceu em mim. Tive ódio daquela moça, da sua beleza, de sua feminilidade viva, de sua sede de amor. Odiei, sobretudo, seu gesto de ainda há pouco, a audácia com que oferecera a boca. Esperei-os, no caminho. Iam passar por mim, bem juntinho de mim. Vinham se aproximando. Tio Aristeu apressava o passo, como se tivesse necessidade de chegar logo ao meu lado. Quando estavam a uns quinze metros, foi que aconteceu aquilo.

Juro que não premeditei nada. Tudo nasceu de um impulso irresistível, espontâneo, de uma força que me arrastou, mais poderosa que minha vontade. Corri, como uma desesperada. Lembro-me que o vento do mar estava cada vez mais frio, mais penetrante; e que havia no ar um perfume, um cheiro vivo de maresia. Quando cheguei perto, me atirei. Foi quase um salto que me fez sentir alada. Tio Aristeu havia parado, me esperando. Caí nos seus braços. Nossas bocas se procuraram e se fundiram. Seria aquilo meu primeiro beijo de amor ou um falso beijo como os outros?

19

FOI TÃO INTERESSANTE! IMAGINO que, no primeiro momento, o que tio Aristeu sentiu foi espanto, nada mais do que espanto. Ele não esperava, nem ele, nem Noêmia, que eu fizesse aquilo. Até eu me surpreendi comigo mesma, com o ímpeto frenético que, sem qualquer premeditação, me fez correr, correr como uma doida e me lançar nos seus braços. Noêmia parou, assombrada, sem compreender. Houve, então, o beijo — por minha culpa, exclusivamente por minha culpa. Eu — e que vergonha ter de confessar! — eu é que tive a iniciativa, que procurei seus lábios, que... A princípio, ele não retribuiu; passaram-se dois ou três segundos, antes que compreendesse. Então, os nossos lábios se uniram. E o mais estranho é que eu não pensava no beijo, nem na emoção que devia sentir, nem na audácia de minha atitude. Só uma coisa me interessava — parece incrível! — era Noêmia, a presença de Noêmia, que devia estar se mordendo. Quando me desprendi de tio Aristeu, não foi para ele que olhei: foi para Noêmia. Queria ler no seu rosto o despeito, a raiva, o desespero que estavam atormentando sua alma. Não falei, não falou tio Aristeu, nem Noêmia. Ele, muito espantado, olhando para mim como se me desconhecesse, como se me visse pela primeira vez. Com toda certeza, havia de estar pensando que eu era doida, apenas isso e nada mais; já Noêmia não escondia o sofrimento: não tirava os olhos de mim. Senti que, entre nós duas, só havia um sentimento possível — o ódio. Percebeu, deve ter percebido, que eu fizera aquilo para magoá-la. Só eu me sentia feliz, mas de uma felicidade intensa, fremente, que era quase um martírio. Tive vontade de dizer para Noêmia:

"Viu?", ou uma coisa assim. Mas vi que ela não aguentava mais, que acabaria chorando todas as suas lágrimas, ali, diante da rival. E foi para evitar isso que, de repente, desatou a correr. Aristeu ainda chamou:

— Noêmia!

Ela não ouviu, se ouviu, não quis atender. Ficamos nós dois vendo-a sumir na distância. Então, ele se voltou para mim; tinha um esboço de riso e fez um gesto para me segurar a mão. Recuei, como fugindo ao seu contato. Toda a doçura desaparecera de minha fisionomia; eu estava fria, dura, dona de mim e completamente lúcida. Ele perguntou, não entendendo o meu gesto:

— Por que isso?

— Eu sei por quê.

— Engraçado — você ainda agora...

Interrompi, ironizando:

— Ainda agora, eu me atirei nos seus braços etc. E daí?

— Deu-me um beijo.

Deixei cair a máscara, enfrentei-o. Nunca me senti tão corajosa, tão valente. Fiz mais: gritei, embora a minha veemência fosse uma surpresa para mim mesma:

— Dei-lhe um beijo e, no mínimo — garanto — você pensou que fosse beijo de amor. Pois não foi. Nunca, em toda a minha vida, gostei tão pouco de um homem. Só Deus sabe o esforço que fiz.

E para ferir aquele gigante, que me contemplava assombrado, fiz um acinte: passei as costas da mão na boca, como se, com isso, quisesse limpar os lábios:

— Está vendo o que é que eu faço — viu?

Ele me olhava, sem compreender ainda, como se minha atitude fosse um enigma vivo. Espantava-o que uma mulher pudesse enganar, mistificar, simular sentimentos. E, sobretudo eu, que ele achava meio criança, meio mulher.

— Mas por que você fez isso, por quê? — perguntou ele, no seu desespero.

— Ainda pergunta por quê?

— Pergunto.

— E aquele beijo de vocês dois, na minha frente? Você não teve a mínima consideração por mim! Está pensando que sou o quê? Que não tenho amor-próprio? Afinal de contas, nós dois somos noivos ou quase.

Ele começou a rir. Primeiro, devagar, mas foi num crescendo, até que seu riso se transformou numa gargalhada. Emudeci, como se estivesse diante de um louco. Ele parecia realmente ter perdido o juízo. Perguntei, na minha ingenuidade:

— Mas está rindo de quê?

Respondeu, sem parar de rir:

— De você, ora!

— De mim?

Confirmou:

— De você, sim. Quer dizer, então, que você está com ciúmes?

Era esse o motivo de sua hilaridade escandalosa. Que ódio, meu Deus do céu, que ódio! Nunca senti na minha vida uma raiva tão grande. Tive vontade de bater naquele bruto, de chorar, de espernear.

Gritei:

— Você está maluco? Está doido?

Só depois é que reparei no tratamento que vinha dando a tio Aristeu. Chamava-o de "você", como se isso fosse um velho hábito. Ele ria ainda, talvez para me provocar. No fundo, devia estar se divertindo como nunca, diante de minhas explosões, tão ingênuas, meu Deus! Segurou-me pelos dois braços, apesar dos esforços que fiz para desprender-me. Achou mais graça ainda na minha impotência:

— Fique quietinha! Assim. Agora podemos falar. Quieta. Diga-me uma coisa: por que é que você está assim? Se não é ciúme, o que é?

— Está me machucando o braço — gemi.

— Mas diga.

— Estou assim, porque tenho amor-próprio.

— Quer dizer que não é ciúme?

Usei o máximo da ênfase possível:

— Não.

— Ah, bem. Assim é melhor.

— Por quê, ora essa?

— Porque então eu posso continuar com Noêmia. Você não se incomoda, não é?

Só então percebi que ele fazia um jogo humilhante com minha ingenuidade. "Está me fazendo de boba", pensei. Mudei logo de atitude. Fingi que concordava:

— Não me incomodo, não. Não tenho nada com o que você faça ou deixe de fazer com Noêmia.

Vi espanto no seu olhar. Esperava talvez — o cínico! — que eu continuasse com a minha fúria de menina boba. Senti que se preocupava com a minha nova atitude. Quis me experimentar, outra vez; disse, como quem não quer nada:

— Estava bom!

E olhava para outro lado, para o lado do mar. Caí na asneira de perguntar:

— Bom o quê?

E tio Aristeu, enfiando as duas mãos nos bolsos:

— O beijo que Noêmia me deu.

Novamente o ódio nasceu em mim. Acho que devo ter empalidecido ou ficado vermelha, não sei. "Preciso me vingar, preciso me vingar", repeti para mim mesma. Não pude falar, porque se o fizesse seria para dizer desaforos. E eu não queria, por nada deste mundo, que ele percebesse a minha cólera. O pior é que, depois, ele acrescentou, como quem me consola:

— O seu também estava bom.

Dizia isso com o maior desplante, o ar de quem está sendo gentil, de quem corrige uma inconveniência recente. Só eu sei o esforço que fiz para adotar o mesmo tom. E, pela primeira vez na vida, suprimi o "tio" (aliás, sem perceber):

— Quer saber de uma coisa, Aristeu? Uma vez Jorge me beijou e…

Mas parei, fiquei suspensa. Nunca vi ninguém se transformar tão de repente. Todo o humor que havia no seu rosto, a alegria que o remoçava — tudo isso desapareceu como por encanto. Não sei bem se o que os seus olhos exprimiam eram o ódio, o simples e obtuso ódio, ou uma dor absoluta, uma dor viva, quase física. Recuei, como se aquela cólera pudesse colher a mim, abater sobre mim. Estendi o braço, num gesto instintivo e inútil de defesa. Por um momento, ele pensou talvez em despedaçar a mulher que dizia isso, que o humilhava assim de uma maneira profunda e mortal!

— Não, titio, não! — balbuciei, num sopro.

Mas ele queria saber, no seu desespero:

— Conte tudo, tudinho. O que é que ele fez, o que esse canalha fez? Beijou você?

Refugiei-me numa negativa:

— Não!

— Mentira!

— Juro!

— Mas você não disse?

— Menti.

— Mentiu, nada!

— Menti, sim!

No meu terror — nunca senti tanto medo — repeti o juramento:

— Juro! Quer que eu jure outra vez?

Ele me olhou, e com uma intensidade, uma penetração tal, que senti como se me visse por dentro, lesse na minha alma. Teve uma última dúvida:

— Nunca?

Tive forças para mentir, de novo:

— Nunca.

Só então tio Aristeu me largou. Durante todo o tempo, suas mãos de ferro tinham apertado o meu braço. Acho que foi esta a maior dor física que senti. E se não gritei é que o medo — um medo maior me punha como que uma invisível mordaça na boca.

Olhei para aquele homem. Ele que, há poucos instantes, ria, brincava comigo, divertia-se à minha custa — tinha uma expressão de crueldade absoluta. Não pude deixar de pensar: "Que faria ele com a mulher que o traísse?". Tio Aristeu falava agora, baixo, respirando forte, como se tivesse acabado de fazer um grande esforço físico:

— Eu não admito mulher que tenha passado. Eu quero ser o passado, o presente, o futuro da mulher. Só eu devo existir antes e depois — compreendeu? São uns imbecis esses homens que não se incomodam com o passado. Eu me incomodo — ouviu? — me incomodo e não admito!

Eu sentia dentro de suas palavras uma vontade potente e terrível. Prosseguiu, com uma violência contida que me assustou mais do que a explosão anterior:

— Se eu soubesse que Jorge ou outro qualquer tinha beijado você, eu...

Não chegou a exprimir o seu pensamento. Eu é que senti, no seu rosto, nos seus olhos, a crueldade dos primeiros homens que apareceram no mundo e dos primeiros amores que floresceram na Terra. Tive vontade de saber, como se a ameaça não expressa me fascinasse:

— O que é que o senhor fazia?

— Quer saber?

Embora temesse, mordida pelo medo, desafiei:

— Quero.

E ele ia dizer — senti que ia dizer — mas se arrependeu à última hora. Ficou olhando para mim, de uma maneira cínica, cruel, aviltante, como se eu fosse nem sei o quê, talvez a última das mulheres; mas logo esta expressão desapareceu, toda a sua fisionomia mudou. Teve um súbito e inesperado sorriso. Ficamos olhando um para o outro, eu cada vez mais interessada naquele rosto tão móvel, tão plástico, que exprimia todas as variações do sentimento masculino. Quando recomeçou, sua voz era outra, quase doce, quase triste:

— Não vale a pena.

Virou-me as costas, mas eu não o deixei ir. Chamei:

— Aristeu!

Parou, pouco adiante. Mais uma vez me admirei de sua diferença, agora que estava sem barba. Sobretudo, parecia tão moço! Eu é que fui ao seu encontro, porque ele não saiu de onde estava. Tive bastante intrepidez para fazer a pergunta que trazia no meu coração:

— Você gosta mesmo de mim?

(Pergunta tão boba, meu Deus.) Sorriu e respondeu, como se fizesse uma concessão:

— Gosto.

— Mas gosta como? Eu poderia bastar, ser a única mulher de sua vida?

Hesitou, antes de responder. Talvez duvidasse de si mesmo, dos seus próprios sentimentos. Ou quem sabe se duvidava de mim ou da mulher em geral? Foi lacônico:

— Depende.

— Já sei.

— O quê?

— Já sei que eu não bastaria para você, não seria a única.

— Quem sabe?

Desta vez, não fiz um gesto para retê-lo. Podia ir embora e lamentei que não fosse para sempre. Outra vez sentia a raiva no meu coração. Ele nem teve a coragem ou a gentileza de mentir. Podia ter admitido que sim, que eu seria a única mulher na sua vida. Mas não. Era tão pouco amor por mim, me considerava tão pouco, que se dispensava de um galanteio. Agora que ele não estava ali, que eu não sentia o magnetismo de sua presença — pude libertar-me do medo. Virei-me para o mar, disse, a meia-voz, com todo o desespero de minha vontade de mulher:

— Ele pode ficar com Noêmia, com quem quiser! Menos comigo!

Cerrava os punhos ao dizer isso, erguia meu rosto, como se quisesse ter o céu como testemunha. Fiz uma espécie de juramento:

— Não serei dele, nunca!

Fechei os olhos. Repeti:

— Nunca!

O COMPROMISSO QUE assumira comigo mesma, na praia, deu-me uma nova energia, uma espécie de certeza em mim mesma e no destino. Quando cheguei em casa, vi gente andando de um lado para outro. Parei, surpreendida. Cláudio vinha ao meu encontro. Fitei-o interrogativa. Ele, então, deu em tom estritamente informativo a notícia:

— Hoje é o jantar de noivado.

A princípio, não compreendi. Perguntei:

— Jantar de noivado?

E ele, muito formal:

— Sim, do seu. Do seu noivado.

Repeti para mim mesma, sentindo que o sangue me fugia todo do rosto: "Do meu noivado. É o jantar do meu noivado". Dizia isso para descobrir o exato sentido destas palavras. Vi uma expressão de espanto no rosto de Cláudio. E como eu, no estonteamento da notícia, ficasse meio perturbada, ele fez um gesto de solicitude, como se quisesse me amparar. Mas reagi logo, disfarcei. Tentei sorrir:

— Não foi nada. Acho que apanhei sol de mais.

Seu olhar estava parado em mim. Outra vez o medo me dominava! Até então, eu considerava a hipótese de noivado, de casamento, como alguma coisa de muito teórica, de muito remota. E eis que, de repente, me sentia diante do fato, não da possibilidade, mas do fato quase realizado. Pensava: "Imagine eu casada com esse homem! Mulher desse homem!".

O juramento feito na praia, sem outra testemunha, senão a minha própria consciência e o mar, estava vivo em mim. Balbuciei para Cláudio:

— Com licença, tenho que ir ali.

Mas ele não se mexeu. Olhou para os lados e para mim, baixo:

— Espere.

— Que é que há? — perguntei, intrigadíssima.

E ele, quase sem mexer os lábios, mais baixo ainda, como se temesse ser ouvido:

— Recebi seu bilhete.

— Meu o quê?

— Seu bilhete.

Por Deus do céu, que nunca houve mulher mais assombrada neste mundo. "Meu bilhete?" Olhei para ele, desconfiando do seu juízo.

Ia perguntar: "Mas que bilhete?". Não sei que instinto me fez calar. Vi vovó fazendo sinais por trás de Cláudio. Ele prosseguiu:

— Eu espero você, à meia-noite, detrás da rocha. Mas antes quero lhe dizer uma coisa: conte comigo. Pode contar.

20

DEIXEI QUE CLÁUDIO FOSSE embora, sem fazer comentário. Nem sei se ele notou ou estranhou o meu espanto. Eu podia ter dito: "Mas que história é essa de bilhete? Quem lhe escreveu bilhete? Eu não fui, meu filho". Não disse nada, porém. Nem sei direito se foi um instinto qualquer ou se os sinais que vovó fazia, atrás de Cláudio, que me emudeceram. Logo que ele se afastou, corri para vovó. Primeiro, ela se certificou de que ninguém observava a gente. Então, me levou para um canto. Vi que alguma coisa a excitava. Eu, por minha vez, começava a ficar nervosa com seus modos.

— Que foi, vovó?

— Ele falou com você?

— Cláudio?

— Sim. Falou no bilhete?

— Pois é — falou num bilhete. Mas eu não escrevi, vovó, bilhete nenhum! Como é isso?

— Fui eu.

— A senhora?

— Eu que escrevi, sim. Mas pus seu nome, claro.

Não estava entendendo direito. De qualquer maneira, porém, aquilo já começava a me assustar. Eu conhecia bem vovó; sabia que ela não recuaria diante de nada, de coisa alguma, para atingir seus objetivos. "Mal, mal", pensei. E em voz alta, disfarçando meus receios:

— Pôs meu nome por quê?

— Você já tinha notado como ele olhava para você?

— Nem sei do que é que a senhora está falando!

— É o seguinte: você nunca observou que ele não tira os olhos de você?

— Cláudio?

— Sim, Cláudio. Quem havia de ser. Notei, logo no primeiro dia. Parece que come você com os olhos.

— E então?

— Ele gosta de você, Suzana. Compreende — gosta!

— Mas não é possível!

Então, ela ralhou comigo, disse que eu era ingênua, boba e uma porção de coisas mais. Que todo mundo já tinha percebido, era evidentíssimo. Só quem fosse cego. Aliás, era compreensível; Cláudio não saía da ilha e lá não havia mulher. Um homem solitário se apaixona muito mais facilmente, perde o juízo, é capaz de todas as loucuras.

— E Noêmia? — perguntei, toda perturbada com a revelação.

— Que é que tem Noêmia?

— Noêmia e as outras? Se eu fosse a única que tivesse vindo para aqui, não digo nada. Mas tem outras. Noêmia, por exemplo.

Ela riu de mim; e, novamente, séria, severa:

— Perca essa mania de Noêmia. Aqui não tem nenhuma mulher mais bonita do que você. Você tem um quê, é uma coisa, não sei, de que os homens gostam.

Fiquei olhando para ela, numa espécie de fascinação, de embriaguez. Tudo aquilo era surpreendente, parecia romance. Gostei que vovó falasse assim de mim, que me elogiasse como mulher e que, sobretudo, destacasse o misterioso e irresistível "quê". E, além disso, me emocionava, de uma maneira profunda, saber que Cláudio gostava de mim. Não que eu gostasse dele, embora o achasse simpático, quase bonito. Mas sempre é bom para uma mulher, doce, saber que um homem a persegue com o seu sonho. Ser "mais bonita", "mais mulher" do que Noêmia me comovia tanto! Vovó prosseguia, excitada, como se uma febre a possuísse:

— Desde que notei "isso" — que ele gostava de você —, tive uma ideia. Pensei: quem sabe se ele não podia ajudar a gente?

— Ajudar como?

— Fazendo a gente sair daqui.

— E tio Aristeu?

— Pois é: sem que Aristeu soubesse, contra a vontade dele, claro. Tudo se faria escondido. E se fosse preciso...

Eu procurava acompanhar seu raciocínio, perceber os desígnios daquela mulher que era minha avó e, no entanto, tão diferente de mim, como uma estranha ou como uma inimiga. Achei no seu ar alguma coisa de sinistro que apertou meu coração. Como ela fizesse uma pausa — temerosa talvez das próprias palavras — eu aticei-a:

— Se fosse preciso?...

Baixou a voz; concluiu, sem tirar os olhos de mim:

— Cláudio poderia "eliminar" Aristeu.

Durante muito tempo, não dissemos nada. Eu olhando para ela, ela olhando para mim. Parecíamos duas inimigas que se espiam. Perguntei:

— A senhora quer dizer que Cláudio "mataria" tio Aristeu? É isso?

— Se fosse preciso.

Então, protestei, alarmada e repugnada com aquele projeto de crime que ela desenvolvera, na minha frente, sem o menor escrúpulo:

— Mas a senhora não vê?

— O que é que eu não vejo?

— Que isso é crime?

Exaltou-se:

— Também é crime prender a gente aqui, sequestrar, ameaçar Jorge de morte.

Fechei os olhos, com o coração batendo como um pássaro louco:

— Cláudio não fará isso!

Refugiava-me nesta impossibilidade. Tentei convencê-la, já num princípio de desespero:

— São muito amigos, amicíssimos!

Vovó triunfou:

— Amigos o quê! Amigos coisa nenhuma! Quando há mulher no meio, não há amigos, não há irmãos, não há coisa nenhuma!

Afirmava isso com uma certeza fanática que me fez estremecer. Novamente, me voltava o horror da vida e das criaturas humanas. E mais: um medo de amar, já que o amor poderia arrastar homens e mulheres às mais sombrias violências. Pensei: "Quem sabe se eu mesma, por causa de amor, não iria ao crime?". Como sofri, meu Deus! Deixei que vovó falasse:

— E todo mundo é assim. Mulher, homem — tudo é a mesma coisa. Quando se gosta, não existe mais nada, a não ser a criatura amada.

— A senhora quer o que de mim?

Ela ia dizer, mas parou. Alguém estava atrás de mim. Voltei-me, rápida: era Maria Luiza, com o seu eterno ar de obcecada. Vovó explicou:

— Ela sabe.

— E as outras?

— Todas!

— Noêmia também?

— Menos Noêmia.

— Ah! — suspirei, como se gostasse de ver alguém excluída da conspiração.

Maria Luiza interveio:

— Noêmia está louca, completamente louca por esse homem. Fará tudo por ele. É capaz de matar ou deixar que nos mate. Viu Aristeu fazer o que fez com Jorge — com o irmão dela — e foi incapaz de protestar. No mínimo, achou tudo muito natural!

— Compreendeu, Suzana? — era vovó que falava. — Tudo está nas suas mãos!

— Não entendo!

— Se você quiser — a voz de vovó fazia-se cariciosa, persuasiva —, se você quiser, poderá, através de Cláudio, conseguir que a gente saia daqui.

— Cláudio não vai querer, vovó!

— Vai, sim, vai — garanto! Ele gosta de você. Não gosta dela.

Olhei em redor. Vinham chegando tia Laura e Maria Helena. Esta também gostava ou gostara de tio Aristeu. Mas o despeito, o ciúme fundira o amor em ódio. Agora seu sonho, sua ideia fixa, era destruí-lo. Tia Laura continuava com o seu ar humilde, discreto, de mulher sempre envergonhada, sem ter de quê. Faltavam tia Hermínia e Noêmia, naturalmente. Todas contra mim, me pondo num canto, exigindo que eu fosse do impudor ao crime, para salvá-las. Impressionou-me que tia Laura, tão boa, tão doce, incapaz de uma violência, estivesse envolvida naquilo. Mas logo percebi a razão: era o medo que a fazia cruel. E, além disso, ela olhava tio Aristeu como um monstro, um anticristo. Devia até achar meritório que o esmagassem. Ouvi vovó dizer:

— No bilhete, que eu assinei com seu nome, eu disse que você iria se encontrar com ele, à meia-noite, na rocha.

Era um lugar que ficava numa das extremidades da ilha — lugar onde ventava mais e onde as ondas vinham rebentar com uma violência maior. Eu teria de ir, lá, sozinha, à meia-noite. Em suma: vovó queria que eu conseguisse de Cláudio que nos levasse, a todos, de volta, no rebocador. Era absurdo, completamente absurdo! A título de que ele faria isso, e assim de repente, sem nenhuma preparação, sem nenhuma persuasão anterior. Quis recusar, mas senti, em torno de mim, o apelo de todas aquelas mulheres. O beijo de Noêmia em tio Aristeu voltou à minha lembrança. Ao mesmo tempo, me lembrei de Jorge que, afinal, não era tão culpado, como eu tinha pensado. Jorge, tio Aristeu, Cláudio... Eram três homens que sonhavam comigo, que talvez morressem por mim. Meu pensamento se fixou num novo tema: eu era amada, amada. Três homens me amavam. Vovó se concentrava para me convencer. Contou que já conversara várias vezes com Cláudio. Que já insinuara que eu gostava dele ou, pelo menos, sentia uma forte simpatia. Claro, porém, que não tocara na possibilidade da fuga. Isso era comigo; eu, só eu, é que devia falar a respeito.

Encarei vovó. Ela perguntou, muito pálida:

— Você vai?

E eu:

— Vou.

Vovó, rápida, me beijou nas duas faces. Tive vontade de gritar: "Não quero seu beijo!". Mas na hora de falar disse outra coisa:

— O que é que a senhora escreveu mais no bilhete?

Senti a sua hesitação. Pensei logo: "No mínimo, escreveu alguma inconveniência que não quer me confessar". Insisti; ela disse, fugindo a uma resposta muito explícita:

— Foi um bilhete muito rápido. Coisa sem importância.

— Mas que coisas foram essas?

Nova hesitação de vovó; Maria Luiza aconselhou:

— É melhor dizer.

— Bem, Suzana: eu escrevi, em suma, que só ele poderia salvá-la. Que...

— Escreveu isso?

Meu espanto não tinha limites. Meu espanto e minha indignação. Nem ao menos ela tinha sido mais discreta. Usara meu nome e, além disso, criara uma situação incrível para mim. Tive tanta raiva que não pude articular uma frase; ou, antes, o máximo que pude dizer foi o seguinte:

— Está bem, vovó. Está bem.

Sim, tio Aristeu havia decidido que aquela seria a noite de nosso noivado. Ele quis criar um ambiente novo dentro da casa. E, para isso, mandou buscar candelabros, improvisar uma iluminação especial. Imaginei que o efeito seria maravilhoso, para nós, que tínhamos vivido, até então, em salas e quartos sinistros, de tão escuros. Veio, para a mesa, uma toalha de linho, toda bordada à mão, que era um sonho. Ele próprio dirigia tudo e, não sem uma certa crueldade, obrigou todas as mulheres, inclusive vovó e Noêmia, a que trabalhassem nos preparativos. Só eu não fazia nada. Encerrei-me no quarto, cada vez mais alarmada com a minha situação. Um problema me preocupava: "Eu gostaria de sair daqui ou não? Será que estou gostando da ilha, desse ambiente, desse mar tão triste?". Tio Aristeu veio bater na minha porta. Foi dizendo que tinha um pedido para me fazer:

— Quero que você hoje ponha o seu melhor vestido.

— Mas não tenho quase vestido nenhum.

Isso o espantou e entristeceu. Não contara com aquela possibilidade que, entretanto, era tão simples, natural. Ficou meio desconcertado, mas logo sua fisionomia se iluminou:

— Já sei! Tenho uma solução!

— Qual?

— Aqui viveu uma moça que tinha o seu corpo. Os vestidos que deixou servem para você — aposto!

Recuei, espantada. Não sei que intuição me veio, naquele momento, que espécie de aviso misterioso. Só sei que, mal ele falou nisso, ocorreu-me a história que vovó me contara: da moça, lírica e bonita, cujo rosto fora cortado a chicote. Não tive a menor piedade; relembrei para ele ouvir:

— Essa moça é uma em que você deu com um chicote, não foi?

Compreendi a expressão "palidez mortal", que os romancistas usam tanto, ao ver como ele ficou branco.

— Quem? — perguntou, como se não percebesse o alcance de minhas palavras.

Insisti, cada vez mais cruel, numa maldade que crescia à medida que via o seu sofrimento:

— E ela até enlouqueceu depois, não foi? É essa, não é?

— É essa, é essa, sim — admitiu, com voz rouca e um ar de meter pena.

— Morreu?

Maquinalmente, ele entrou no quarto. Sentou-se na banqueta e, sem querer, sem sentir, começou a contar:

— Eu gostava dela quase tanto quanto gosto de você. Mas ela não procedeu direito. Eu a conheci na cidade; trouxe-a para aqui. Depois, apareceu, na ilha, um iate, trazendo um amigo, que vinha me visitar. Ela flertou com ele.

— E foi flerte apenas?

— Foi. Flerte ou pouco mais. Eu não tinha percebido; quando descobri, perdi a cabeça. Dei no rosto dela com um chicote que tem aí. Enlouqueceu. Eu acho que nunca houve uma louca tão linda e tão meiga. Não tinha acessos; ficou mais doce do que nunca e sua mania era se enfeitar, se fazer bonita, para meu amigo.

— E ele?

— Lutamos na praia. Tínhamos combinado antes que o vencedor atirasse no mar o corpo do vencido. Assim fiz. Ela, um dia, sem que ninguém visse, saiu e foi procurar no mar o homem que amava. Não sabia de nada, ninguém tinha dito; foi o instinto que a guiou. Durante muitos dias esperei que o corpo de um ou de outro aparecesse boiando. Mas não apareceram nunca.

Ele calou-se, como se isso lhe revolvesse antigas mágoas. Então, subitamente, eu quis saber:

— E Cláudio?

Não estranhou que o nome do amigo surgisse, naquele momento. Explicou a amizade que os unia — amizade que a vida não conseguiria destruir, que talvez continuasse além da morte. Tio Aristeu se iluminava todo quando falava de Cláudio:

— O que nos juntou foi uma tragédia parecida: eu e ele fomos "traídos", apenas isso: "traídos".

— Mas um flerte não é traição! — protestei, defendendo, por instinto, por solidariedade de sexo, a memória da morta.

— É traição, sim — teimou. — Você nunca se lembre de flertar com ninguém, Suzana. Guarde isso bem; não se lembre, nunca.

Eu não compreendia aquele exagero passional, aquela fúria contida que, a qualquer momento, poderia desabar sobre mim ou outra qualquer que ele amasse. Ele continuou, explicando agora por que amava a sua ilha e por que tinha ido para lá com o amigo:

— O caso de Cláudio foi assim: ele ia se casar, mas na véspera a noiva confessou que amava outro. Ele fugiu, para não a matar. Eu acabava de passar por um drama igual. Combinamos, então, sair do mundo, viver aqui no ermo, numa solidão que nenhuma mulher pudesse penetrar. Mas um dia tive que sair daqui, para ver seu pai. Era um negócio qualquer, e eu teria que assinar uns papéis. Mal sabia eu que a fatalidade estava à minha espreita, esperando somente que eu saísse da ilha. Pois bem: mal cheguei na cidade, mal desembarquei do rebocador, conheci, isto é, vi sua mãe. Estava no cais, passeando com umas amigas. Conheci-a primeiro, muito antes que seu pai. Você quer saber de uma coisa?

— Quero.

— Foi um amor à primeira vista.

— Amor? — perguntei, com sofrimento.

E ele, se exaltando à medida que falava:

— Amor, sim. Pensei: "Eu me apaixonaria por essa mulher". Mentira, porque a verdade é que eu já estava apaixonado. Segui-a; soube onde morava; não descansei enquanto não falei com ela e nos tornamos amigos e, depois, namorados. Num instante ela me fez esquecer a "outra", a morta. Tudo sem que seu pai soubesse — juro, Suzana, sem que seu pai a conhecesse, nem de vista. Muito depois, nem sei direito onde, alguém o apresentou a ela. Ele começou a falar, então, numa pequena muito interessante. Mas não dizia nem o nome. Brincava: "Estou amando". Ela, por sua vez, não me dizia nada, nada, nem mudou comigo. Até hoje não sei por que não surgiu nunca nas minhas conversas com seu pai, um detalhe, um sinal, um nome, uma informação que a identificasse. Até que ele me disse: "Vou te apresentar, hoje, à pequena mais bonita do mundo". Fui e tive a surpresa, a maior, mais dura, de minha vida: era ela. Compreendeu? Ela! Você sabe o que é isso, imagina o choque que eu tive, a dor, o desespero?

— Calculo — balbuciei.

— Nem eu, nem ela, fizemos qualquer sinal de reconhecimento. Houve apenas um cumprimento convencional, como se fôssemos dois desconhecidos. Dissemo-nos: "Muito prazer"; eu, com um esforço brutal; ela, com a mais doce naturalidade. Daí a momentos, ele saiu para ver não sei o quê. Ela me disse, então, apenas: "Gosto mais dele, Aristeu. Perdoe-me". Apenas isso; e me beijou. Foi este o nosso adeus — esse beijo. Vim, então, para cá, querendo viver aqui, para sempre, como se isto fosse o meu túmulo. Mas não resisti. No dia em que os dois se casaram, voltei à cidade para dizer a seu pai quem era ela. Seu pai não acreditou. E eu…

— Não conte mais nada — implorei. — Não quero saber nada sobre minha mãe. É preciso que ninguém toque no nome dela, para que sua alma possa enfim descansar. Sou eu que lhe peço!

21

MAS, APESAR DE TUDO, eu fazia a mim mesma esta pergunta: "Será esse beijo, esse único beijo, tudo o que se passou entre ele e ela?". Se assim fosse, eu me sentiria feliz, porque não queria que minha pobre morta tivesse ido além. Aristeu parecia cansado. Talvez experimentasse, agora, um sentimento brusco de vergonha, de arrependimento de ter se exposto assim à minha curiosidade meio frívola e irresponsável. Mas eu precisava saber de outras coisas. As histórias de amor sempre me haviam fascinado, sempre haviam despertado em mim não sei que sonhos adormecidos. Não me contive:

— E Cláudio?

Outra vez falava neste nome, em risco de acordar nele alguma suspeita, algum ciúme. Mas Aristeu estava tão mergulhado nas próprias lembranças, e sofria tanto na carne e na alma, que não notou coisa nenhuma, achou com certeza aquela curiosidade perfeitamente lícita. Tinha se levantado, sentou-se outra vez, como se, apesar de tudo, gostasse de insistir naqueles temas que o atormentavam tanto.

— Que é que tem Cláudio?

— Nunca mais gostou de alguém? — Era isso que eu queria saber.

— Nunca. Nem saiu mais da ilha. Vive aqui o tempo todo. Foi muito mais inteligente do que eu, muito mais duro, porque se esqueceu do mundo. A ilha é seu lar, sua pátria, será seu túmulo.

Arregalei meus olhos, num grande espanto. No fundo, sentia-me tocada por aquele homem que fazia de uma ilha, de uma sombria e desconhecida ilha, o seu pequenino mundo fechado. Há quantos anos ele não via, não falava, não sonhava com uma mulher? Que espécie de pensamentos seriam os seus, naquele ermo? Que espécie de sonho? E como poderia viver num lugar que não tinha nenhuma presença feminina, nenhuma voz, nenhum riso, nenhuma figura de mulher? A solidão de Cláudio me pareceu, de momento, a maior de todas, a mais patética. Aristeu pegou minhas mãos. Novamente, senti em mim, percorrendo o meu corpo, fixando-se no meu rosto, o olhar intenso daquele homem, querendo descobrir, penetrar nos mistérios do meu ser:

— Suzana — baixava a voz, apertava minhas mãos entre as suas. — Amei duas vezes; e duas vezes fui traído. Compreende agora? Por que é que eu preciso de uma mulher diferente das outras que eu conheci. De uma mulher que me ame também, que me seja fiel. Mas fiel sempre, até o fim dos tempos? Que não pense, não sonhe com nenhum outro homem? Compreende — diga! — compreende isso, compreende o meu desespero?

Balbuciei, espantada diante de sua angústia:

— Compreendo, sim.

Mas seu olhar continuava fixo em mim. Outra vez, eu tive a sensação de que ele me espiava por dentro, de que via nas profundezas de minha alma. Tive medo, meu Deus, medo daquele homem, da intensidade do seu olhar e da sua tremenda força física que me poderia despedaçar. Ele se vangloriara, uma vez, de que nenhuma mulher o trairia. Mas eu via agora que isso significava a ostentação de uma falsa confiança. No fundo, ele duvidava de si mesmo, da vida, da mulher em geral. Sentia-se fraco, impotente, diante de uma fatalidade qualquer, que o perseguia, que talvez o tivesse marcado para sempre. Apertou-me nos seus braços, sem que eu resistisse, dócil, frágil, abandonada:

— Suzana, você seria fiel?

Eu poderia ter dito, como qualquer mulher diria, nessas condições: "Claro!". Mas não sei, até hoje não sei, o que me emudeceu, naquele momento. Não sei se foi uma honestidade íntima, uma espécie de medo de mim mesma, se a consciência de minha fragilidade; ou então — também pode ser — uma crueldade instintiva, o desejo de fazê-lo sofrer. Não disse nada, não fui capaz de articular uma palavra, uma frase. Só depois de algum tempo é que respondi, mas com outra pergunta:

— Você acha que eu seria?

— Fiel?

— Sim.

E ele, depois de um momento, com uma nova expressão, um ar de crueldade que lhe enfeou o rosto:

— Acho. Não porque você queira. Mas porque eu viverei aqui com você, na ilha. Nós dois, sozinhos, sem mais ninguém, como se isso fosse o nosso túmulo.

— Sozinhos?

Repetiu, feroz:

— Sozinhos! Ninguém mais, só nós dois!

— E Cláudio?

Novamente surgia entre nós aquele nome, como se fosse um imponderável obstáculo, uma invisível presença. Fiquei com medo: "Será que ele vai desconfiar, agora?". Esperei que falasse, medrosa de sua reação. Ele sorriu, com uma doçura inesperada:

— Cláudio ficará conosco. Mas ele não conta. O amor morreu para ele.

Havia tanta candura na sua confiança, que me irritei. Objetei, com uma perfídia, que ele, tão cego, não percebeu:

— Cláudio é homem.

Teimou:

— Mas não como os outros. É diferente.

— Todo homem é igual.

O que eu queria era experimentá-lo, ver até onde ia sua fé no amigo. Mas as minhas palavras não o feriam. Ele continuava irredutível, porque no fundo precisava acreditar em alguém. Cláudio era, ainda, a única coisa que lhe restava, intata, perfeita, a única coisa que a vida não destruíra:

— Cláudio é um santo.

Então, não pude deixar de pensar que os homens, afinal de contas, sempre são mais ingênuos, mais crédulos, do que nós, mulheres. Podem ter mais experiência, mas não possuem essa malícia instintiva, essa perspicácia, essa perversidade espontânea que nós possuímos, por natureza. "Cláudio é um santo." Olhei para ele, espantada, com um sentimento de pena. "Se ele soubesse", pensei, "se pudesse imaginar." Está claro que eu não diria, mas, sem quê nem pra quê, me veio uma raiva de Cláudio, da deslealdade que havia nele, no seu coração. Perguntei a mim mesma: "Será que ninguém presta, meu Deus? Que ninguém é leal, fiel, inclusive eu?". Deixei-o falar, expandir-se à vontade. Parecia febril e era evidente que sofria, tocado por obscuros pressentimentos:

— Suzana — disse ele, puxando-me para si —, você vai ser fiel. Não porque seja esta sua natureza ou sua vontade; mas porque não haverá outra alternativa. Seremos nós dois, só nós dois, como se ninguém mais existisse no mundo. Não havendo um terceiro homem, com quem você me trairia?

Ao dizer isso, tinha no rosto uma expressão de contentamento infantil, de absurda felicidade. Eu sei que poderia ter calado, mas não. Aproveitei a pausa criada pela sua pergunta e incluí, outra vez, o mesmo nome:

— E Cláudio?

Desta vez, senti-o estremecer. Era como se um instinto, uma rápida intuição, lhe roçasse o espírito. Olhou-me atentamente, com aquela maneira intensa e penetrante, que tanto me desgostava e assustava. Mas não desviei a vista. Sustentei o seu olhar, com tranquilo impudor, num mudo desafio. Ele, então, sorriu, definitivamente tranquilizado; seu rosto exprimiu alegria, confiança, a certeza de que o outro não se levantaria entre nós, de que seria apenas uma testemunha cômoda e amiga. Afirmou, para mim:

— Cláudio nunca levantaria os olhos para você.

Ironizei:

— Tem certeza?

— Tenho. Absoluta certeza!

Estendeu a mão, como se fosse fazer um juramento:

— Por ele, ponho a minha mão no fogo.

Levantou-se e caminhou para a porta. Ia devagar, como se alguma coisa o prendesse ali. Gritei, quando pôs a mão no trinco:

— Uma coisa!

— Que é?

Virava-se para mim, feliz, subitamente feliz porque eu o chamara. Queria um pretexto, um motivo, fosse lá o que fosse, para ficar ali o tempo todo, para viver ali, morrer ali. Eu tinha certeza de que homens assim são capazes de manter uma paixão, viva, flamejante, dia após dia, hora após hora, num ritmo eterno. Perguntei, apenas:

— E o casamento?

— Não vai demorar nada.

Expliquei, com um princípio de angústia:

— Não é isso. Eu quero saber, de uma vez por todas, o seguinte: você está disposto a se casar comigo e a desaparecer, como me disse, naquele dia?

Pausa; e a resposta:

— Não.

— Você prometeu.

— Mudei de opinião.

Por Deus, se ele tivesse dito que sim, isto é, que desapareceria — eu denunciaria Cláudio naquele momento, contaria tudo e, enfim, o salvaria. Mas ele preferiu que fosse de outra maneira. Fiquei no meio do quarto, muda, imóvel, com o coração cheio de rancor. Ouvi-o dizer:

— Vou buscar o vestido.

— Não quero.

— Por quê?

— Não interessa o vestido de uma morta.

— Vista, porque senão…

"Senão o quê?", perguntei para mim mesma quando ele saiu. Que é que ele ia fazer? Só faltei bater com o pé no chão, num furor de menina teimosa: "Não visto, não visto, não visto!". Tranquei a porta com a chave. Que mania de todo mundo mandar em mim! A única coisa que eu tinha feito, até então, fora obedecer, a meus pais e a vovó; depois, somente a vovó; agora, a tio Aristeu. Tive uma vontade desesperada de afirmar minha personalidade, de me impor como uma mulher e não como uma menina, a quem todos mandam. Disse, em voz alta, numa espécie de desafio:

— Não ponho o vestido, nem me caso. E quero ver quem me obriga!

Então, ouvi, detrás de mim, aquela voz, que parecia sobrenatural:

— Isso mesmo, Suzana!

Não sei como não dei um grito, porque meu susto foi uma coisa brutal. Era Jorge, Jorge que estava dentro do meu quarto, junto do guarda-vestidos. Jorge, fraco, meu Deus, cambaleante, com a barba de muitos dias e pálido, como um doente. Instantaneamente fiz o cálculo: "Estava escondido detrás do guarda-vestidos, e era há muito tempo. Ouviu toda minha conversa com tio Aristeu". E isso, essa constatação, me deu uma espécie de vergonha. Mas quando veio ao meu encontro, seu passo era incerto e eu o vi vacilar, numa vertigem. Corri, para segurá-lo. Foi um impulso irresistível o meu, uma emoção doce e pungente. Acho, até, que fiquei com os olhos úmidos. Ele dizia, humilhado de se apoiar em mim, mulher:

— Não precisa.

Mas precisava, sim. Se eu o largasse, cairia no chão. Saber que estava doente, fraco, e que por si mesmo não se susteria em pé, era uma coisa que me comovia tanto, tanto! Obriguei-o a sentar-se na banqueta e, de repente, me ocorreu uma lembrança:

— E se aparecer alguém?

Ele não pensava nisso. Naquele momento, acho que só uma coisa lhe importava: era estar perto de mim, sentindo a minha presença viva. Fiquei passiva, sem um gesto, enquanto ele pegava minhas duas mãos, beijava ora uma, ora outra. Tentei, não sei por quê, um protesto:

— Não faça isso, Jorge!

E Jorge, perdido de ternura, num amor que era um martírio:

— É tão bom, Suzana, tão bom!

— Você entrou aqui como?

— Sua avó foi me visitar e eu pude sair um instante...

— Mas volte depressa, antes que descubram.

— Só mais um pouco, já não. Depois eu vou.

Pedia, suplicava como uma criança. Eu me sentia também de uma fragilidade que me aterrava. Era uma doçura que me invadia, um adormecimento da vontade, o desejo de não resistir, de me abandonar. E o que me assustava é que já sentira isso, também, de uma forma talvez menos nítida, com o próprio tio Aristeu. Pensei, com o coração apertado: "Se Cláudio estivesse aqui, com as minhas mãos entre as suas, talvez eu me comovesse da mesma forma. Afinal, o que é que eu sou? Que espécie de sentimento é o meu? Por que qualquer coisinha me comove, me fere no mais fundo de minha emoção?". Enquanto ele me beijava as mãos, a palma de uma e outra mão, eu me lembrava de minha mãe, de sua beleza, de sua graça frágil e patética, da sede de amar que a queimava por dentro. Parece que Jorge sentiu a minha doçura, o meu abandono, porque pediu, apaixonadamente:

— Diga que me ama, diga?

— Não, Jorge, não!

Apesar de tudo, resisti. Isso não, isso eu não podia dizer. Se dissesse é porque estaria louca, doida varrida. Quis me desprender. Mas estava presa, oh meu Deus! Ele ameaçou:

— Diga, senão não saio daqui.

Supliquei, quase chorando:

— Não peça isso. Tudo menos isso. Eu não posso — está ouvindo? — não posso!

— Então, daqui não saio!

— Vá, Jorge, vá!

— Não!

Perdi a cabeça. Se viesse alguém, se tio Aristeu aparecesse! Ele sentara-se, ofegante do esforço feito. Separado de mim, espiava todos os meus movimentos, como se quisesse fixar, reter nos olhos, a minha imagem. Aproximei-me dele, mais morta do que viva:

— Está bem, eu digo.

— Então, diga.

— Gosto de você. Agora vá, Jorge.

— Assim não serve. Não é dessa maneira que uma mulher se declara.

— Então, como é?

— Você sabe. Venha cá. Assim.

Puxou-me para si. Pegou meu rosto com as duas mãos. Seus olhos estavam tão próximos dos meus, sua boca tão próxima da minha! Durante um momento, só me olhou, nada mais. Depois, disse, muito mais baixo, para que só eu o ouvisse:

— Diga se me ama.

Foi como se aquele rosto de homem tão próximo do meu me fascinasse, magnetizando. Senti que minha vontade se dissolvia, que eu não era mais nada, que estava perdida, perdida. Respondi, num encantamento de todo o meu ser:

— Amo.

— Muito?

— Muito.

Ficamos assim, nesse êxtase, muito tempo, não sei direito quanto. Seria tão bom que certos instantes de nossa vida parassem no tempo, não acabassem nunca. Sei que estou dizendo uma bobagem, mas seria realmente maravilhoso! Ah, eu sabia, tinha certeza, que, depois, viria… um beijo. "Se ele me beijar agora…", pensei, já na mais doce embriaguez do mundo. Tinha certeza de que não resistiria. "Eu

198

não gosto dele, não amo Jorge", refletia, no meio do meu sonho. Mas que importância tinha gostar ou não gostar, se assim mesmo era tão linda a minha emoção, quase mortal o meu êxtase. Mas quando eu já entreabria os meus lábios, na espera e no desejo do beijo, que viria, teria de vir, ele falou. Sofri com isso, achando que a palavra não devia se interpor entre nós dois, ferir aquele encanto que era tão meigo, tão profundo. Ele me disse:

— Ele vai morrer, Suzana.

— Quem?

— Aristeu.

Fiquei no ar, sem entender, no primeiro momento. Depois, caí em mim. Oh meu Deus! Pensar em morte, pensar em crime, num instante lindo como aquele! Não tive coragem de fazer um comentário, mas estava fria. Toda a minha ternura desaparecera. Deixei-o falar. Era a mesma obsessão de vovó, de todas, menos de Noêmia. Tio Aristeu só tinha inimigos e sem ninguém que o avisasse, ao menos. A ideia do crime germinava em todos os cérebros, apaixonando cada coração. Não sei que comentário eu ia fazer; mas não tive tempo de abrir a boca. Ouvia passos no corredor, passos que eu reconhecera. Sem uma gota de sangue no rosto, balbuciei para Jorge:

— Tio Aristeu!

Pouco depois, batiam na porta e a voz de tio Aristeu chamava:

— Suzana!

22

QUE TERROR EU SENTI! Foi naquele momento que conheci o que é medo — o medo que emudece, o medo que paralisa, o medo que enlouquece. Se não gritei, não foi por prudência, o sentimento do perigo, mas porque não pude, porque minha boca estava cerrada, minha voz estava morta. Fiquei olhando para a porta, os olhos fixos, como se pudesse ver, do outro lado, a figura de tio Aristeu. Ele chamou outra vez, sem dúvida estranhando meu silêncio:

— Suzana!

Fiz um esforço para responder. Jorge não deixou, fazendo um sinal para que eu não respondesse. Vacilei, mas tio Aristeu mexeu no trinco e o terror voltou. Pude, então, articular, com uma voz que eu mesma não reconheci:

— Já vou!

E Jorge? Que fazer com Jorge? Indiquei o guarda-vestidos. Então, começou entre nós um diálogo incrível, puramente mímico. Sem poder falar, porque tio Aristeu perceberia, comunicávamo-nos com gestos. Eu mandava que ele se escondesse. Mas Jorge não quis. Vi no seu rosto a marca da maldade e, de repente, um punhal surgiu na sua mão como por milagre. (Só depois soube que fora vovó quem lhe dera a arma.) Corri para ele apavorada fazendo com a cabeça que não, não, não. E Jorge, na obstinação do ódio, querendo esperar o inimigo, apunhalá-lo, ali mesmo, no meu quarto, na minha frente. Então ele não via, não percebia, que não podia ser, que era um absurdo, uma loucura? Atraquei-me com ele, sem poder dizer nada, sem barulho nenhum. Pedi com os olhos, pedi com as mãos, pedi com desespero. Mostrava o guarda-vestidos, procurava arrastá-lo para lá. De novo, mas com paciência, com doçura, num tom quase alegre, ouvi tio Aristeu:

— Suzana!

Foi aí que Jorge teve a ideia. Pôs o dedo na própria boca, num sinal que, de momento, não entendi. Vendo meu ar de incompreensão, ele repetiu o sinal. Compreendi, afinal: queria um beijo. Aproveitava-se da circunstância para isso. Recuei, numa súbita revolta. Fiz com a cabeça que assim não, que beijo assim, nunca. Mas Jorge insistia, certo de que eu não estava em condições de negar, de que acabaria cedendo. Tio Aristeu tornou, mexendo no trinco e, pela primeira vez, com certa impaciência:

— Suzana!

Ainda quis relutar para ganhar tempo. Mas a situação estava desesperadora. Jorge percebeu que ia vencer. Ficou parado e fui eu que me adiantei para ele. À medida que me aproximava, via a sua expressão de sede, de fome, de paixão contida. Quando, por fim, fiquei ao seu alcance, me puxou violentamente. Sentia-me infeliz e, ao mesmo tempo, penetrada por uma doçura que não conhecera ainda. O que me deixava fora de mim é que, no fundo, eu estava contente de que as circunstâncias me obrigassem àquilo. Não sei se foi uma coisa rápida ou demorada. Só sei que quando me largou e se escondeu afinal detrás do guarda-vestidos, encaminhei-me para a porta, numa embriaguez completa. Já não me lembrava mais de tio Aristeu, de coisa nenhuma. O ato de abrir a porta foi puramente mecânico. Ele estava diante de mim. Permaneceu algum tempo imóvel, numa contemplação intensa, como se o meu aparecimento fosse aos seus olhos um milagre. Disse, com um ar quase infantil:

— Trouxe o vestido.

Não fiz comentário nenhum, nem saí de onde estava. Ele estranhou meu silêncio. E fez a pergunta como quem pede:

— Você veste?

Custei a responder:

— Visto, sim. Visto.

Estava comovida, súbita e profundamente comovida. Dissera "visto", como se isso fosse uma maneira de me redimir do que acontecera pouco antes. Tio Aristeu sorriu. Aí eu compreendi que tinha duvidado da minha aquiescência. Interpretava agora meu gesto quase como um ato de amor. Beijou-me a mão, com um reconhecimento comovido que me tocou. Ensaiei um gesto para acariciá-lo nos cabelos, gesto que não completei e que ele não percebeu. Sorria ainda para mim, sorria sempre e sorrindo se despediu:

— Até à noite.

Deu dois passos e voltou-se:

— Esse foi o vestido que "ela" usou na noite em que ficamos noivos.

Quando ele desapareceu no fundo do corredor, fui chamar Jorge. Agora é que começava em mim a reação. Fui lacônica, gelada:

— Saia!

Implorou:

— Um beijo!

Corri para a porta. E de lá apontei para o corredor:

— Saia!

Não compreendeu a minha atitude, eu que, há poucos momentos, quase desmaiara nos seus braços. Quis perguntar qualquer coisa, mas cortei-lhe a palavra:

— Saia!

E quando passou por mim e tentou parar, eu disse, entre dentes:

— Canalha!

Era o desgosto por mim mesma, a consciência de minha leviandade e, numa palavra, era o arrependimento que me fazia odiá-lo. Muito tempo depois, ainda eu perguntava: "Que espécie de mulher sou eu? Por que fiquei assim? Será que vovó tem razão quando diz que não posso ver rapaz?". Coloquei-me diante do espelho, fiquei me olhando, como se a imagem refletida fosse de outra mulher e não a minha. Só muito tempo depois é que fui ver o vestido da que morrera: desembrulhei-o com muito cuidado, uma espécie de medo, de instintivo respeito. E não pude conter uma exclamação: que beleza, meu Deus, que coisa linda! Branco, comprido, um vestido ideal. Primeiro, estive vendo, olhando, numa contemplação encantada. Depois, fui correndo experimentá-lo. O interessante é que não tinha o odor das coisas antigas, das coisas guardadas. Pelo contrário. Um discreto, suave perfume, bom mesmo. Pronta, afinal, fui ver no espelho. Fiquei muito tempo olhando para mim mesma, num deslumbramento. Seria eu aquela, eu mesma? Parecia que aquele vestido fora feito para mim, para a linha do meu corpo. Nem folgado, nem apertado, mas na justa medida. Vestida assim, me sentia como certas espanholas de estampa. Bem que tio Aristeu tinha razão quando afirmara que a "outra" devia ter o meu corpo. Essa coincidência de medidas produziu em mim uma estranha sensação. Eu não queria ser parecida com aquela morta que não conhecera, não vira nunca e cujo corpo o mar guardara para si. Diante do espelho, fiz uma espécie de oração:

— Sou tão linda e queria ser boa, queria ser pura, fiel. Queria que os meus pensamentos fossem tão bons quanto os meus atos. E queria gostar só **de um** homem, pensar nele, apenas como se os outros não existissem. Queria ser séria, meu Deus! Séria!

Só DEIXEI o quarto de noite. E tive logo uma sensação de deslumbramento. Tio Aristeu criara um novo ambiente. O interior da casa era sinistro, tudo numa espécie de penumbra. Agora, não. Luzes por toda parte; candelabros, lustres. Meu Deus, parecia incrível aquilo, feérico, mágico, nem sei. Eram coisas que tio Aristeu guardava, como se a luz o amedrontasse, desde que a "outra" morrera.

Fui encontrar todo mundo na sala, menos tio Aristeu e Cláudio. Percebi o espanto que minha aparição causara. Houve um frêmito, um murmúrio. Vovó cochichou qualquer coisa para Maria Luiza. Senti uma alegria, uma vaidade louca: "Estão gostando do vestido". Procurei, com os olhos, Noêmia, na curiosidade de conhecer sua reação. Vi o seu ar de espanto, de sofrimento. Nunca podia esperar por aquele vestido. Olhava para mim, sem dissimular o seu assombro. Era como se eu fosse um fantasma — um lindo, um poético fantasma. Dirigiu-se a mim, com uma fisionomia parada, um jeito estranho de sonâmbula. Todos os olhos se voltaram para nós. Ela parou diante de mim (também estava bonita, um decote ousado e sua irradiação de mulher jovem, fresca, amorosa). Perguntou, sem me desfitar:

— Onde é que você arranjou isso?

Fiz mistério:

— Presente.

— Mas não adianta, Suzana, não adianta!

Dizia isso num tom de contido desespero, de ciúme, mágoa. Eram sentimentos complexos e profundos que a dominavam. Mais do que nunca, senti a intensidade, a profundeza de sua paixão. Estava realmente possessa — possessa de um amor que talvez a despedaçasse, um dia, que talvez a mergulhasse na loucura ou no crime. Tive medo — confesso que tive medo — daquele sentimento obtuso, exclusivo, fatal. Ela não vivia senão para seu sonho. Hoje estou certa de que se tio Aristeu matasse o irmão, e matasse a todas nós — Noêmia continuaria no seu fanatismo. Como é possível que uma mulher goste assim de um homem? Ela baixou a voz, segredou para mim:

— O que é que vocês estão tramando?

— Nada, ora essa!

Insistiu, com a intuição de mulher enamorada:

— Eu sei que estão tramando, sim. E deve ser contra Aristeu. Aqui ninguém gosta dele. Se pudessem, bem que o teriam matado. Mas eu estou aqui, Suzana! Eu não deixarei que ninguém toque nele! Duvido!

— Você está doida, minha filha!

Vovó vinha se aproximando. Noêmia afastou-se, então, subitamente tranquila. Esperava por seu bem-amado, desejava a sua presença. Ficou junto da janela, vendo pelos vidros o mar triste e escuro. Parecia alhear-se de tudo e de todos, absorvida pelo seu perpétuo sonho. Vovó me puxou para um canto:

— Cuidado com Noêmia. Ela está louca, Suzana. Aquilo não é amor, é doença, é loucura. Ela vai acabar doida. Você vai ver!

Lembrei-me da "outra" que também enlouquecera. Sofri com isso. Vovó ordenava:

— Não se lembre de contar nada a Noêmia, pelo amor de Deus!

— Claro, vovó!

— Outra coisa, Suzana, não desiluda Cláudio.

— Desiludir, como?

E ela:

— Para ele fazer o que nós queremos, é preciso que pense que você gosta dele. Senão, não faz nada, mais do que evidente.

— Sei. E que mais?

— Quero dizer o seguinte: se, por acaso, ele quiser alguma coisa...

— Que coisa?

Ela parou, indecisa na escolha dos termos. Chegara o momento mais delicado; percebi seu escrúpulo, o medo de me assustar, de pôr tudo a perder. Então, recomeçou:

— Você sabe que ele estava aqui há muito tempo, isolado de tudo, sem ver mulher. Não sabe? Pois é: agora, está interessado por você. E um homem nessas condições não pode se controlar muito. Você me compreende, Suzana?

Admiti, contendo a minha cólera:

— Estou compreendendo. Continue.

— Se ele tiver algum atrevimento, se...

— A senhora quer que eu deixe.

Assustou-se:

— Não é isso.

— É isso, sim — perdi a calma. — A senhora pensa que sou o quê?

— Suzana, pelo amor de Deus!

Segurou-me no braço, no pânico de que tio Aristeu entrasse e pudesse ouvir; ou que Noêmia pegasse alguma palavra. Mas eu não elevei a voz; falei baixo, apesar de minha excitação. Ela argumentou, na ânsia de me convencer:

— Você faria isso por nós, por todas nós, inclusive por você. Você já imaginou o que será de você se casar com Aristeu? Já pensou nisso?

Sua voz tornou-se mais doce, macia. Teve um olhar súplice.

— Por exemplo: se ele quiser beijar você...

Interrompi, positiva:

— Dou-lhe uma bofetada!

— E põe tudo a perder?

— Não faz mal.

Vi nos seus olhos a fúria; mas se conteve, num esforço tremendo de vontade. Eu sei o quanto lhe custava discutir, suplicar, ela que, durante anos e anos, apenas me dera ordens. O hábito de mandar estava ainda vivo; calou-se, porém, com medo de que eu me exasperasse, dissesse o que não devia. Além disso, tio Aristeu vinha chegando; e, logo atrás, Cláudio. Vi a sensação que lhe fez a minha figura, toda de branco, como uma noiva. Ninguém disse nada. Que coisa impressionante o silêncio que se fez. Era como se em cada coração existisse o pressentimento da morte, como se todos estivéssemos certos de que morrera ou ia morrer alguém. Então, me lembrei de tia Hermínia, que não tornara a ver. Gritei:

— Vovó!

Ela que ia se afastando, voltou-se, pensando talvez que eu ia soltar alguma inconveniência. Aproximou-se com uma expressão tão viva de sofrimento que todos se assustaram. E eu, já com os olhos cheios de lágrimas:

— Tia Hermínia morreu, vovó, eu sei que ela morreu, que se matou!

Até hoje não sei explicar que certeza foi aquela que me deu de repente, que iluminação interior eu tive. Só sei que não havia dentro de mim a menor dúvida: eu "sabia", de uma maneira profunda, apaixonada, infalível, que tia Hermínia procurara o mar, desaparecera no mar para sempre, levando a tristeza do seu amor imortal. Ao mesmo tempo que falava, eu sentia ao meu redor o espanto e a certeza que se apossavam de todos os corações. Tio Aristeu veio para mim, espantado:

— Não pode ser!

Teimei, na minha angústia:

— Matou-se, tenho a certeza — matou-se!

Então, vovó segurou-me pelos dois braços, sacudiu-me:

— Hermínia está lá em cima, doente. Você está louca?

— Não pode ser.

— Está, sim, está!

E, neste momento, tia Hermínia apareceu na porta. Vinha jantar também, embora abatidíssima.

Caí em mim, numa vergonha que ninguém pode imaginar. Compreendi que tinham sido os meus nervos superexcitados. Ali, naquela ilha maldita, eu acabaria histérica, louca. Desculpei-me, bobamente, sentindo que todos os olhos estavam fixos em mim, que talvez duvidassem do meu juízo!

— Perdão.

Sentamo-nos todos. Aí, reparei em tio Aristeu. Tinha no rosto uma expressão grave que, entretanto, não escondia a sua felicidade, a alegria pura, intensa, do seu coração. Sentou-se na cabeceira; eu, à sua direita. Levou-me para o meu lugar, pelo braço. Quase perguntei se estava bonita com o vestido. Cláudio ficou na outra cabeceira. Observei-o: parecia atormentado, evitava olhar para mim e para tio Aristeu. Novo silêncio. Estremeci, refletindo: "Todos aqui estão pensando, estão desejando a morte de tio Aristeu". Fiz uma exceção: "Menos Noêmia". Esta baixara a cabeça, fechara os olhos, como se rezasse. Francamente, não sei, não me lembro quanto tempo durou aquela estranha, quase fúnebre reunião! A memória que eu tenho daquela noite está tênue, diluída, as coisas aparecem sem contornos, sem relevo nenhum! O empregado que nos serviu, desde a nossa chegada, parecia — Deus me perdoe — um fantasma. Não falava (só depois eu soube que era mudo), andava como se tivesse pés de sombra e tinha os olhos quase brancos, como um cego. Que nervoso me dava esse homem, com seus modos macios, os seus passos sem rumor, a sua fisionomia inescrutável! Comemos durante muito tempo, sem que ninguém falasse, nem tio Aristeu (que eu vou chamar, de agora em diante, somente de Aristeu, sem variar de tratamento). Só de vez em quando, ele me olhava, como se eu fosse não sei quê, uma santa ou, de qualquer maneira, uma mulher humana e divina. Sentia-se nele mais adoração do que amor — adoração plena, fanatismo. Eu sofria sentindo que não merecia aquilo, não merecia um sentimento assim tão doce, profundo, mortal. Se ele soubesse, se pudesse imaginar o que eu era, em realidade, como os meus sentimentos sofriam variações! E como eu era frágil, fútil, leviana! Ao mesmo tempo, me ocorria que ele nem sempre era como agora, que às vezes se transfigurava, parecendo um bruto, um selvagem, um bárbaro! Houve um momento em que não pude mais. Era a necessidade que, por vezes, eu sentia de expiar meus erros ou meus defeitos pela confissão. Aproximei o rosto; sussurrei para que ninguém ouvisse, além dele!

— Não me olhe assim, Aristeu!

Usou o mesmo tom de segredo:

— Por quê?

— Eu não presto.

Ficou espantado; mas protestou, logo:

— Presta, sim!

— Ah, você não me conhece, Aristeu. Sou tão leviana!

Riu maciamente:

— Mentira.

Estremeci, num arrepio. Ventava lá fora; o barulho do mar era bem perceptível dentro de casa. Do seu lugar, sem olhar, numa espécie de lamento, Maria Luiza exclamou:

— Estou com um mau pressentimento! Um pressentimento horrível!

Fechou os olhos, como se estivesse vendo, na sua frente, a máscara da morte. Aristeu não ligou; estava imerso na sua embriaguez de enamorado. Fazia abstração de todos ali, para se concentrar em mim.

"Talvez amanhã esteja morto", pensei, lembrando-me do que dissera Jorge, e do que desejava vovó e todos ali, menos Noêmia e talvez eu. Aristeu levantava-se. Todos os olhos se fixaram nele. Era como se fosse fazer um brinde. Não sei por quê, fiquei vermelhíssima de vergonha. Mas ia falar, apenas:

— Eu e Suzana ficamos noivos hoje. Isso todos aqui sabiam. A novidade, que eu estava reservando, é a seguinte...

Parou para me olhar e para me beijar a mão. Esbocei um sorriso. Ele prosseguiu:

— ... a novidade é que, já antes de vir aqui, eu vinha tratando das providências de casamento. Graças a isso, a cerimônia vai se realizar amanhã.

23

Fez-se um silêncio absoluto. Não se ouvia nada, a não ser o vento zunindo lá fora e o canto eterno do mar. Aristeu sentou-se e ficou olhando para mim. Eu não disse coisa nenhuma; devia estar pálida, muito pálida. Ele viu meu espanto, meu terror; sua mão grande e quente pousou na minha. Curvou-se para mim, disse baixo, tão baixo que só eu ouvi:

— Eu te amo, te amo e te amo!

Olhei para os companheiros de mesa. Noêmia estava de olhos fitos em Aristeu, a boca entreaberta. Queria talvez falar, protestar e não podia. Imagino a sua angústia naquele momento, o desespero de sua alma. Devia estar me odiando, desejando para mim todos os infortúnios. Na cabeceira, Cláudio empalidecera, também. Acho que não sabia de nada; era evidente que fora colhido de surpresa, que não esperava aquilo. Meu coração disparara, eu sentia no peito as suas pancadas fortes. Tia Hermínia e tia Laura voltavam-se para vovó, como se dela pudesse vir uma palavra, um gesto que me salvasse e salvasse todo mundo ali. Maria Luiza baixou a cabeça, cerrou os olhos; Maria Helena levantou-se, numa espécie de alucinação. Ia fazer não sei o quê, talvez fugir, mas recebeu a ordem de tio Aristeu:

— Fique!

Houve o impossível: ela sentou-se imediatamente, numa docilidade incrível. Até o fim do jantar não disse mais nada, nem demonstrou a menor excitação. Pensei, com desespero: "Será que tudo vai ficar por isso mesmo? Que não vai aparecer ninguém para me defender, nem vovó?".

De repente, vovó falou. Estava fria, dona de si mesma, numa serenidade que me espantou e me fez virar na sua direção. Ela fez uma pergunta, não um protesto, mas uma simples pergunta:

— Por que amanhã?

Era como se tudo o mais não importasse, apenas a data. Tio Aristeu estava bebendo muito, parecia procurar, por um motivo que eu não atinava, a embriaguez. Pôs o copo na mesa; encostou o guarda-napo na boca. E respondeu, olhando para mim, como se eu é que o tivesse interpelado:

— E por que não amanhã? Minha paciência esgotou-se. Será amanhã ou nunca.

— E a licença? — tornou vovó.

— Que licença?

E ela:

— Suzana é menor. Eu sou responsável por ela e não assinei nada.

— Não faz mal.

— Mas não pode, Aristeu, assim não pode. O casamento não será válido, claro.

— Será — teimou ele. — Aqui será. Uma ilha é como se fosse um barco. Quem manda é o capitão. Válido é o que ele reconhece como tal. — Mudou de tom: — Não é, Suzana?

Refugiei-me no silêncio, como se uma palavra minha pudesse me perder. Mas ele continuou, subitamente irritado:

— É ou não é?

Balbuciei:

— É.

Pegou minhas mãos entre as suas, numa alegria de criança. Naquele momento, parecia possuído de embriaguez, não sei se de amor, se de álcool. Vovó sentou-se, aparentemente vencida:

— Já não está aqui quem falou.

Tudo poderia ter acabado aí. Mas ninguém contava com Noêmia. Ela ouvira tudo, sem um gesto, sem uma palavra. Chegara porém a sua vez de intervir. Levantou-se, fez toda a volta da mesa, só parou diante de Aristeu. Maria Luiza ainda a chamou:

— Noêmia!

Mas em vão. Estava desesperada, não ouviria ninguém. Tive a ideia de que ia me bater, de que talvez quisesse me cravar as unhas no meu rosto. Pensei tanta loucura! Estava mais linda assim, na sua angústia, mais tocante. Diante de mim e de Aristeu, disse tudo, fez um verdadeiro escândalo. Senti que chegara às fronteiras da loucura. E era tal a sua dor que nem o próprio Aristeu teve coragem de fazer nada. Ficou imóvel, espantado diante de uma paixão que não tinha limites:

— Não se case com Suzana, Aristeu — gritava Noêmia. — Ela não merece o seu amor, não merece o amor de ninguém. Não será fiel a você, nem a homem nenhum. Pergunte a ela, pergunte! Quero ver se, na minha frente, ela tem coragem de mentir! Suzana gosta tanto de você, como gosta daquele ali...

Apontava para Cláudio que, na outra cabeceira, não se mexeu, na sua atitude sombria, um jeito taciturno.

Continuou, frenética:

— ... como gosta de Jorge, como gostará de qualquer um. Não é, Suzana? Ele pensa que você gosta dele, que você poderá gostar de um só homem!

Segurou-me pelos dois braços; sacudiu-me. Aterrada, eu olhava apenas, incapaz de uma palavra.

— Diga. Não tenho razão?

Balbuciei, sem saber o que dizia, numa vergonha doida:

— Não.

Levantei-me; ficamos face a face. Éramos como duas mulheres que lutam na conquista de um homem. Pouco a pouco, me veio uma irritação contra aquela moça que vivia em cima de mim, que não me largava, que vivia na obsessão de me destruir. Do princípio da mesa, veio a voz de Cláudio:

— Não deixe, Aristeu! Impeça!

Impedir como? Aristeu nem escutou, absorvido por aquela briga de mulheres. Engraçado é que, excetuando Cláudio, ninguém mais interveio. No fundo, todos achavam a discussão fascinante e abjeta. Eu é que não me mexia, porque Noêmia, na sua excitação progressiva, talvez chegasse a me bater. Era isto que eu temia: uma bofetada. Dizia-me coisas, na sua fúria, que marcam uma mulher para sempre. Desafiou:

— Diga que gosta dele, diga?

E ela mesma:

— Duvido! Quero ver!

Eu sentia os olhos de Aristeu fixos em mim, uma expressão de angústia no seu rosto. Olhei para ele também e, depois de um silêncio, de uma pausa que durou muito tempo, disse:

— Gosto!

— Mentira!

Repeti, numa tensão de todos os meus nervos:

— Gosto, sim, gosto!

Virei-me para Aristeu, cujo rosto subitamente se iluminava, numa alegria, numa gratidão sem limites. Ele se levantou; eu acho que nunca, como naquele momento, eu lhe pareci tão linda, sobretudo com meu vestido branco, quase nupcial. Mas como me sentia indigna! Dissera aquilo só para ferir Noêmia, para magoá-la, para lançar seu coração no desespero. Ela não esperava por aquela resposta. Foi apanhada de surpresa, e por um instante, só por um instante, não soube o que dizer. Depois, reagiu sobre si mesma; colocou-se entre mim e Aristeu, obrigou-o a olhar para ela:

— Não acredite, Aristeu! É mentira, ela é uma mentirosa. Eu, sim, gosto de você; eu, não ela!

Teimei, frenética:

— Amo.

Comecei a dizer as coisas mais absurdas, como se uma febre, um delírio me possuísse. Não dominava as minhas próprias palavras, os meus próprios sentimentos. Então, Noêmia se calou, de repente. Ficou me olhando, vendo a minha loucura, espantada com o acento de sinceridade que eu punha na mentira. Seria difícil, para mim, reconstituir o que eu disse e o que fiz. Lembro-me apenas que me cheguei para Aristeu, numa atitude de noiva apaixonada. Perdera todos os escrúpulos; menti com um impudor único:

— Amo você. E não é de hoje. Estava para lhe dizer. Sinto-me tão feliz de ser sua noiva, mas tão feliz!

Noêmia emudecera. Todos os olhos a seguiram, inclusive os meus, quando ela se afastou, saiu. Guardei na memória a sua fisionomia de desespero. Eu devastara, uma a uma, todas as suas ilusões, todas as suas esperanças. Senti que o seu sonho estava morto. Só, então, caí em mim; e me veio uma vergonha absoluta de ter me aviltado assim, de ter sacrificado minha dignidade com tantas testemunhas. Sentei-me, baixei a cabeça, sem ânimo de olhar ninguém. Fechei os olhos; ouvi a voz de Aristeu, suave, tão macia:

— Minha noiva!

Não pude mais. Fora de mim, corri, como uma menina desesperada. Ninguém fez um gesto, ninguém me chamou; o próprio Aristeu continuou onde estava. No corredor, quase esbarrei com tia Hermínia que, sem que eu notasse, abandonara a mesa antes de mim. Chorando, quis fugir; mas ela me segurou:

— Que foi?

— A senhora não viu? A vergonha que eu fiz?

— Não faz mal. Aquilo não tem importância.

Puxou-me para si; eu chorava, me dissolvia em lágrimas — e ela, baixinho, quase no meu ouvido:

— Suzana, quando eu me despedi de você, na praia...

— Na praia?

Custei a compreender; mas, afinal, me lembrei. Continuou:

— Pois bem. Quando eu deixei você, queria morrer, Suzana. Queria me atirar no mar como uma moça que houve aqui e que também se afogou. Mas, na hora, eu me lembrei de uma coisa: os mortos não amam, esquecem, os mortos não gostam de ninguém. Então, desisti de morrer. Você me compreende?

— Mais ou menos.

Quis esclarecer melhor, como se precisasse de minha compreensão:

— Não me joguei no mar, porque a mulher morta não ama, só a viva. Eu preciso viver para amar Jorge, para gostar dele, para pensar nele, para sonhar com ele. E já é um bem que eu "goste", embora não seja correspondida. O amor infeliz é melhor do que nada. Percebe agora por que não me matei, por que preciso estar viva?

Admiti, sentindo que uma doçura incrível me penetrava o coração:

— Percebi, titia.

Tive vontade de acariciá-la, de oferecer um pouco de meu carinho. Talvez sem saber o que estava fazendo, ela me beijou nos cabelos, fez ainda mais estreito o seu abraço; e disse:

— Era isso que eu queria que você soubesse.

— Titia!

Ela, que já ia embora, voltou-se. Eu comecei, ainda com um gosto de lágrimas na boca:

— Por que é que eu sou diferente de todo mundo, titia?

— Diferente como?

— Por exemplo: diferente da senhora, de Noêmia. Por que é que a senhora e Noêmia são capazes de um grande sentimento e eu não?

— Você também é, minha filha!

— Não, não sou. Não gosto de ninguém.

— Porque ainda não chegou a sua vez.

Fiquei parada um momento; depois, de novo comovida, já querendo chorar, acrescentei:

— Eu acho que nunca serei capaz de gostar como a senhora e Noêmia gostam. Nunca!

Nunca soube o que ela ia dizer, porque vovó apareceu. Vinha à minha procura; e logo percebi a sua excitação. Tia Hermínia disfarçou, e afastou-se. Vovó me deu o braço, depois de olhar para trás, como se alguém pudesse estar espreitando. Começou a ralhar comigo:

— Por que é que você disse aquilo tudo?

— Bobagem minha! Para irritar Noêmia!

— Você parece que não regula. — E, mudando de tom, passando sem transição a outro assunto: — Você viu o casamento que ele arranjou? Casamento coisa nenhuma! Uma farsa. Imagine que eu perguntei a ele e sabe o que me respondeu? Que não fazia casamento direito porque os papéis demoravam muito e ele não queria esperar nem mais vinte e quatro horas!

— Disse isso, foi?

— Disse a mim, ainda agora! E o melhor não é essa; o melhor é quem ele escolheu para casar vocês — faça ideia quem?

— Quem?

— Cláudio!

— Cláudio?

— Pois é.

Ficamos uma olhando para a outra. Eu, sem compreender, achando aquilo tão absurdo. Perguntei:

— Mas Cláudio não é padre, não é pastor, não é juiz, não é nada.

— E pensa que ele se incomoda com isso? Pois se o casamento é falso, não tem o mínimo valor! Está vendo que miserável?

— Estou, vovó, estou!

Baixou a voz, encostou-me na parede; senti seu hálito no meu rosto:

— Só Cláudio poderá salvar a gente, Suzana. Peça a ele para fazer tudo, já. A gente tem que sair daqui esta madrugada.

— E pode?

— Pode, como não. O rebocador está aí. E se não puder ser no rebocador, numa lancha que eles têm encostada. Mas precisa ser hoje, senão você está desgraçada. Ouça bem o que eu lhe estou dizendo.

Tive uma dúvida:

— E se Cláudio não quiser?

— Faça ele querer!

— Mas como?

— Ora, como! Uma mulher como você, linda como é, pode dominar qualquer homem. Você precisa se convencer, Suzana, de que é bonita. Percebeu? Ele não resistirá, tenho a certeza! Basta que você seja amável...

Senti um arrepio. Ela dissera "amável" de uma tal forma, um tom tão especial, quase abominável, que experimentei um sofrimento vivo. Vovó sugeria, encostando a boca no meu ouvido:

— Diga que gosta dele, não se esqueça!

— Direi, vovó.

COMEÇOU A LONGA espera. Eu devia falar com Cláudio à meia-noite; e quando conversei com vovó, no corredor, ainda faltava muito.

Depois as outras foram chegando: tia Laura, Maria Helena, Maria Luiza. Noêmia é que não aparecia; devia estar vagando pela praia, atormentada pelo ciúme, enlouquecida de amor. Talvez fizesse o que tia Hermínia não conseguira: atirar-se ao mar. Lembrei-me das palavras de titia: "Os mortos não amam, os mortos esquecem…". Tive um pensamento absurdo, inteiramente louco: "Tão triste que uma morta não possa gostar!". Todas nós ficamos no meu quarto, despertas e tristes como se aquilo fosse uma vigília fúnebre. Quase ninguém falava. Só de vez em quando vovó dizia, entre dentes:

— Miserável!

Referia-se a Aristeu. O ódio era o único sentimento que ardia em sua alma. Era a sua ideia fixa, a sua paixão contínua, obtusa, absorvente. De vez em quando, consultava o relógio de pulso. Dizia, então:

— Dez horas.

Mais tarde:

— Onze horas.

Houve um momento em que se levantou, apanhou no aparador um vidrinho de perfume. Fiquei olhando, sem imaginar o que iria fazer. Aproximou-se de mim e foi aí que percebi. Pegou a ponta de minha orelha — macia, fina, fresca — e pingou perfume. Fugi com o corpo:

— Para que isso?

— Nada de mais.

Mas eu compreendi: queria que eu fosse para o encontro o melhor possível, perfeita. Não se esquecia nem de uma simples minúcia como essa. Eu estava no meio daquelas mulheres, numa situação única. Todas as atenções fixas em mim. Do que eu fizesse, dependia a sorte de todas, inclusive a minha própria. Voltavam-se para mim e eu notava que era da minha beleza que esperavam tudo. Finalmente, vovó olhou no relógio:

— Vinte para a meia-noite. Está na hora.

Balbuciei, empalidecendo:

— Então, já vou.

Saí sozinha do quarto, porque não convinha que ninguém fosse comigo. Corredor vazio; deslizei por ele, sem fazer barulho. Abri a porta, que dava para a varanda; ela rangeu um pouco, mas foi só. Encontrei-me ao ar livre. A noite escura, nenhuma estrela no céu, e um vento áspero, frio, cortante, que desmanchava os meus cabelos. Parei um momento, antes de correr. Alguma coisa me dizia que eu não fosse, que eu voltasse. Era um estranho pressentimento, uma intuição, não sei. Vacilei, mas reagi; corri na direção da praia. Era como se o mar, o triste e escuro mar, me chamasse e eu fosse a seu encontro.

24

ERA A NOITE MAIS triste que já vi. Aquele mar tão próximo, os ventos soltos dentro da ilha, e os relâmpagos que iluminavam fantasticamente a praia — tudo isso, e a própria angústia de meu coração, me enchiam de presságios. Não sei como não enlouqueci. Corria sempre, como se fugisse de alguém, como se fugisse de uma maldição. Houve um momento em que ouvi, distintamente, gritos humanos atrás de mim. Era como se alguém me chamasse. Até hoje, não sei se foi uma espécie de delírio auditivo ou, então, o próprio vento. Só sei que corri ainda mais, tocada pelo terror. Um clarão imenso iluminou; tonta e cega, caí de joelhos sobre a areia. Era como se a luz deslumbrante tivesse me ferido. Mas levantei logo e continuei avançando, dentro da noite. "Ainda falta muito, meus Deus!", foi o meu lamento interior. Uma porção de ideias absurdas me enchiam a cabeça. Pensei na moça que se afogara e que podia andar por ali, errante e desesperada. "Eu não devia ter vindo, não devia ter vindo." E continuava na obsessão de que alguém me perseguia. Até que parei, numa fadiga de todos os meus músculos, de todos os meus nervos. Sentia-me numa total incapacidade de dar mais um passo que fosse. Mas, neste momento, houve um novo relâmpago. Então, vi, a uns cem metros talvez, a rocha do encontro; e, no meio da praia, espectral dentro da luz, a figura de Cláudio. Estava ali, me esperava, oh, graças a Deus! Minha ideia foi chamar, porque eu não podia mais com o meu corpo, não podia mais comigo mesma. Talvez não tivesse forças para dar este grito, apenas este grito:

— Cláudio!

Não sei se o som saiu ou se foi ilusão minha. Logo me veio uma espécie de vertigem e caí ali mesmo, o coração disparado, um clamor na cabeça. Ignoro se perdi os sentidos por muito tempo ou se foi uma coisa rápida. Só me lembro que, quando voltei a mim, ele estava a meu lado ou, antes, na minha frente, me chamando:

— Suzana! Suzana!

Dei graças a Deus do fundo do meu coração. Ele me explicava que tinha me visto e que correra ao meu encontro. Eu já respirava melhor, mas todos os meus músculos doíam. Naquele momento, daria tudo para poder descansar, sem limite de tempo e, sobretudo, para poder dormir. Ele sentia o meu estado de fadiga e tinha, para mim, uma série de atenções, de cuidados. Uma coisa, por exemplo, que me deu uma impressão de solicitude, de amparo, de vigilante ternura: seu gesto de separar os cabelos que caíam sobre a minha testa, de tirar a areia do meu rosto. Eu o deixava fazer tudo isso, e nascia no meu coração um reconhecimento muito doce. Perguntou:

— Está se sentindo melhor agora?

Pergunta banal, claro, sem a menor importância; mas que me comovia, me dava o sentimento de que ele velava por mim. Respondi, sorrindo docemente no escuro:

— Um pouco.

Sentia-me tão bem ali, depois da corrida alucinada no meio da ventania e da treva. O medo desaparecera do meu coração. Eu tinha um homem a meu lado e como me foi suave, reparador, sentir a proteção masculina num momento em que me vira tão só. Passamos assim uns dez minutos, calados, enquanto o vento passava por nós, nos envolvia, me despenteando toda. Mas era preciso que eu falasse, que dissesse alguma coisa. A primeira vez que abri a boca foi para fazer este apelo:

— Cláudio, me tire daqui, me leve da ilha!

Ele não respondeu logo. Pareceu vacilar; evitou uma resposta, sugerindo:

— Por que não fala com seu tio?

— Em primeiro lugar, não é meu tio. E, em segundo, não adianta.

— Quem sabe?

— Eu que sei. Você é a única pessoa que pode me salvar, Cláudio. A única pessoa que pode me livrar disso aqui.

— Aristeu é meu amigo, Suzana.

— E eu?

— Que é que tem?

— Eu não valho nada para você, não represento nada?

— Conforme.

Parecia restritivo, reticente, em plena defensiva. Evitava respostas concretas, não se comprometia. Esta constatação me deu uma espécie de irritação, um sentimento de derrota. Pouco a pouco, sem querer, sem sentir, ia me empenhando, cada vez mais profundamente, na luta para convencê-lo. Pensei no que vovó dissera ou insinuara sobre a minha possibilidade de envolver e fascinar aquele homem. Deixei passar um momento; e, depois, provoquei-o, petulante:

— Pensa que eu não tenho notado?

Pareceu meio divertido:

— O que é que você tem notado?

— Os seus olhares!

— Como?

— Você não tira os olhos de cima de mim. E não é só isso.

— Tem mais? — ironizou.

— Tem, sim, a expressão, a maneira de olhar, todo mundo já notou.

— Aristeu também?

— Esse, acho que não.

Ele estava sentado na areia, levantou-se. Ergui-me também; maquinalmente, passei as mãos na saia, tirando areia. Estava diante dele, muito pequenina; ele, alto, forte, o peito largo. Não podia me ver no escuro, mas a minha impressão era de que seus olhos ardiam nas trevas. Fez a pergunta à queima-roupa:

— O que é que você quer de mim?

Fui muito explícita, positiva:

— Quero que você nos leve daqui, a mim e ao meu pessoal, no rebocador ou na lancha.

— Aristeu não deixa.

— Contra a vontade dele. Sem que ele saiba.

Silêncio de Cláudio. E, de repente:

— A troco de quê?

Desorientei-me:

— Como?

— Pergunto a troco de que devo eu trair um homem que é mais do que um amigo, é um irmão para mim? A única coisa, o único sentimento que ainda me liga à vida, ao mundo, é a minha amizade por ele. Pois bem: a troco de que devo traí-lo? Diga! Emudeceu?

Senti na sua voz, na sua atitude, na sua cólera contida, o desprezo que eu lhe inspirava. Toda a doçura, toda a solicitude cavalheiresca, desaparecera de sua atitude. Por um instante, perturbei-me, não soube o que dizer. Ele insistiu:

— A troco de quê?

Reconheci:

— De nada. Ou talvez de minha gratidão.

Foi ríspido, grosseiro:

— E que me importa a sua gratidão? Que valor tem ela? Tem algum?

— Para mim, tem. E para você devia ter.

— Olha aqui, minha filha — mudou inteiramente de tom. — Eu poderia libertar você e as outras. Poderia trair meu amigo.

— Mas não é traição. Você não vê que, pelo contrário, é um dever? Que você está na obrigação de salvar todas nós de um monstro, de um homem que...

Cortou-me a palavra, violentamente:

— Cale-se!

E continuou, com uma veemência que eu não esperava:

— Você não merece tudo isso! Você e qualquer outra mulher!

Recuei, como se ele fosse me bater. Então, compreendi a sua fúria. Ele devia estar ferido pela recordação da mulher que o traíra. Na sua dor, que ainda estava viva, ativa, devoradora, confundia todas as mulheres no ódio que uma única merecia. Tive medo, meu Deus, medo daquele homem que morrera para o mundo e para o amor. Imaginei que, na solidão, a sua aversão se exasperara. Era um fanático e eu estava só diante dele, num ermo absoluto. Poderia gritar, poderia correr; ele sempre me alcançaria. Imaginei que talvez me estrangulasse, ali; que depois arrastasse o meu corpo para o mar. Mas ele se transformou, de repente; quando falou outra vez, senti que o seu ódio se fundira num outro sentimento, talvez tão perigoso ou mais. Senti as suas duas mãos apertando os meus braços. Tal era o meu medo que não me queixei da dor física, nem ao menos gritei: "Está me machucando!". Começou a me dizer coisas, que me aterravam, rosto a rosto comigo. Eu sentia o seu hálito, a febre que, pouco a pouco, o possuía. Falava baixo, rápido, numa tensão que ia aumentando:

— Trairei o Aristeu, sim, mas a troco imagina de quê?

Como eu silenciasse, tornou:

— Imagine!

Pude balbuciar:

— Não imagino!

E ele, como um possesso:

— A troco de você! De você, ouviu?

Espantei-me:

— De mim?

— Sim, de você. Sei que você é como as outras, como todas. Mas é bonita, é linda. Logo que você chegou, eu não disse nada, não fiz comentário, mas senti que por você seria capaz de tudo, até de um crime. Eu me domino muito, por isso nem você, nem ninguém, nem Aristeu, percebeu nada. Mas eu comecei a pensar em você, como um doido, dia e noite. Se você soubesse como tenho sonhado com você. Quase todas as noites! E, de manhã, quando acordo, o meu primeiro pensamento é seu. Você é culpada, a única culpada!

— Eu?

Ele dissera as últimas palavras numa exaltação que poderia despedaçar seus nervos. Nunca o vira assim, nem imaginara nunca que, debaixo de sua calma, do seu autodomínio, de sua alegria tranquila — havia esse fermento de sonho, de paixão, de loucura. Naquele momento, o amor e o ódio se misturavam no seu coração. Prosseguiu, quase gritando:

— Culpada, sim! Culpada porque — adoçou a voz, numa transição incrível — porque é linda. Nunca vi mulher que, de um momento para outro, pudesse enlouquecer um homem. Você fez isso — você me enlouqueceu. A mim, a Aristeu, a Jorge. E eu faço isso que você quer — faço! — mas só se você fizer uma coisa!

De novo, o terror voltou:

— Não!

— Espere!

— Quero ir embora!

— Não deixo!

Agarrou-me, prendeu-me pelos pulsos. Era inútil lutar; não conseguiria fugir, ele era tão forte! Apertava meus pulsos, como se quisesse ou se pudesse triturá-los. Ouvi a sua voz, agora doce, persuasiva, quase musical:

— Primeiro, ouça — havia na sua voz um misto de ordem e de música. — A umas cinco milhas daqui, há uma ilha, menor ainda do que esta, com uma meia dúzia de árvores e ninguém morou lá, nunca. Só eu e Aristeu é que conhecemos; estivemos lá, a passeio. Se você quiser, se você deixar, nós poderemos ir para essa ilha.

— Para quê?

— Viveremos lá, morreremos lá.

— Está louco?

E ele, no seu transporte, surdo às minhas objeções:

— Será uma coisa maravilhosa. Nós dois, sozinhos, num lugar em que não existe ninguém. É como se fôssemos únicos no mundo.

— Eu não amo você!

— Amará mais tarde.

— Não.

— Prefere Aristeu?

— Nem você, nem Aristeu!

Perguntou, com voz transformada pelo ódio:

— Jorge, então?

Gritei, numa súbita cólera que me vinha do próprio desespero:

— Jorge, sim! E por que não Jorge? Ele é melhor do que você, do que Aristeu, muito melhor!

E sublinhei para ferir aquele homem, para humilhá-lo:

— Não tem comparação!

Parei, cansada de mim mesma, da minha veemência, surpresa com a minha própria coragem. Fechei os olhos, como se as pálpebras me pesassem demais. Não tinha uma ideia, um sentimento no lugar. Uma confusão na cabeça, um tumulto, muito próximo da loucura. Só uma coisa era nítida: o meu terror diante do homem, fosse ele qual fosse. Eu os imaginei, sem exceção, como uns bárbaros, uns selvagens, capazes das paixões mais violentas, dos sentimentos mais vis! No fundo, continuavam a ser o que já eram antes do dilúvio. Se aquilo era o amor, então o amor não interessava, era melhor para a mulher morrer sem um beijo, sem uma carícia. Ele baixou a voz:

— Suzana, aqui existem três homens.

— Eu sei — disse, sem ter consciência de minhas palavras.

E ele:

— Escolha, já, um dos três. Ou eu ou Aristeu ou Jorge. Escolha, que eu a soltarei: qual dos três?

Tive forças para dizer:

— Nenhum.

— Não quer escolher?

— Já disse. Nem você, nem Aristeu, nem Jorge. Digo mais: nenhum homem do mundo. Está satisfeito?

— Então, eu.

Antes que eu pudesse prevenir seu gesto, curvou-se rápido e me suspendeu. Eu estava no seu colo; esperneei, gritei, bati com os punhos fechados no seu rosto. Ele não se incomodou. Senti que a sua vontade era uma força irresistível, que não recuaria diante de nada, que iria até o crime. Levava-me, eu não sabia para onde. Senti-me perdida, arrastada para um destino que faria enlouquecer de terror qualquer mulher. Ele ia me dizendo:

— Sua avó e Noêmia sempre me diziam que você gostava de mim. Garantiram.

— Mentira!

— Não faz mal!

Fez um movimento e conseguiu imobilizar meus dois braços. Eu já não podia bater no seu rosto, não podia fazer nada, senão me abandonar. Agora estava feliz, o bandido. Procurava disfarçar, mas eu percebia nele a alegria contida, o orgulho de quem realiza um sonho amorosamente criado. Lembro-me que uma das últimas coisas que lhe perguntei foi esta:

— Mas me leva para onde?

E ele, numa alegria selvagem:

— Para a ilhazinha!

— Não, não!

Caminhava, comigo nos braços, no seu andar desigual de aleijado, e ia dizendo:

— Lá é um lugar lindo, você vai ver! Lindo!

De repente, nem sei como foi. Tudo aconteceu de uma maneira tão imprevista, rápida e silenciosa, que não percebi direito o que estava acontecendo. Tive apenas a noção de um baque. Cláudio, então, parou. Notei que enchia o peito, que revirava um pouco o busto. Teve apenas uma exclamação:

— Ahn!

E foi me deixando escorregar, suavemente, pelo seu corpo, como se tivesse medo que me machucasse. Só aí é que um relâmpago encheu o céu, iluminou a terra. Eu, que já estava de pé, espantada, de frente para ele, vi que saía de sua boca uma coisa grossa, viva, escura, como que efervescente. Foi só um segundo, porém o bastante para eu descobrir o que era: sangue! E o seu olhar tinha uma expressão de espanto, de medo, de interrogação, como se visse, na sua frente, não o meu rosto, mas a máscara da morte. Então, seu corpo caiu, como um bloco de chumbo, na areia fofa. Senti, mais do que vi, a sua queda. Gritei como uma louca, dentro da noite, porque acabava de compreender tudo: Cláudio fora apunhalado pelas costas, com um golpe único, profundo e mortal. Estava de bruços, rosto voltado para a areia; e, a um novo relâmpago, vi o punhal ou, antes, o cabo do punhal, porque quase toda a lâmina devia estar enterrada na carne. Não pensei, não refleti. Saí correndo, não sabia para onde, para algum lugar, contanto que fosse para bem longe dali. O medo me duplicava as forças, às vezes eu me sentia alada. Já estava longe, muito longe, quando senti que alguém me perseguia, que alguém respirava perto de mim. Era o assassino, só podia ser o assassino. Tropecei numa pedra e caí. Não tive tempo de me levantar. Alguém me segurava e...

25

Eu estava certa de que chegara a minha vez. O assassino havia de querer emudecer a única testemunha do seu crime. Presa nos seus braços, ainda me debati, esbofeteei-o; e, por fim, reunindo todas as minhas forças, para me libertar, dei um arranco. Quase consegui escapar, faltou pouco para que me desprendesse. Mas ele, rápido, me prendeu pela saia, quando estava começando a correr. Apertou-me, então, de encontro a seu peito, estreitou-me como se quisesse me triturar. Eu sentia a sua respiração forte, as batidas do seu coração. Estranha, tão estranha, aquela espécie de luta sem palavras, no escuro! Pedi, supliquei:

— Deixe-me! Eu não digo nada! Não conto a ninguém, juro!

Ordenou, arquejando:

— Quieta!

Só pude balbuciar, no meu espanto:

— Jorge!

Identificara a sua voz. Era ele, era Jorge. Estava cansado, numa fadiga absoluta, senti que seu abraço afrouxava, que se eu quisesse, naquele momento, se desse um arranco mais forte, conseguiria soltar-me. Seu corpo deslizou ao longo do meu corpo; ele caiu de joelhos, dizendo apenas, numa espécie de delírio:

— Suzana! Suzana!

Repetia meu nome como se fizesse um apelo, abraçava-se às minhas pernas. Meu temor se dissolveu em pena. Sem querer, eu, em pé, ele, de joelhos — fiz um gesto, acariciando os seus cabelos, ásperos de areia. Jorge parecia tão infeliz, tão desgraçado. E eu nunca pude ver ninguém sofrendo. Durante um, dois minutos, não dissemos nada, sempre na mesma posição. Eu procurava me recuperar de todas as angústias anteriores. Sentia-me segura, sentia-me tranquila; era como se, de um instante para outro, a minha vida tivesse mudado, tanto, tanto, e eu já não precisasse recear nada, absolutamente nada. Mas de repente ocorreu-me uma ideia que veio fundir minha paz, a espécie de felicidade que me possuíra. Era a lembrança do crime. Caí de joelhos, também, ficamos quase rosto com rosto. Perguntei:

— Foi você?

— O quê?

Eu não sabia como me exprimir:

— Que fez aquilo?

Não queria perguntar concretamente se era ele o assassino. Custou a responder. Levantei-me, outra vez, já com um princípio de angústia, de medo. Mas eu queria saber, precisava saber:

— Foi ou não foi?

E ele:

— Foi.

— Então, você é um assassino?

Levantou-se, também. Confirmou, não sem uma certa dignidade:

— Sou, sou assassino.

Recuei, com a ideia absurda que ele pudesse estar sujo de sangue. O horror que eu sempre sentira pelos homicidas crispou-me toda. Tive vontade de gritar: "Não se aproxime, não me toque!". Mas ele, rápido, enérgico, viril, me segurou, firme, pelos dois braços. Eu não disse nada, não tentei um gesto; fiquei só ouvindo:

— Matei por sua causa, para salvá-la — não se esqueça disso. E só lamento uma coisa — que não tivesse sido o "outro".

— Quem?

— Aristeu. Eu o mataria com um prazer muito maior. Foi pena: Deus não quis!

Protestei:

— Não fale em Deus, não use o nome de Deus!

Baixou a voz, abraçou-me. Eu não me mexia, passiva, abandonada, incapaz de uma iniciativa, de uma reação, de um ato qualquer de vontade. Ele soprava no meu ouvido, seus lábios encostavam na minha orelha:

— Eu sabia que você vinha falar com Cláudio. Sua avó e Maria Luiza me haviam dito. Subornei aquele empregado mudo e vim seguindo você, sem que ninguém soubesse. Trazia o punhal que sua avó me arranjou. Alguma coisa me dizia que isto ia acabar assim, numa desgraça. Ouvi toda a conversa, escutei quando ele falou na ilhota. Esperei mais um pouco. E quando ele quis levar você, eu, que já estava com o punhal nas mãos, avancei para ele e enterrei tudo, até o cabo. Foi uma punhalada só, mas bastou.

Chorei:

— Meu Deus! Meu Deus!

Ergui o rosto para o céu, como para mostrar meu desespero. Eu me sentia ligada, de alguma maneira, àquele crime, porque Jorge matara por mim. Tive um sentimento enorme de culpa. Veio-me a impressão viva, a impressão carnal, de que estava impresso no meu corpo um estigma escarlate. Jorge explicava que lhe custara um esforço sobre-humano, a ele, enfraquecido, me acompanhar. Eu corria tanto!

— E agora? — perguntei, chorando sempre.

— Agora, o quê?

— Ele vai ficar assim?

— Não entendo.

— Quer dizer, sem túmulo?

— Depois, enterram.

— Imagino — era este meu maior desespero — imagino quando Aristeu descobrir. Eram tão amigos, quase irmãos!

No escuro, ouvi o riso selvagem de Jorge:

— Amigos?

— Pelo amor de Deus, não ria!

— "Amigos", e quando acaba Cláudio queria trair o outro, queria raptar a mulher do outro!

— Mas Aristeu não sabe da traição, só se alguém disser.

— Dizer o quê? Dizer coisa nenhuma! Eu tenho que fugir, antes que seja tarde, antes que descubram. Vou pegar a lancha.

Estranhei, pensando que Jorge não soubesse guiar a embarcação. Mas ele sabia, sim, e disse que era muito fácil, facílimo, até. Respirei, porque, afinal de contas, esta era a melhor solução: que ele partisse quanto antes. Se ficasse, haveria, com certeza, outro crime, e mais cruel, mais bárbaro do que o primeiro, porque Aristeu o mataria. Passei as costas da mão nos olhos, para tirar as lágrimas. Houve em mim uma espécie de saudade, de nostalgia antecipada, daquele homem que me amava de uma maneira tão intensa, quase fanática.

— Já vai? — perguntei.

— Já.

Estávamos um diante do outro. Mas não nos víamos. Tive um gesto, que eu posso chamar de involuntário: passei a mão no seu rosto, como se quisesse ter, pelo tato, uma ideia de seus traços. Não foi propriamente uma carícia, mas um reconhecimento da fisionomia que eu não podia ver. Quando acabei — absurdamente comovida — murmurei:

— Adeus.

— Adeus, por quê?

— Você não vai?

— Vou.

— Então?

Comecei a perceber que alguma coisa de estranho, de vago, de suspeito se interpunha entre nós. Tive um choque, um traumatismo que me inteiriçou toda, quando ele disse, de uma maneira macia, quase inaudível:

— Mas você também vai, Suzana.

Juro que não entendi. As palavras dele estavam bem nítidas em mim: "Mas você também vai". E, apesar disso, eu não conseguia descobrir o que elas queriam dizer. Ainda pensei que ele estivesse sugerindo apenas o seguinte: que eu o acompanhasse até o ancoradouro, para ver a largada da lancha. Mas ele, positivo, terminante, desfez logo a ilusão:

— Vamos juntos.

Fiquei sem uma gota de sangue no rosto:

— Juntos?

— Sim, juntos. Pelo amor de Deus, não discuta! Daqui a pouco descobrem o que houve. Vamos logo!

Puxava-me pela mão. Queria me arrastar de qualquer maneira. Lembro-me que ainda perguntei:

— Mas ir para onde, Jorge?

— Para a ilha, ora essa!

— A ilhazinha?

— Claro! Agora eu sou um criminoso. Aristeu me denunciará, serei perseguido — entendeu? Tenho que viver num lugar assim muito tempo, escondido. Na ilha há mantimentos, que Cláudio e Aristeu deixaram lá; frutas nas árvores; fontes vivas, para a sede. O empregado que eu subornei conhece, me contou. Venha, Suzana!

— Só há um obstáculo.

— Qual?

— Não posso, não quero, não tenho a mínima vontade de ir. Para eu fazer isso — compreenda — seria preciso que eu gostasse muito, mas muito mesmo, de um homem.

Ele mudou de tom, quando perguntou, com uma falsa serenidade:

— Você quer dizer que não gosta de mim?

— Pois é, Jorge. Sinto muito, você vai me desculpar, mas não gosto.

— Não adiantou, então, o que eu lhe disse? Que não houve nada entre mim e sua mãe?

— Adiantou, porque eu odiava você; e agora não odeio. Talvez mais tarde, com mais convivência, eu venha a gostar de você. Neste momento, não. Não estou em estado de gostar de ninguém, não tenho alma para gostar de pessoa alguma.

Ele me ouviu sem dizer nada. E quando eu insinuei que devia esperar, não pôde mais; toda a cólera, que vinha controlando, explodiu. Gritou comigo:

— Está louca? — perguntou. — Pedir a um homem que acaba de matar outro homem que espere? Você não percebe que não posso esperar nem um minuto, nem um segundo? Que tem que ser já?

— Já?

— Já, sim! Ou, então, nunca. Eu quis usar boas maneiras, Suzana, mas com você não adianta. Você é como sua mãe. Exatamente, a mesma coisa. Sem tirar, nem pôr.

Na febre, que o punha fora de si, contou o que não queria, nem devia contar:

— Ela também resistiu. Também disse que "não gostava de mim". Mas eu sei como é mulher — repetiu, com ênfase — conheço mulher perfeitamente. A mim elas não me enganam, duvido. Um dia, fiz com sua mãe exatamente isto que vou fazer — quer ver? Olhe!

Fui apanhada de surpresa. Pegou-me, antes que eu pudesse adivinhar o que ia fazer. Quando vi, estava nos seus braços, quase sufocada. Não havia nele nada que lembrasse o homem enfraquecido; a exaltação lhe dava uma estranha força nervosa. Eu não podia nem me mexer. Virei o rosto, ora para um lado, ora para o outro, fugindo à sua boca que procurava, que perseguia, a minha, na obstinação que vem do amor. Até que ele com uma das mãos pegou a minha cabeça por trás, imobilizou-a. Fechei os lábios, para que ele visse, para que ele sentisse que eu não correspondia ao beijo. Era a minha defesa de mulher. E isso, essa resistência, aumentou a febre, deu-lhe uma espécie de loucura. Beijou-me no queixo, nas faces, nos olhos e, súbito, nos lábios. Mas estes estavam trancados. Jorge só faltou pedir, implorar que eu os entreabrisse. Que esperança! Naquele instante, eu estava dizendo a mim mesma: "Não sou como mamãe, não sou!". Queria mostrar a ele que nem todas as mulheres se parecem. Jorge não desistiu. Outra vez, se desesperava de me ver fria, fria, enquanto ele era devorado por um implacável fogo interior. Encostou a boca na minha orelha para dizer:

— Ela fez isso mesmo! No princípio, também resistiu...

— Cínico!

— Foi, sim. Mas eu insisti; e ela acabou se abandonando. Então, beijei, como quis, não uma vez, nem duas, mas muitas!

— E você tinha me dito que ela é que o procurava!

— Menti. Para que contar a verdade?

Do seu despeito é que vinha essa violenta, cínica sinceridade. Estávamos numa situação em que era inútil mentir, dissimular; ele podia tirar a máscara, mostrar a sua face verdadeira e cruel. Só aí, parece incrível, eu compreendi o drama de mamãe, só aí tive pena de sua fragilidade patética. Doce criatura que morrera de amor!

Enchi-me de uma irritação tão grande, tão profunda, que o desafiei:

— Você está pensando que vai fazer a mesma coisa comigo?

— Claro!

— Experimente. Pode me beijar quantas vezes quiser. Eu deixo. Continuarei gelada. Quer ver?

Desta vez, não fugi com o rosto; ergui meus lábios na altura de sua boca, ofereci-os. Não esperava por isso, tonteou, a princípio. Depois, se concentrou. Deu-me um beijo, não muitos; um só, mas que ele, na sua febre, prolongou, até onde pôde. Percebi a sua angústia, o seu desespero, a vontade de transmitir a mim a mesma tensão, a mesma loucura, de criar dentro de mim o grande êxtase. Deixei-me beijar, fui absolutamente dócil. Afinal, Jorge não pôde mais; tinha terminado, respirava forte, como se tivesse feito um grande esforço. E eu fria, fria de gelo, sem um frêmito, sem uma emoção, dona de mim mesma, na plena posse de minha consciência, dos meus nervos, de tudo. Ofegando, ele pegou meu rosto entre as duas mãos, como se pudesse ver no escuro meus olhos, minha boca, a minha fisionomia. Que felicidade a minha de poder dizer, com a voz mais natural e num tom absolutamente frívolo:

— Viu?

Jorge não soube o que responder. Compreendia que seu beijo não despertara em mim absolutamente nada, não ferira minha emoção de mulher. E isso lhe deu uma intolerável amargura, um despeito, uma humilhação como talvez jamais tivesse sentido. Na embriaguez do meu triunfo, prossegui:

— Estou fria, não senti coisa nenhuma. Você fracassou. Agora saia, desapareça da minha frente, e não volte, porque eu não quero vê-lo mais, nunca mais!

Mal pude acabar, porque Jorge me torceu o braço, com tal violência, que não sei como não me partiu o pulso. Gritei:

— Você me parte o braço!

E ele:

— Vá andando, antes que eu perca a cabeça! E não grite, não faça barulho!

Fomos andando. Qualquer resistência que tentasse, e logo ele torceria mais um pouco. Eu sabia, tinha certeza de que, naquele momento, Jorge chegaria ao crime. Apesar de toda a angústia de minha situação, eu me sentia dramaticamente feliz. Vencera Jorge e a mim mesma; e uma coisa me comovia estranhamente: fizera tudo em intenção de minha mãe, como se assim pudesse redimi-la. Acreditei que, depois de ter vencido a prova do beijo, a alma de mamãe podia enfim descansar em paz, para toda a eternidade. Houve uma vez que não me contive; disse:

— Minha mãe está vingada!

Ele não entendeu, era impossível que entendesse. Eu sabia; não tinha a menor dúvida do nosso destino; era a lancha e, depois, a viagem para a ilhazinha. Mas não me preocupava, feliz apesar de tudo, feliz porque, pela primeira vez, sentia uma ternura quente, espontânea, irresistível, por mamãe. Que importava a minha própria sorte? Que importava o que Jorge fizesse, na ilhazinha ou fora dela, se jamais conseguiria despertar em mim uma emoção, um estremecimento, qualquer coisa que se parecesse com volutuosidade.

Ele virou mais o meu pulso. Desafiei-o:

— Por que não me quebra logo o braço?

Não respondeu, o rosto fechado, uma prega de crueldade na boca. Amanhecia quando vi, a curta distância, a embarcação que nos levaria. Não havia mais sinais de tempestade, a não ser algumas nuvens negras que o vento ia tocando para a frente. Apareciam grandes pedaços de céu, de azul muito límpido. Ele corria, me arrastando, com medo de que alguém aparecesse.

Gritou:

— Depressa!

No fim, eu ia aos empurrões. Acho que não havia um lugar no meu corpo que não doesse. Antes de ser atirada na lancha — porque foi isso que ele fez — ainda pensei em dar um grito, em pedir socorro. Talvez alguém me ouvisse ou, pelo menos, soubesse o nosso destino. Cheguei a abrir a boca, mas ele previu o grito, tapou meus lábios com a mão. Inútil; desisti de lutar. Entrei na lancha, deitei--me num canto. Rápido, eficiente, num desesperado dinamismo, ele cortou a corda que nos prendia. Não perdeu tempo, como se conhecesse a fundo aquele tipo de embarcação. Num instante, pôs o motor funcionando. Eu estava cansada, entorpecida, incapaz de um raciocínio, de uma reação, apenas com o desejo de dormir ou de ficar no meu canto quieta, esquecida. A lancha partiu; avançava não jogando quase nada, distanciava-se da praia. Imaginei o que seria de mim na ilhazinha. Era melhor não pensar. Só quando estávamos bem longe é que ele falou; eu senti na sua atitude, na sua voz, na ênfase, a certeza de que, afinal, eu era uma coisa sua. Foi uma exclamação só, mas que me fez estremecer:

— Minha!

Estava certo, oh se estava, de que entre nós não se levantaria ninguém, nenhum obstáculo. Ele teve um gesto cruel, de conquistador vitorioso. Pegou-me pelos cabelos e me puxou... Repetiu, numa embriaguez:

— Minha!

Então, de um canto qualquer da embarcação, veio aquela voz e aquela pergunta:

— Sua por quê?

26

NASCIMENTO DO AMOR

ESTAVA DEITADA, AO LONGO do banco, perto do leme; Jorge, em pé, a camisa rasgada, o peito aparecendo, pilotando a embarcação. Podíamos esperar por tudo, menos por aquilo. Tivemos o mesmo movimento: olhar na direção da voz. No primeiro minuto, não identifiquei quem falara, porque meu espanto, meu susto, foi indescritível. Jorge também ficou completamente imóvel, como alguém talhado em pedra. Era como se sentíssemos, eu e ele, que aquela voz era sobrenatural, e não de uma pessoa viva, de uma pessoa comum. Da outra extremidade da lancha — levantava-se uma figura que logo reconheci. Ah, meu Deus! Eu me recusava a acreditar em mim mesma, nos meus sentidos, na minha visão. Ouvi a exclamação de Jorge e logo o ríctus de raiva que lhe marcou o rosto e escureceu os olhos:

— Aristeu!

Era ele, sim, ele, sempre ele, aparecendo nos momentos supremos de minha vida. Olhava só meio agachado, como quem se prepara para dar o salto. Nem um olhar para mim, como se eu não existisse, não fosse nada na ordem das coisas. Apenas espiava Jorge, vigiava os movimentos de Jorge; os dois se espreitavam. Olhei para um e para outro; jamais vi rostos tão inumanos e bestiais. O ódio que ardia neles tornava-os irreconhecíveis como homens. Podiam ser outras coisas: bestas-feras, gorilas, monstros de uma espécie desconhecida, menos homens. Passou pela minha cabeça a ideia de me jogar no mar. Desisti, porém. Alguma coisa me retinha ali, me unia àqueles homens. Juro que não tinha simpatia nem por um, nem por outro, que me era indiferente a sorte dos dois. Permaneci onde estava, quieta, sabendo que iam lutar e que o vencedor ficaria comigo.

— Sua por quê? — repetiu Aristeu.

Tapei o rosto com as duas mãos, para não ver o choque. Havia em mim o duplo sentimento de horror e fascinação. Virei as costas para a cena, os olhos fechados, ouvindo apenas o ruído da luta que já começara. Não se falaram durante todo o tempo. Escutei somente o barulho da respiração, a queda dos corpos, os encontrões que davam nas paredes da embarcação. Palavra nenhuma. Era o ódio que os emudecia, que parecia amordaçá-los. De repente, senti que tudo acabara. Não se ouvia mais nada, nenhum rumor, absolutamente nada. A não ser os haustos dos lutadores; um deles, pude perceber, respirava como um agonizante, numa pavorosa dispneia. Naquele momento, eu podia ter aberto os olhos, para identificar o homem que agora era meu dono por direito de luta. Mas não tive ânimo, nem vontade. Olhar para quê, se qualquer resultado seria a mesma coisa, se eu estava de qualquer maneira marcada pela fatalidade, se meu destino seria um só? Então, pensei na solução suprema, enquanto percebia que a lancha parava, que o motor emudecia: "Antes que alguém me toque, eu me mato, me atiro no mar". Nunca a ideia de morrer me fora tão doce, tão consoladora! Que bom morrer e nunca mais sentir em torno de mim, de meu corpo, de minha alma, o desejo obstinado dos homens. Crispei-me toda, porém. Sentira — e logo todos os meus nervos ficaram tensos — que alguém se arrastava para o meu lado, de uma maneira suave, lenta, quase imperceptível. "Jorge ou Aristeu?" — perguntei-me numa angústia mortal. Enchi o peito, como se me faltasse ar: e perguntei, a medo, quase sem voz:

— Quem é?

Nenhuma resposta. A pessoa não falou, como se quisesse aumentar meu pânico. Devagarinho, tirei as mãos do rosto, abri os olhos. Mas ainda assim não me virei, não tive coragem de me virar. Acho que naquele momento meu ar devia ser de choro. Fiquei contando os segundos: "Está mais perto"; interroguei-me a mim mesma: "Quem será?". Finalmente, meu coração quase deixou de bater. A pessoa chegara a meu lado, junto de mim, e eu ainda não sabia quem era, não tinha a menor ideia. Senti que, com esforço, arquejando, ela procurava se erguer, até que se sentou, bem atrás de mim. E eu, obstinada, olhando para o mar. "Por que não fala?", pensei. "Por que está calado?" Se falasse, se dissesse uma palavra, eu o identificaria num instante. Então não pude mais. Lentamente, muito lentamente, como se tivesse medo do que ia ver, fui virando o busto. Fechei os olhos, para só abri-los quando estivesse de frente para aquele companheiro mudo e sinistro. Ainda pensei: "Não prefiro nenhum dos dois. Para mim tanto faz, Jorge ou Aristeu". Mas antes que olhasse, ele falou, afinal:

— Suzana!

Tive um estremecimento de todo o meu ser. Aquela voz eu a conheceria em qualquer momento, em qualquer lugar. Eu estava agora de olhos bem abertos. Mas tudo fora tão rápido, tão espantoso, que me recusava a acreditar nos meus próprios olhos e nos meus próprios ouvidos. Sentia-me arrebatada por um desses sonhos que despedaçam os nervos de uma mulher. Balbuciei:

— Aristeu!

Ele teve um esgar de dor que não podia ser absolutamente sorriso. Fugi com o corpo para mais longe, não querendo contato nenhum. Sorriu para mim:

— Está com medo?

Tremendo, confessei:

— Estou. — E repeti: — Estou.

— Medo de quem? De mim?

— De você.

Procurei Jorge com os olhos. Estava na outra extremidade da lancha. Vencido pela segunda vez, o busto nu, sem um único fiapo da camisa. As suas feições, tão nítidas, tão finas, tão bem modeladas, não se viam mais: eram uma irreconhecível máscara sanguinolenta. Apontei para aquele corpo que não se mexia:

— Está morto?

— Não sei. Nem interessa. Quero saber só uma coisa: você desejou que eu ou ele vencesse?

— Nenhum dos dois. Todo homem é a mesma coisa.

Riu docemente:

— Eu, não. Eu sou melhor. Sou diferente. Não faria o que ele — indicou Jorge — e Cláudio fizeram.

— Você sabe que Cláudio...

— Sei de tudo. Noêmia andou escutando a conspiração de sua avó com você e as outras. Veio me avisar e eu não perdi mais você de vista. Você não dava um passo que eu não soubesse; digo mais: que eu não visse. Você punha batom nos lábios, eu via; penteava-se, eu via. Você tomava banho...

— O quê?

— Eu via também.

— Mentira!

— É mentira, sim. Você nunca vi. Mas, em compensação, vi — imagine quem?

— Não interessa.

— Mas eu digo — Noêmia. Vi Noêmia.

Arregalei os olhos:

— Noêmia? Não acredito!

— Então melhor. Mas fique sabendo que eu vi, uma vez, numa espécie de piscina natural que o mar faz entre as pedras. Ela pensou que estivesse sozinha, olhou para todos os lados, não viu ninguém. Se soubesse que eu a espiava, que não perdia um seu movimento! Banhou-se e eu, escondido, vendo! E sabe de uma coisa?

Virei o rosto para outro lado, querendo demonstrar que nada daquilo me interessava. Ele fez questão da minúcia gratuita e cínica:

— Como Noêmia é linda! Muito mais do que eu imaginava, sem comparação. Nem que eu viva cem anos, não me esquecerei do que vi.

Fechei os olhos, com o coração em disparada e um sentimento misterioso germinando em mim. Aristeu dizia as coisas sem se exacerbar, como se, ao evocar a cena do banho, experimentasse apenas um sereno deslumbramento:

— Não pensei que houvesse mulher tão bem-feita; e outra coisa: até hoje, não sei direito se ela é clara ou morena.

Tive coragem de encará-lo. Embora tivesse no rosto as marcas de briga, não parecia a fera, o bárbaro de pouco antes. Sentia nele uma serenidade intensa, uma calma fremente. Descobri nos seus olhos uma luz viva, de uma doçura que me penetrava. Ele continuou a pequena história:

— Eu vigiava você; Noêmia vigiava as outras. Eu soube que Cláudio estava comprometido. Agora imagine você — meu amigo, meu único amigo! Ele morreu ou deve estar agonizando. Pagou com a vida a traição.

Revoltei-me:

— Traição, por quê? Entre vocês, homens, não é tão comum, tão natural, desrespeitar a mulher dos outros?

— Eu, não. Eu nunca levantaria os olhos para a mulher de um amigo.

— Sei dessa!

— Sempre fui assim. Não renunciei à sua mãe? Mas isso não interessa: o certo é que eu sabia de toda a conspiração. E quando disse que Cláudio nos casaria, era para exasperá-lo. Quando você saiu, à noite, eu fui atrás, não só de você, mas de Jorge também. Depois você encontrou com Cláudio, não perdi uma palavra. Também vi quando Jorge atacou Cláudio; e não intervim, porque não interessava. Ali só você importava. No fim, eu é que teria você, e os outros, nada. Depois que Cláudio foi assassinado — pelo menos, aparentemente —, corri na sua frente e de Jorge, para me esconder na lancha. Só apareci quando foi preciso. Ia atirar aquele bandido no mar, ia oferecê-lo aos tubarões, mas mudei de opinião. Vou voltar e largá-lo na praia. Não vale a pena sujar minhas mãos com o sangue dele.

— E eu?

— Você o que é que tem?

— O que é que você vai fazer comigo?

— Nada.

Espantei-me:

— Nada?

— Pois é: nada!

Levantou-se, pôs o motor a funcionar. A lancha fez uma volta e rumou na direção da ilha. Não trocamos nem mais uma palavra. Eu abismada, sem compreender. Qual seria, então, minha parte naquela sinistra aventura? A lancha aproximava-se velozmente da praia. Quando encostou no pequeno cais, Aristeu veio buscar Jorge, que não recuperara ainda os sentidos; carregou-o nas costas. Fiquei imóvel, assistindo. Vi-o suspender Jorge com as duas mãos, levantá-lo sobre a própria cabeça e arremessá-lo depois, como se fosse não uma criatura, um ser humano e vivo, mas um simples fardo. Fechei os olhos, tapei os ouvidos para não ouvir o baque do corpo.

Eu podia ter saltado, mas não. Fiquei, em pé, na lancha, esperando não sei o quê. Sentia-me excluída, abandonada e já com um vago sentimento de humilhação. Pensava em Noêmia, no corpo de Noêmia, procurava imaginar: "Será tão bonito assim?". E eu imaginando que Aristeu ia me levar consigo, ia me raptar, fazer uma série de coisas violentas e abomináveis. Ele voltava sem pressa, no seu passo tranquilo:

— Está na hora de partir — disse, entrando na lancha.

— Vai para onde?

— Para a ilhazinha.

— Fazer lá o quê?

Custou a responder:

— Você não desconfia?

— Não!

E ele:

— Passar lá a nossa lua de mel.

— Está louco? Eu não quero, não vou!

Estava de costas para mim, vendo não sei o quê na lancha; virou-se, sardônico:

— E quem falou em você?

— Você mesmo, ora!

Teve um ar de espanto. E, de repente, soltou a sua gargalhada, tão bonita, sonora, um riso cheio e musical de barítono:

— Pensou que eu me referisse a você. Pensou mesmo? Não, minha filha. Você está de fora. Minha lua de mel será com outra pessoa.

— Quem?

— Não adivinha?

— Diga!

— Noêmia, claro!

Fiquei abismada:

— Noêmia? — perdi a cabeça. — Mas Noêmia, como? Você não disse que gostava de mim? Não propôs casamento? Na mesa, não disse — "Te amo, te amo e te amo"?

Confirmou, negligente, ocupado em limpar uma peça de máquina:

— Disse!

— E como é que agora muda de opinião?

— Muito simples: Noêmia gosta de mim, é louca por mim, nela eu posso ter confiança e em você, não. Está satisfeita?

Súbito, vi Aristeu olhar por cima de minha cabeça; e logo sua fisionomia se transformou. Virei-me, para ver o que era. Tive um choque: enxergava, na distância, o vulto de Noêmia. Era ela, sim, perfeitamente identificável. Vinha na direção da lancha e correndo. Foi isso que me decidiu. Puxei Aristeu pelo braço, inteiramente desesperada:

— Vamos embora, antes que ela chegue!

— Mas para onde?

— Para a tal ilha. Depressa!

— Você não gosta de mim.

Bati com o pé no chão, já chorando, teimando como uma criança:

— Gosto, gosto!

— Jura?

— Já não disse? Quer mais o quê? Vamos.

Não fez um comentário. A lancha arrancou, de novo. Quase perdi o equilíbrio, mas me segurei a tempo. Fiquei, em pé, na extremidade da embarcação, vendo o vulto pequenino de Noêmia. Tinha parado agora; até onde pude ver, continuou assim imóvel na distância, como se a dor a petrificasse. Só então, caí em mim e compreendi que fizera uma loucura. Olhei Aristeu. Com os cabelos desmanchados pelo vento e a paixão que ardia nos seus olhos, parecia um demônio. Assustei-me com a situação. Arrependi-me. Gritei:

— Pare!

E como ele nem respondesse, corri para me atirar ao mar. Mas ele, mais rápido, veio atrás e me trouxe de volta, segura pelo pulso. E assim eu fiquei, durante toda a viagem, presa, chorando todas as minhas lágrimas e todos os meus desesperos. Outra vez, sentia o terror do homem. Nenhum prestava, nenhum. Eram incapazes de um sentimento mais profundo e mais nobre, de uma solicitude desinteressada, de um desprendimento, de um sonho. A única coisa que sabiam fazer era criar paixões abjetas, desejos brutais. Um beijo, uma carícia, qualquer expressão de amor, era uma nódoa, uma mácula, um estigma que marcava a carne da mulher. Olhei para a mão de Aristeu: era grossa, pesada, os dedos duros, como se fossem de pedra ou de ferro. Reparei na sua fisionomia: nenhum traço doce, só linhas duras, cruéis e uns olhos iluminados de paixão. Sentia-me como uma branca, uma frágil, uma civilizada mulher, que um gorila tivesse raptado e que fosse levando para o seio misterioso e noturno da floresta. Percebi que meu desespero se aproximava da histeria ou da loucura. Na fúria do medo, tive um impulso inesperado: mordi-lhe as mãos, enterrei meus dentes na sua carne. Ele não fez um gesto, não disse nada, nem sequer retirou a mão, como se a dor física também participasse do amor, também correspondesse a não sei que forma estranha e dramática do prazer. Quando retirei a boca, espantei-me de mim mesma, do meu próprio ímpeto selvagem. Foi talvez aí que eu, pela primeira vez, descobri que o amor não era apenas doce, suave, poético, gracioso como eu pensava, mas tinha também seu fundo bárbaro, antediluviano. Meu desespero diminuiu um pouco. Baixei a cabeça, numa súbita vergonha, sem compreender minha própria alma. Ele atiçou-me:

— Morda mais!

Ninguém pode imaginar como me senti animal. Fiquei na dúvida, se eu não era suscetível também de me transformar, de me desumanizar, ao sopro de uma paixão, fosse esta oriunda do amor, do ódio. Olhei o mar e abri muito os olhos, não sei se atemorizada ou deslumbrada. De repente, como por encanto, emergia das águas o vulto da ilhazinha. Muito pequena, decorativa, quase doméstica, coqueiros e todo um inconfundível ar tropical. Além da faixa estreita da praia, o que eu divisava era floresta, ou espécie de floresta, também pequena como tudo o mais ali. Floresta que devia dar impressão, a quem a penetrasse, de uma coisa íntima, restrita. Aristeu ia calado; julguei descobrir nos seus olhos, e em todo o seu rosto, uma expressão de sonho mau. A lancha se aproximava mais e mais da terra, até que parou, pouco antes do quebra-mar. Aristeu apanhou a pequena âncora, arremessou-a no mar, para fixar a embarcação. E, em seguida, para mim:

— Vamos!

— Como?

Limitou-se a me carregar nos braços, depois de explicar que ali era raso. Tive medo; ele, então, foi na frente. Deixou-se cair n'água e fez sinal para que fizesse o mesmo. Foi aí que o medo me dominou outra vez. Recuei para o fundo da lancha:

— Não vou! Não adianta que não vou!

Não queria descer, na certeza absurda de que, enquanto estivesse ali, na lancha, ele não ousaria nada, não faria nada. Meu grande pavor era a ilha, a solidão que a tornava um lugar talvez único no mundo. Ele não se impacientou; subiu, de novo. Vi-o, ensopado, pingando, avançar para mim. Qualquer coisa no jeito de sua boca, na luz dos seus olhos — me fez estremecer. Abri a boca para gritar, mas o grito não saiu. Tomou-me nos braços, como se fosse uma pequenina coisa quebrável; apertou-me, primeiro devagar; depois, com mais força, quase me retirando a respiração; disse com a boca encostada na minha boca:

— Minha!

Também Jorge dissera isso. Mas agora não surgiria ninguém. Estávamos sozinhos, como se fosse eu a única mulher, ele o único homem. Eu poderia gritar, pedir socorro; não apareceria viva alma. Foi justamente isso que ele me disse:

— Grite, pode gritar — por que não grita?

Para que gritar, se o que havia em mim eram o terror e o sentimento de que tudo estava perdido! Para que gritar, se a mulher que havia em mim despertara, afinal? Ele me apertou mais nos braços (era mau, perverso, violento, doce, feio e deslumbrante, tinha todos os defeitos e todas as qualidades). Depois, fui sentindo uma fraqueza, uma coisa, uma vontade de abandono, de não lutar mais. Tão bom sentir-me fraca, indefesa, perdida! Sua boca se colava à minha. Eu não conhecia nada daquilo, nenhuma daquelas sensações; tive, porém, esta sabedoria instintiva que vem da vocação amorosa. Sentia aquela boca presa à minha, sugando minha boca. Naquele momento descobri o beijo, descobri a coisa mortal que é o beijo!

Quando nossos rostos se separaram, ele quis ver os meus olhos velados na agonia do amor. Eu não reparava em nada, fechada no meu êxtase. E não compreendia por que, numa fração de segundo, se produzira aquele milagre, na minha carne e na minha alma. Ele teve um gesto inesperado e brutal: rasgou minha blusa na altura do peito. Um seio apareceu, vivo, perfeito, palpitante. Apontei para a ilha, num impudor que eu mesma achei lindo:

— Vamos!

Só tive consciência das coisas e de mim mesma quando pisamos na praia. Senti-me subitamente desligada de tudo e de todos; era como se nem eu, nem ele tivéssemos passado. O mundo começava, a vida nascia; sentíamos o deslumbramento do primeiro homem e da primeira mulher que descobriram o amor. Não sair dali, fazer de uma ilha a nossa alcova e o nosso túmulo!

Eu não queria ter dado aquele grito!

Dois DIAS DEPOIS, voltamos à ilha maior. Cláudio fora encontrado com vida; estava morre-não-morre. Tia Hermínia era sua enfermeira; não saía de perto dele, dia e noite, numa dedicação quase inumana. E, se não fosse ela, Cláudio teria morrido no abandono. Jorge parecia outro; não queria falar com ninguém, fugia de qualquer companhia. Emagrecera, deixara de fazer a barba, só queria andar em lugares desertos. Uma vez quase bateu em vovó, porque esta o foi procurar numa pequena praia, deserta e escondida. Todos sentiam que o seu fim seria a loucura ou o suicídio. Noêmia estava linda, de uma graça mais frágil e mais triste. Não desejava nem a vida, nem a morte. Por onde andasse, levaria consigo um maravilhoso sonho morto. Vovó envelhecera, em dois dias, não sei quantos anos; não sorria, não falava; sua fisionomia era uma máscara pétrea. Não teve um gesto, um sorriso, um espanto, uma lágrima, quando aparecemos. Dias depois, assinava todos os papéis que Aristeu apresentou. Para ela, tanto fazia que eu casasse ou deixasse de casar. Aristeu não perdeu tempo: fez todo mundo embarcar de volta. Cláudio foi de maca, sob a vigilância e a solicitude de tia Hermínia; Jorge num mutismo sinistro, sem olhar, sequer, para as irmãs. Antes de partir, Noêmia teve um gesto que impressionou: beijou o chão, como que agradecida à terra em que conhecera o amor — seu tristíssimo amor. Voltando a Cláudio e a tia Hermínia, será talvez interessante informar: eles se casaram um ano e tanto depois.

Ao lado de Aristeu eu sentia que é tão fácil, tão simples e tão doce ser fiel. Eu não poderia traí-lo nunca!

Da autobiografia ao romance caleidoscópico

Elen de Medeiros

Suzana Flag, como é sabido, era um dos principais pseudônimos de Nelson Rodrigues, que se valeu desse recurso por causa de uma censura acirrada em torno de seu nome, a qual lhe rendia muitas polêmicas. Mas, mais do que um subterfúgio, o uso de pseudônimos femininos (Suzana Flag e Myrna) lhe permitiu experimentar uma linguagem em prosa que, a despeito de inegáveis aproximações com seu teatro e mesmo com seus contos e crônicas, ganhava forma e se desenvolvia à revelia de suas experimentações para a cena. Algo interessante dessa autonomia das prosas sob pseudônimo é que corriam por fora exatamente no mesmo período em que o dramaturgo sofria com constantes restrições às suas peças, posteriormente denominadas por Sábato Magaldi de *míticas*. Tanto que esta autobiografia de Suzana Flag, escrita em 1946, está cronologicamente localizada entre *Álbum de família* e *Anjo negro* – ambas obras censuradas.

Terceiro romance assinado por Suzana Flag, *Minha vida* recebe uma estranha denominação de romance autobiográfico. Por um lado, sentimos o estranhamento ao nos deparar com uma história extremamente fabulosa e rocambolesca, o que nos leva a uma compreensão de brincadeira com a tipologia escolhida. Existe um choque com a suposta vida "real", marcada por inúmeros lances melodramáticos, os quais ficariam submersos pela ideia de ser uma autobiografia.

Por outro lado, como desdobramento desse choque inicial, o livro é uma autobiografia de uma personagem totalmente ficcionalizada, o que tensiona a ideia ou a premissa autobiográfica. Mas é justamente esse aspecto que nos colocará diante de uma narrativa elaborada a partir de uma perspectiva caleidoscópica, já que o autor cria a história de sua heroína como um espelhamento de tantas outras já existentes na sua literatura.

Comecemos pelo primeiro ponto: nada na narrativa dá margem para pensá-la como retrato da vida real, ainda que, a certa altura, a narradora pontue que seja "a vida como ela é; feia, vil, trágica". Suas personagens são movidas por paixões absolutas, levadas ao limite do bom senso, como se cada sentimento estivesse potencializado pela dedicação completa. Cada dia da vida de Suzana, após a morte de seus pais, é marcado por um lance inesperado, causando uma reviravolta intensa no eixo dos acontecimentos da jovem de quinze anos. Por último, embora o prosaico esteja constantemente presente na elaboração fabular, não se sabe onde as personagens moram, o que fazem para viver, tampouco se têm profissão ou de onde veio a fortuna que as sustenta. Elementos esperados em uma autobiografia são ocultados pelos lances de paixão e de ódio, de vingança e de medo. A narrativa em si começa *in medias res*, já em completo estado de tensão, sem afrouxar um instante até o desfecho do livro.

As ações são reduzidas ao mínimo possível para dar espaço e dimensão às introspecções passionais da narradora, intercalando as impressões sobre o amor e o ódio, o desejo e o medo, e as sensações de descoberta desses sentimentos em meio à ideia de vingar-se pela morte dos pais. Nesse jogo introspectivo, Suzana Flag vive em um ambiente cercado de mulheres: a avó, as tias Hermínia e Laura, as irmãs do esperado noivo – Maria Luiza, Maria Helena e Noêmia. E pelos homens que surgem para disputar seu amor: Jorge, Aristeu e, por fim, Cláudio. Durante todo o desenvolvimento da história, que se condensa em poucos dias, as ações são supérfluas, apenas utilizadas como desculpa para as peripécias sentimentais pelas quais passam as personagens da trama, em especial Suzana.

Como no espaço de clausura em que se desenvolve boa parte das peças de Nelson, aquele de onde ninguém entra e ninguém sai, como um microcosmo social, em que tudo acontece, boa parte do romance ocorre em uma ilha isolada no meio do mar. Em certo momento da história, todos os personagens são levados por Aristeu à sua ilha, localizada em lugar nenhum, carregada de uma atmosfera lúgubre, em que as situações e paixões em torno desse quarteto amoroso se acentuam ainda mais. O medo e a emoção se tornam cada vez mais densos, intensificados pelo encerramento de todos.

A definição de autobiografia, segundo Philippe Lejeune em *O pacto autobiográfico*, é relativamente simples e restrita: "narrativa retrospectiva em prosa que uma pessoa real faz de sua própria existência, quando focaliza sua história individual, a história de sua personalidade" (2014, p. 16). Isso nos leva ao segundo ponto de observação: *como* se elabora a autobiografia de uma personagem de ficção? A nossa hipótese é que ela se torna um espaço de experimentação formal de um autor ironista. Nesse sentido, esta obra de Nelson Rodrigues tem alguns pontos de intersecção com outras do autor.

É um livro que, absorvendo alguns procedimentos do gênero autobiográfico, a exemplo da narrativa em primeira pessoa para descrever situações "pessoais", promove uma subversão do gênero e "passa a perna" no leitor, estendendo no texto uma camada *aparentemente* biográfica, mas que envereda pelos meandros dos desejos sub-reptícios, das descobertas juvenis e dos ardis de seus personagens, todos sempre no entorno da narradora-protagonista, Suzana Flag, que poderia ser Sônia, de *A valsa nº 6*, ou Silene, de *Os sete gatinhos*. Pelas sinuosas obsessões rodriguianas, a narrativa captura o leitor, pelos ganchos narrativos e pelas investigações de uma jovem alma desabrochando para o mundo e para a descoberta do amor.

Curiosamente, a narrativa nos leva a um constante e intrincado olhar caleidoscópico, já que os cruzamentos de personagens, ações, enfrentamentos e movimentos passionais nos conduzem a outras obras, principalmente da prosa e do teatro rodriguianos. Em certos momentos, vê-se nitidamente a influência dos melodramas cinematográficos, com referências a — *E o vento levou*[2] e *Rebecca, uma mulher inesquecível*.[3] A própria ideia de isolamento, observada anteriormente, é uma constante: "Era como se fôssemos no mundo eu, a única mulher, e ele, o único homem", observa a narradora-personagem Suzana Flag. Semelhante afirmação está presente em *Álbum de família*, em uma fala de Edmundo: "Mãe, às vezes eu sinto como se o mundo estivesse vazio, e ninguém mais existisse, a não ser nós, quer dizer, você, papai, eu e meus irmãos". E Suzana ainda reitera no capítulo 16 de *Minha vida*: "Às vezes, eu tinha a impressão de que alguma catástrofe destruíra a espécie humana e só aqueles homens e aquelas mulheres, inclusive eu, haviam sobrevivido".

Outro ponto de aproximação é a composição dessas famílias e as tragédias que as circundam: assim como nos laços que compõem *Minha vida*, Suzana Flag desenha semelhantes conflitos em *Núpcias de fogo*, quarto romance sob esse pseudônimo, escrito originalmente em 1948. Se, em *Minha vida*, temos as irmãs Noêmia e Maria Helena disputando a atenção de Aristeu, o enfrentamento deslizará para a trama central em *Núpcias de fogo*, colocando o foco dos leitores nos embates entre Lúcia e Dóris, que se digladiam pelo amor de Carlos, com uma primogênita tímida e subjugada pela imagem extrovertida da caçula. Mas também encontramos esse procedimento em *Vestido de noiva*, na disputa de Alaíde e Lúcia pelo amor de Pedro, como em tantas outras peças e romances.

O conflito desse universo familiar é, muitas vezes, o dínamo de agenciamento das tragédias nas tramas, marcado pelas relações conflituosas entre mães e filhas, irmãs, adoração dos pais pelas filhas e vice-versa; as casas são sempre cheias de tias solteiras e recalcadas, tios distantes que carregam segredos. No presente romance, para erigir uma nova estrutura familiar, a antiga precisa desfazer-se,

---

[2] Aclamado filme de 1939, vencedor do Oscar de melhor filme, melhor diretor e melhor roteiro adaptado em 1940, protagonizado por Clarke Gable e Vivian Leigh, que é também citado nominalmente pelo autor em *Vestido de noiva*.

[3] Adaptação cinematográfica realizada em 1940 por Alfred Hitchcock de romance homônimo, estrelada por Jean Fontaine e Laurence Olivier. Foi vencedora do Oscar de melhor filme em 1941.

desmoronar-se, deixando os velhos recalques e paixões darem lugar aos amores mais puros e sublimes. Suzana, para descobrir-se uma mulher diferente de sua mãe e fugir da maldição materna, precisa enfrentar sua avó e aquele ambiente em que está presa.

Ao leitor desavisado, essa constante na obra rodriguiana — a saber, o cruzamento entre os temas e motes nos romances e no teatro —, pode parecer como mera e deslumbrada repetição. No entanto, há de se observar, nesse movimento palimpséstico, de sobreposição de novos formatos aos modelos originais, um exercício que está além de uma construção estilística do autor, mas sobretudo o exercício de burilar seus próprios *topoi*, em busca de novos modos narrativos. Em *Asfalto selvagem*, por exemplo, estão reunidos na prosa vários dos elementos presentes em seu teatro: personagens, frases e motivações. Surge, na narrativa de Engraçadinha, Cadelão (de *Bonitinha, mas ordinária*), a ideia de uma morta que narra sua história (*Toda nudez será castigada*), o jornalista Amado Ribeiro (*Beijo no asfalto*), dentre tantas outras referências cruzadas.

Retornamos, então, à ideia de um *romance autobiográfico*, terminologia por si só desenhada pela contradição, que possibilita inclusive uma nova leitura desta obra: a liberdade do exame da construção da ficcionalidade sob a moldura de uma biografia dá ao pseudônimo rodrigueano a abertura suficiente de testar os limites de seus tipos e temas, de seu *tópos* literário, de criar e recriar as personagens à exaustão, em condições narrativas diversas, expandindo-as e encolhendo-as, conforme a necessidade do modo escolhido. E é nesse sentido que o romance, como toda a obra ficcional rodrigueana, pode ser lido como uma grande obra caleidoscópica, em que a mistura de formatos e de modelos narrativos é a principal experiência do escritor.

Elen de Medeiros é professora de Literatura e Teatro na Faculdade de Letras da UFMG. Tem mestrado e doutorado pela Unicamp, com pesquisas sobre a obra teatral de Nelson Rodrigues. É autora do livro "Formulações do trágico no teatro de Nelson Rodrigues", publicado pela Editora da UFMG em 2022.

Notas

1. "Bendita seja tua mãe."

2. Referência à ópera de três atos de Giacomo Puccini, estreada em Milão em 1904. A história se passa no Japão, e a protagonista, uma gueixa, apaixona-se por um oficial americano em missão, Benjamin Franklin Pinkerton — paixão que, ao fim da ópera, terminará em uma tragédia.

3. A personagem de Suzana Flag tem quinze anos, o que, embora possa chocar leitores contemporâneos, não era incomum à época: até 1916, permitia-se o casamento de mulheres a partir dos catorze anos e de homens a partir dos dezesseis. Já o Código Civil de 1916 estabeleceu a idade em dezesseis e dezoito anos, respectivamente. Sendo menores de vinte e um, era preciso haver consentimento dos responsáveis — no caso da história, a avó.

4. O adendo funciona para legitimar a relação de Suzana e Aristeu, evitando a conotação de incesto — o mesmo artifício será usado em relação a Jorge mais à frente.

5. Em vez de "Ele é incrível", no folhetim, o comentário final é: "Um monstro!".

6. Outoniça: de meia-idade, ou no outono da vida.

7. Há, aqui, uma leve discrepância de texto entre as versões publicadas originalmente como folhetim, em *A cigarra*, e em livro (ambas em 1946). Aqui, optamos por seguir a versão do livro: "Mas ela não continuou. Ouviu um barulho [...]"; o texto do folhetim dizia: "Mas tivemos que parar. Tia Hermínia ouviu um barulho [...]".

8. Até o início do século xx (período deste romance), havia o costume do luto fechado para mulheres que perdiam maridos, pais ou filhos. Durante um período de alguns meses, era preciso vestir-se apenas de preto. As roupas de baixo continuavam sendo claras, por superstição de que a mulher não deveria se deitar de preto — o que explica a fala da avó dizendo: "Pelo menos, a roupa de baixo". Depois, permitia-se a adição de algumas peças de cor mais clara antes de, ao fim de um ano, a mulher poder enfim abrir mão do luto. No caso de viúvas mais velhas, esperava-se muitas vezes que vestissem luto até o fim da vida. O costume foi desaparecendo ao longo do século xx, marcadamente com os períodos pós-guerras.

9. Mais uma vez, há discrepância em relação ao original da revista *A cigarra* e do livro. Na primeira, a avó termina a frase questionando: "Que é que tem?".

10. Novamente, como com a explicação sobre tio Aristeu, evita-se a indicação de incesto, de um casamento entre tio de sangue e sobrinha (e, ainda, de irmãos, no caso do relacionamento de Jorge com a mãe de Suzana).

11. Mais uma discrepância: em *A cigarra*, o trecho termina com a seguinte frase após "[…] que me deixava gelada": "Ele confirmara o que me dissera tia Hermínia".

12. Esse trecho inteiro ("Respondi, porque Jorge não diria nada, a não ser um desaforo") não estava presente em *A cigarra*.

13. Em *A cigarra*, Suzana faz um aparte: "Jorge estava falando de mim (cínico) […]".

14. Em *A cigarra*, em vez de apenas "E acrescentou", adiciona-se: "Ela acrescentou, frívola, olhando em torno".

15. Em *A cigarra*, a avó completa: "Tenho que tomar todas as providências". E repete, na última frase do capítulo: "Casada!".

16. Em *A cigarra*, ao comentário "Tão natural!", Suzana responde: "Não acho!".

17. A frase final do parágrafo ("Tudo aquilo era estranho, apavorante") foi adicionada na edição do livro.

18. Novamente, a última frase ("Cheguei a pensar, até, na primeira noite!") foi acrescentada na edição em livro.

19. O autor usa uma corruptela de "quedê" (ou "que é de"), advérbio interrogativo que resultou em "cadê", mais usado hoje em dia.

Este livro foi impresso pela Cruzado, em 2022, para a HarperCollins Brasil. A fonte do miolo é Minion Pro. O papel do miolo é pólen bold $70g/m^2$ e o da capa é cartão $250g/m^2$.